国家社科基金重大项目“中国史诗研究百年学术史”（项目批准号18ZDA267）阶段性成果

内蒙古自治区高等学校“青年科技英才支持计划资助”（NJYT-18-A02）

内蒙古大学一流学科建设经费资助

史诗阅读与欣赏

SHISHI YUEDU YU XINSHANG

冯文开 著

人民出版社

目　录

CONTENTS

第一编　史诗基础知识

史诗作为一种韵文体的叙事文学样式，古老而源远流长，是一个民族在特定历史阶段创作出来的崇高叙事，在人类文化史上占据着重要位置。每一部宏伟的民族史诗都是一个民族的“圣经”，是一个民族在特定历史时期创造的高不可及的艺术范本。东西传统文化中涌现了许多民族史诗，如《吉尔伽美什》《摩诃婆罗多》《罗摩衍那》《伊利亚特》《奥德赛》《卡勒瓦拉》《格萨（斯）尔》《江格尔》《玛纳斯》《苗族古歌》《布洛陀》等。它们中的任何一部民族史诗都是一个民族的象征与丰碑，是“一种民族精神标本的展览馆”。①

一、史诗的界定

史诗的形成是一个漫长的过程，不同民族具有不同的发展过程，因而不同民族的史诗传统发展过程也不尽相同。面对着千差万别的世界各地史诗传统，20 世纪中后期的国际史诗研究者都认为不应该以荷马史诗为范例评价其他文化传统中的史诗，而应该摒弃偏见，以一种不同于亚里士多

① ［德］黑格尔：《美学》（第三卷）（下册），朱光潜译，商务印书馆 1997 年版，第 108 页。

德的眼光看待史诗，进一步阐述史诗的英雄主义精神。正是因为史诗的多样性，国际史诗学界普遍认为史诗界定工作的取样范围不能局限于印欧文化传统，而应更多地参照世界上其他地区的史诗传统。这无疑增加了界定史诗的难度，是放宽还是限定对史诗这一文类的界定成为国际史诗研究者面临的难题。要回答这个问题，考察古希腊诗学对史诗的论述便成为题中应有之义。

亚里士多德首次将史诗作为一种文类进行较为科学的论述，不过他更多的旨趣在于以阐述作诗的技艺为宗旨，在《诗学》的开篇便开宗明义地交代了自己要阐述的对象："关于诗艺本身和诗的类型，每种类型的潜力，应如何组织情节才能写出优秀的诗作，诗的组成部分的数量和性质，这些，以及属于同一范畴的其他问题，都是我们要在此处探讨的。"[①] 亚里士多德从摹仿采用的媒介、对象和方式等方面将史诗与悲剧区别开来，[②] 肯定史诗在对同时发生的事件的艺术处理和对不合理情理的事件的艺术处理上要胜于悲剧，又指出史诗不具有怜悯和恐惧的审美功效以及其他快感的功能，[③] 在整体上比悲剧差，悲剧才是"诗"发展的最终形式等。

亚里士多德指出史诗应该呈现为内在联系的完整的有机统一体，他说道："史诗诗人也应编制戏剧化的情节，即着意于一个完整划一、有起始、中段和结尾的行动。这样，它就能像一个完整的动物个体一样，给人一种应该由它引发的快感。史诗不应像历史那样编排事件。历史必须记载的不是一个行动，而是发生在某一时期内的、涉及一个或一些人的所有事件——尽管一件事情和其它事情之间只有偶然的关联。"[④] 亚里士多德指出

① ［古希腊］亚里士多德：《诗学》，陈中梅译，商务印书馆 2005 年版，第 27 页。

② ［古希腊］亚里士多德：《诗学》，陈中梅译，商务印书馆 2005 年版，第 27—43 页。

③ ［古希腊］亚里士多德：《诗学》，陈中梅译，商务印书馆 2005 年版，第 191 页。

④ ［古希腊］亚里士多德：《诗学》，陈中梅译，商务印书馆 2005 年版，第 163 页。

荷马在处理情节结构上做得出类拔萃，注重故事的整一性，删掉了许多跟故事没有必然因果关联的枝枝蔓蔓的情节。当然，亚里士多德重点阐述的对象还是悲剧，他推崇荷马和荷马史诗是因为荷马史诗接近悲剧，他评述史诗的情节结构、人物形象、格律、措辞以及篇幅等诸多方面都是以悲剧为参照框架，并不是为了阐述史诗的本质。但是，他对史诗创作的分析和总结以及将荷马史诗提高到一个特别重要的位置对后世史诗研究产生了长久而深刻的影响。换句话说，自公元前 4 世纪以来，许多史诗研究者都自觉或不自觉地接受了亚里士多德对史诗的选择及其诗学观点，将荷马史诗确立为不可企及的范例，从而忽视了古希腊其他许多六步格的史诗集群。

继亚里士多德之后，黑格尔把诗学的形式、法则和本质纳入美学的研究范围，对史诗进行了较为系统的阐述。在沃尔夫（Friedrich August Wolf）的影响下，奥古斯特·施莱格尔（August Wilhelm Schlegel）、弗利德里希·施莱格尔（Friedrich von Schlegel）、弗利德里希·谢林（Friedrich Wilhelm Joseph von Schelling）等许多国际学人都接受了荷马史诗是编辑者将原初口头诗歌汇集整合而成的观点，但是黑格尔坚持荷马个人完成了荷马史诗的创作，否定荷马史诗源自民间的口头传统，也否定荷马史诗在传唱过程中经过了数代史诗歌手的增添和删减：“尽管史诗须客观地实事求是地描述一个有内在理由的，按照本身的必然规律来实现的世界，尽管诗人自己的观念方式还接近这个世界并且还能使自己和这个世界等同起来，描述这个世界艺术作品却还是他个人的一部自由创作。”① 他一再强调只有个人才能创作出这样一部首尾连贯的荷马史诗，才能创作出这样一部客观地描述事关民族命运大事的作品。他发现贯穿于荷马史诗的是诗人个人的精神和灵魂，而其原因在于荷马史诗是荷马个人的创作，荷马在以客

① ［德］黑格尔：《美学》（第三卷）（下册），朱光潜译，商务印书馆 1997 年版，第 111 页。

观的态度叙述特洛伊战争的同时，充分享有个人创作自由的权利。

他一再为荷马史诗的整一性辩解：“荷马史诗的结构在本质上固然比较松散，不像戏剧体那样紧凑，其中各部分不免显得彼此独立，乃至还有一些题外的穿插和异文；但是它们毕竟各自形成一个有内在联系的整体，而这样的整体只能出于一个人的手笔。如果说荷马史诗缺乏整一性，只是由一些用同一个语调的史诗片段拼凑成的，这种看法是粗陋的，不符合艺术性质的。”① 在他看来，荷马史诗的艺术性在于整一性，是一个完整的艺术整体，有着自身必然的起点、中心和结尾，并非可以无休止地延续下去。也就是说，史诗能够吸纳和包容许多与其基本情节相关的次要情节，它们看起来相对独立，但都围绕着史诗的基本情节构成一个有机的整体，在结构上有着内在的关联。

与亚里士多德相较，黑格尔将史诗作为诗的一种艺术门类分列出来，从哲学—美学的高度对史诗的产生、内容、形式以及与抒情诗和戏剧体诗的异同进行了较为精湛的分析，揭示了史诗的某些美学品质，深化了人们对史诗的认识。黑格尔虽然论及古罗马史诗、中古欧洲史诗以及东方史诗，但还是以荷马史诗为范例，将史诗视为描述英雄业绩的宏大叙事，拘囿于英雄史诗的类型，遮蔽了世界各地史诗传统的多样性。从 18—19 世纪之交浪漫民族主义运动时期口头史诗的重新发现，至 20 世纪 30 年代米尔曼·帕里（Milman Parry）和阿尔伯特·洛德（Albert B.Lord）对塞尔维亚—克罗地亚口头史诗的创作与演唱作出的田野实证研究，国际史诗学界仍然将荷马史诗作为一种范例和参照框架对史诗展开各种理论探讨，积累了深厚的学术传统。

20 世纪中后期，国际史诗学界对史诗的认识和研究进入新的历史

① ［德］黑格尔：《美学》（第三卷）（下册），朱光潜译，商务印书馆 1997 年版，第 115 页。

阶段，大量活形态的口头史诗在世界各地陆续被发现和研究，口头史诗的多样性愈来愈成为国际学人的共识，他们开始对以荷马史诗为范例的古典诗学的史诗观念和研究范式进行反思和批判。长期在非洲从事史诗田野作业的威廉·约翰逊（John Williams Johnson）对以荷马史诗为范例衡量世界各地史诗传统的做法提出质疑，主张应该从史诗所属的具体传统考察和评价史诗："我认为希腊史诗的模式是一种僵化的传统，不再在行动中能观察得到，它不能继续支配我们学术思想。希腊传统只是为数众多的传统之一。在非洲和其他地区，活形态史诗传统仍然可以在自然语境中观察到。我们应当把工作放在那些史诗仍然被朗诵和浇灌的地区。田野工作有助于史诗的文本化，能解释史诗的传统法则和演唱。"①

20 世纪后期以来，许多权威的工具书和学养深厚的国际学人都曾对史诗作出过界定。《新普林斯顿诗歌与诗学百科全书》（*The New Princeton Encyclopedia of Poetry and Poetics*）是国际学界影响力深远的诗学工具书，它的"史诗"词条有云："一部史诗是一首长篇叙事诗，描述一个或多个英雄，描述与历史相关的事件，例如战争或者征服，或者描述英雄的冒险活动，或者描述作为传统信仰核心的其他神奇功业。史诗往往在一个社会的口头文化传统里形成，与该文化的历史、文化和宗教传统相伴随。史诗的主人公往往是一个英雄，有时是一个半神半人的英雄，他们通常从事艰难的事业，并卷入神祇与人间的争端中。但是，史诗描述的事件经常影响着一个民族的日常生活，改变这个民族的历史进程，乃至命运。在叙事体制上，史诗通常篇幅宏大，描述详尽无遗，史诗中的片段都是按照一定的逻辑顺序组合在一起，使用的语言也是崇高的。史诗经常是从'事件的中间'开始叙事，使用了一系列诗学技巧，往往以召请一个缪斯或者其他具

① Lauri Honko，*Textualising the Siri Epic*，Helsinki: Academia Scientiarum Fennica，1998，p.20.

有神性的人物的降临开篇，大量使用程式化的人物和明喻，对英雄的‘详表’、对武器与装备以及祭品和仪式的描述等多使用程式化的描述手段。经常重复出现的叙事包括英雄之间的战斗，而在战斗发生之前英雄双方都要有一番自我吹嘘，还包括娱乐或比赛以及难以置信的冒险，而冒险活动有时伴有超自然的力量或使用计谋。史诗不仅包含叙事诗的创作技巧，而且包含抒情诗和戏剧诗的技巧。史诗包容了颂词和挽歌，而且在它们的基础上有所扩展。”①

结合对非洲曼丁哥人（Mande）史诗的田野作业，威廉·约翰逊（John Williams Johnson）提出史诗应该具有八个条件：1. 诗性的（韵文的）；2. 叙事的；3. 英雄的；4. 传说的；5. 宏大的（有一定长度）；6. 多种文类的特点和语境化的；7. 多功能的；8. 传统内的传播。② 根据对达罗毗荼人的（Dravidian）史诗传统的长期观察，布兰达·贝卡（Brenda Beck）指出一部史诗是一个超级故事（super story）："兄弟故事的五个特点清楚地表明，它在类型归属性上具有很高的地位，它是由职业的民间艺人来讲述，它有极长的篇幅，比任何流传于该地区的所有故事，包括其中最长的故事还要长得多；它的英雄是一些神圣人物，在当地庙宇受到供奉；它连接着更广阔的神话和文明传统；它的讲述者和受众都认为他们的史诗描绘了真实的历史事件。所有这些特征都表明，这种讲述比一般的故事和传说重要得多。"③ 劳里·杭柯（Lauri Honko）认为史诗作为一个文类应该从世界性的、区域的、地方的三个层面进行建构。1990 年，他前往印度对活形态的《斯里史诗》（*the Siri Epic*）进行田野调查，并于 1998 年出版了专著《斯里史

① *The New Princeton Encyclopedia of Poetry and Poetics*, ed. Alex Preminger and T. V. F. Brogan, Princeton University Press, 1993, pp.361–362.

② Lauri Honko, *Textualising the Siri Epic*, Helsinki: Academia Scientiarum Fennica, 1998, p.27.

③ Brenda E. F. Beck, *The Three Twins: The Telling of a South Indian Folk Epic*, Bloomington: Indiana University Press, 1982, p.196.

诗的文本化》(*Textualising the Siri Epic*)。在这部具有很高学术价值的著作中，劳里·杭柯从演唱、受众、社会功能、社区认同等诸多维度把史诗界定为:“宏大叙事的范式，它起源于职业歌手的表演，是一个超级故事，在长度上，表达的力量和内容的意义远超过其它叙事。它的功能是一个群体或社区在接受史诗时获得认同。”①

但是，史诗是一种复杂的文类，它的复杂性与多样性决定了在界定与探讨它的普遍特征时应该谨慎。把上文描述的这些较为权威的史诗界定放在世界范围内的口头史诗传统里检验，便会发现这些界定中概括出的史诗核心要素并非那么具有普适性，一些核心要素可能需要修正。

韵文体是否为世界各地史诗共同具有的要素需要进一步考究。毫无疑义，世界各地的史诗大多是韵文体，如《荷马史诗》使用六步格长短短格，《罗摩衍那》和《摩诃婆罗多》使用通俗简易的“输洛伽”诗体。不过有一些例外。藏族《格萨尔》韵散相间，说白使用散文体，铺叙故事，推动故事情节的发展，表唱则使用韵文体，描述英雄、战马、女子的形象与心理活动以及战争的场面等。当然，韵文体不是史诗区别于其他诗歌类型的标识性的要素，如除了《荷马史诗》外，赫西俄德使用六步格创作了《工作与时日》，恩培多克勒（Empedoklēs）使用六步格创作了《论自然》(*Periphuseōs*）和《净化》(*Katharmoi*)。俄罗斯宗教诗虽然具有俄罗斯英雄史诗的韵律，但是它们的主题不是激发人们去斗争而是宣扬屈服与顺从。俄罗斯歌谣的韵律也与俄罗斯英雄史诗相同，但是它们的主题比史诗更狭小，缺乏积极斗争的要素。②

篇幅巨大也值得探究，在塞尔维亚—克罗地亚地区，基督教史诗的

---

① Lauri Honko，*Textualising the Siri Epic*: Helsinki，Academia Scientiarum Fennica，1998，p.28.

② ［俄］普罗普，《英雄史诗的一般定义》，李连荣译，《民族文学研究》2000 年第 2 期。

演唱长度很少能超过250行，但是国际史诗学界都认可它们是史诗。[①]俄罗斯的壮士歌（Bylini）也是如此，它不仅形式短小，而且叙事简洁，不同于巨型篇幅的史诗那样宽泛而详尽地讲述故事。[②]蒙古英雄史诗传统有着许多中小型史诗，苏·朝依苏伦演唱的《那仁汗克布恩》有3190个诗行，而其演唱的《嘎拉珠哈尔呼和勒》仅有2280个诗行。[③]布兰达·贝卡、威廉·约翰逊、劳里·杭柯等学人在界定史诗时都提出史诗是长篇叙事诗的观点，但对于史诗篇幅的最低标准，即多少个诗行的叙事诗才能称得上史诗，他们各执一词。[④]程式化描述、明喻、夸张等传统技巧常见于史诗演唱中，但它们是其他诗歌样式和叙事文学常见的一般特征。

世界各地史诗的发现使得学人们对史诗英雄的界定突破了荷马史诗的范例，拓宽了英雄的概念，让战争英雄、创世英雄以及其他类型的文化英雄都囊括进来了，对史诗内容的描述突破了英雄史诗的藩篱，强调史诗描述的内容是重大事件。《布洛陀》描述了布洛陀开天辟地、创造万物、安排秩序、排忧解难等诸多重大活动，把布洛陀塑造成壮族的创世神、祖先神、智慧神等。印度的《斯里史诗》的主人公不是王侯将相，也没有像《荷马史诗》那样描述轰轰烈烈的战争，女性的价值和家庭问题占据着这部史诗的重要位置。史诗的演唱者未必都是职业歌手。《伊利亚特》《摩诃婆罗多》《格萨尔》等许多史诗演唱传统都有专门的职业化歌手，但是一些活形态的史诗传统的传承并非如此。在塞尔维亚—克罗地亚史诗演唱传统里，歌手与普通民众在职业上没有什么特殊之处，

---

① Lauri Honko, *Textualising the Siri Epic*, Helsinki: Academia Scientiarum Fennica, 1998, p.36.

② Lauri Honko, *Textualising the Siri Epic*, Helsinki: Academia Scientiarum Fennica, 1998, p.36.

③ 仁钦道尔吉：《蒙古英雄史诗源流》，内蒙古大学出版社2001年版，第10页。

④ 朝戈金：《“多长算是长”：论史诗的长度问题》，《中央民族大学学报（哲学社会科学版）》2015年第5期。

大部分歌手都是半职业化的，并不以演唱为生。例如，歌手阿里亚·菲尤利亚宁（Alija Fjuljanin）是一个农夫，苏莱曼·福日季奇（Sulejman Fortić）是一个咖啡馆里的员工，德马伊尔·佐基奇（Đemail Zogić）是一个咖啡馆的业主。《勒俄特依》的演唱是由毕摩兼职完成的，许多演唱蒙古英雄史诗的歌手不是专门以演唱史诗为职业。史诗的语境还包括歌手与受众的互动、乐器伴奏、道具、仪式等。但是可以说史诗在语境这个层面上共同具有的核心要素是它由职业或半职业的歌手演唱，是一种复合的超级文类，在其漫长的形成和发展过程中吸收了神话、故事、赞词、谚语等许多其他文类。荷马把古希腊口头传统中的神话、挽歌等诸多民间知识以复杂的形式糅合在一起，在演唱中创编了《伊利亚特》和《奥德赛》，而且荷马史诗与当时许多使用六步格创作的诗歌之间都有紧密的联系。荷马史诗的许多游吟诗人都把他们的传承谱系上溯到荷马和荷马史诗，他们掌握的知识和曲目不仅仅只有荷马史诗，还有赫西俄德的诗歌以及其他早期诗人的诗歌。在形成与发展过程中，《玛纳斯》将柯尔克孜族的神话《四十个姑娘》、英雄传说《阿勒普玛纳什》、古老史诗《艾尔托什吐克》中的一些人物或情节吸收入其中。《格萨尔》吸纳了藏族的神话、传说、故事、民间叙事诗、对歌、口头论辩、谚语、谜语歌、轮唱、舌战等许多相对独立的口头文学样式，从而形成一个巨大的史诗传统。

史诗的功能与史诗的内容和形式一样重要，应该将史诗作为一种扩大化的人类典范和道德符码进行界定。劳里·杭柯将史诗作为民族认同的资源，认为史诗在特定社区内发挥着认同功能。劳里·杭柯没有回避史诗宏大这个特性，指出宏大和崇高是史诗在文学中占据着重要位置的原因。史诗的宏大和崇高，部分来源于它的文化语境和独特功能。因为它被认为与一些超越文本的东西相联系，例如集团的认同、群体的价值观、主人公的行为模式、历史和神话的象征结构等。所以史诗在局外人听来是重复的、烦闷的，但是对于一个特定的群体而言，歌手演唱史诗可以获得伟大，受众可以从史诗中的人物和事件找到认同。当然，除了与特定社区或族群认同的联系之外，史诗还有着娱乐、教化、仪式等诸多社会功能，这与史诗蕴藏的多种多样的文化内容有着密切关联，这是威廉·约翰逊将“多功能的”作为界定史诗一个必要条件的原因所在。因此，史诗在功能层面上必须具有的核心要素是史诗具有丰富的文化包容性，是特定社区或族群的叙事范例，具有多重社会功能。①

朝戈金对布兰达·贝卡、威廉·约翰逊、劳里·杭柯等晚近国际史诗学人和一些权威工具书给出的界定史诗的诸多不同尺度和标准进行了学理性的检讨与反思，指出一些核心的尺度是史诗必须持有的基本维度：其一，在形式上，史诗以韵文体为常见形式，篇幅巨大(不必规定诗行数量，但须有故事的完整性)。其二，在内容上，史诗的主角为英雄甚或是神祇，故事内容为重大事件，往往涉及一个民族乃至全人类的命运。其三，在功能上，史诗构成特定社区的范例，具有广泛的文化包容性，并具有多重社会功能。其四，在语境上，史诗的形成历史悠久，往往在无文字社会中得到发展，在形成和发展中与其他文类形成交错互渗关系。显然，朝戈金的史诗界定具有广泛的包容性与极强的开放性，尽可能地考虑到了史诗多样性。因为，任何试图把某一种史诗界定全球化都是徒劳的，不应该把某一种史诗界定强加在世界各地的任何一种史诗传统之上。史诗的发展是多线性的，对史诗的界定反映了人类对史诗的认识过程，而这个过程是一个漫长的发展过程，其间不同的文化与社会语境必然对史诗的认识呈现不同的话语。

荷马史诗的崇高宏大让史诗在西方文学传统里受到高度重视，为史诗在西方文学的格局中赢得了一个显赫的位置。不过，荷马史诗现在是仅以

① 下文对史诗的功能有专节详述。

手稿本形式存留下来的口头诗歌，已经脱离了口头诗歌的生态，不再传唱于民众的口耳之间。需要再次肯定的是，史诗能够与其他类型的诗歌区别开来的重要标准是史诗使用了崇高而严肃的语言，呈现人物的方式不同于其他类型的诗歌。也就是说，一首诗若要称得上史诗，宏大叙事和崇高风格是缺一不可的。就崇高风格而言，其他类型的诗歌是远远缺乏的。以《孔雀东南飞》而言，不谈其篇幅结构，梁启超曾批评它虽“号称古今第一长篇诗，诗虽奇绝，亦只儿女子语，于世运无影响也。”①事实上，就史诗而言，崇高的风格远比叙事结构要紧得多，其他类型的诗歌可以具有史诗这样那样的艺术风格，但唯独史诗的崇高风格却是其他类型的诗歌所不具备的。其次，20 世纪 30 年代以前，学人们对荷马史诗的过度关注遮蔽了其他类型的史诗，而且这种狭隘的史诗观念阉割了文化多样性的思想，错误地认为世界其他一些地区没有史诗，而实际上只能说它们没有荷马史诗之类的史诗。20 世纪中后期，学人对世界各地的史诗传统有了重新的发现，认识到了史诗传统的多样性，开始对古典诗学的史诗观念进行反思批判，认为将史诗限定在英雄史诗的类型上是狭隘的，不能把一种模式凌驾在史诗多样性之上，而以往那种以荷马史诗为范例的史诗观念和研究范式逐渐成为历史。与此同时，学人们开始在跨文化语境下从世界性的、区域的和地方的传统话语等不同层面重新界定史诗，具有民俗学学科背景的史诗学者在这方面表现得尤为突出，对史诗的界定给出了诸多不同的尺度和标准。但是，史诗是一个复杂的文类，在不同的传统之间其内容、形式、语境、功能的表现形式不尽相同，这决定了史诗的界定是一个永远在不断发展的学术实践，也决定了史诗研究不能紧盯着史诗的一般概念不放，而应该寻求多学科的理论与方法有效地阐释多样的和具体的史诗传统。不过，国际学人对史诗的界定乐此不疲地探讨切实地推动了史诗学理

① 梁启超：《饮冰室诗话》，人民文学出版社 1959 年版，第 4 页。

论的进展，推进国际史诗学学科的建设，这是史诗界定的学术价值与学术意义所在。

二、史诗的类型

史诗类型的论述始于亚里士多德，他参照悲剧类型的划分将英雄史诗相应地分为简单史诗、复杂史诗、性格史诗和苦难史诗四种类型，将《伊利亚特》划入简单型史诗的范畴，指出它含有苦难史诗的成分，将《奥德赛》划入复杂型史诗的范畴，指出它含有性格史诗的成分。随后，黑格尔将欧洲史诗和印度史诗纳入讨论范畴，将其列为正式史诗。他单列出雏形史诗的范畴，将箴铭、道德格言、教科诗、神谱、宇宙谱等划入其中，指出它们与正式史诗的不同之处在于它们描述的事件没有形成一个中心，没有得到整一的描述和刻划，神灵的力量没有生活化和人格化。① 他还单列出史诗变种的范畴，将田园诗、传奇故事、小说归入其中，认为它们与史诗的相同之处在于它们都具有客观性相的形式。②

黑格尔重点论述的史诗类型是正式史诗，将正式史诗分成象征型、古典型和浪漫型三个发展阶段及其相应的史诗类型。象征型史诗是正式史诗发展的第一阶段，《罗摩衍那》《摩诃婆罗多》等一些东方史诗可以列入这个范畴。但是，以荷马史诗为范例，黑格尔认为《罗摩衍那》《摩诃婆罗多》以及属于这一范畴的希伯来、阿拉伯和波斯的史诗都不是真正的史诗，批评《罗摩衍那》和《摩诃婆罗多》的“各部分的整一性是松散的，无数互

---

① ［德］黑格尔：《美学》（第三卷）（下册），朱光潜译，商务印书馆 1997 年版，第 102—107 页。

② ［德］黑格尔：《美学》（第三卷）（下册），朱光潜译，商务印书馆 1997 年版，第 165—168 页。

不相干的故事，神的传说，节欲苦行及其功效的说教，对一些哲学教条和流派的永无休止的诠释，以及许多其它内容都杂糅在一起，看不出部分对部分以及部分对整体的联系。”[①] 古典型史诗是正式史诗发展的第二阶段，荷马史诗是其典范。黑格尔指出荷马史诗首次把人们带到真正史诗的艺术世界，认为荷马史诗是真正的史诗，代表着史诗的顶峰。[②]

浪漫型史诗是正式史诗发展的第三个阶段，是基督教的各民族的半史诗半传奇故事式诗歌的丰富发展，如《熙德之歌》《罗兰之歌》《尼伯龙根之歌》等。塞缪尔·约翰逊（Samuel Johnson）、威廉·肖（William Shaw）等都否定莪相是《莪相的诗》的作者，指出《莪相的诗》是莪相诗歌的搜集者麦克菲森（James Macpherson）伪造出来的作品。黑格尔对麦克菲森加工整理莪相的诗歌持肯定的态度，坚持《莪相的诗》是诗人莪相的作品，同时又批评《莪相的诗》情节和人物不够鲜明生动。[③] 他贬低《尼伯龙根之歌》，认为其塑造的人物性格不丰满，缺乏鲜明性。他高度赞赏《熙德之歌》，认为其题材富有史诗意味和造型艺术的色彩，其主题高尚纯洁，其展现的图景丰富而高贵，其艺术价值可与古代最优秀作品相媲美。[④] 黑格尔确立史诗先象征型、次古典型、再浪漫型的演化进程，而且在哲学—美学的经验基础上把这一顺序加以法则化。这种公式化体系和顺序是规范诗学的体现，是黑格尔依据古典文学范本推导出史诗形成、发展与演变的内在规律。其实，象征型、古典型、浪漫型的史诗在演化过程中

---

① ［德］黑格尔：《美学》（第三卷）（下册），朱光潜译，商务印书馆 1997 年版，第 171 页。

② ［德］黑格尔：《美学》（第三卷）（下册），朱光潜译，商务印书馆 1997 年版，第 174 页。

③ ［德］黑格尔：《美学》（第三卷）（下册），朱光潜译，商务印书馆 1997 年版，第 176 页。

④ ［德］黑格尔：《美学》（第三卷）（下册），朱光潜译，商务印书馆 1997 年版，第 178 页。

必然有着千丝万缕的影响和渗透，甚至它们可能有着共同的起源，而非黑格尔提出的线性发展模式，复合型史诗的存在也是可能的。

黑格尔也提及原始史诗和后世人工造作史诗，以荷马史诗为原始史诗的范例，批评《埃涅阿斯纪》《被解放的耶路撒冷》《失乐园》等后世人工造作史诗不如原始史诗那样自然朴素，原始史诗的诗人观照世界和生活的方式与所描述的世界和生活一直和谐，而后世人工造作史诗的诗人观照世界和生活的方式与所描述的世界和生活脱节，创作风格显得不自然，含有矫揉造作的意味。但是，他对《神曲》格外推崇，指出它是中世纪宗教诗中最伟大的史诗。① 黑格尔在更多时候没有将口头史诗与书面史诗区分开来，后来国际学人逐渐将口头史诗与书面史诗分离开来，将口头史诗称作“原初的”史诗，如《伊利亚特》《奥德赛》《摩诃婆罗多》《贝奥武甫》等，将书面史诗称作“次生的”史诗，如《埃涅阿斯纪》《失乐园》等。当然，“次生的”史诗也并非总是出现在“原初的”史诗之后，在远东的史诗传统和中东的史诗传统里书面的故事先产生，而后才出现该故事口头传承的扩展形态。②

依据口头传统向书面传统演化的规律，A. T. 哈托（A. T. Hatto）将史诗划分为口头的、次于口头的（Sub-oral）、后于口头的（Post-oral）三种类型，吉尔吉斯斯坦人、蒙古人、乌戈尔人、奥塞梯人、塞尔维亚—克罗地亚人的史诗属于口头史诗，荷马史诗属于次于口头的史诗，古法兰西、中世纪西班牙和德国的史诗属于后于口头的（Post-oral）史诗。口头的史诗指那些以口头的方式创作、演唱和流布的诗歌传统，它们能够与书面文

---

① ［德］黑格尔：《美学》（第三卷）（下册），朱光潜译，商务印书馆 1997 年版，第 179 页。

② Jackson，M. Guida，*Traditional Epics: A Literary Companion*，Oxford University Press，1994，p.ix. 朝戈金、冯文开：《史诗认同功能论析》，《民俗研究》2012 年第 5 期。

学传统并存，而书面文学传统又对它们产生了强大的冲击。次于口头的史诗专门指称荷马史诗。哈托认为荷马史诗创编的时间距离希腊字母的引入非常近，虽然荷马史诗属于口头传统毋庸置疑，但是荷马史诗确实从书写的稳定性中获益。后于口头的史诗指欧洲的中世纪史诗，它们都是在羊皮纸上创作和传播，都是在公众场合演唱，保留了大量早期口头演唱的风格特征。[①] 不过，哈托承认这种分类可能会有部分重叠，而且这些类型需要一些扩充。对《摩诃婆罗多》和《罗摩衍那》属于哪一种类型，哈托模棱两可，甚至认为应该另找术语和类型称呼它们。

20 世纪后期国际学界逐渐解构了口头与书写的二元对立模式，与之相应国际史诗学界逐渐抛弃了“原初的”和“次生的”史诗的划分方法，逐渐接受了劳里·杭柯划分史诗类型的方法。[②] 他以创编、演唱、接受为界定维度将史诗分为三种类型：一是民间口传史诗，它的创编、演唱和接受存在于同一过程中，如《伊利亚特》《罗摩衍那》《贝奥武甫》《罗兰之歌》《熙德之歌》《尼伯龙根之歌》以及中国北方三大英雄史诗等。二是文人书面史诗，它是个体诗人以民间口传史诗为样式书面创作出来的宏大叙事，它的材料来自口头传统，但是诗人能够自由地决定自己所要创作的史诗的形式和结构，自由地使用掌握着的传统文化知识。公认的文人书面史诗有维吉尔的《埃涅阿斯纪》、塔索的《被解放的耶路撒冷》、但丁的《神曲》、弥尔顿的《失乐园》等。三是“准书面”史诗，或说“以传统为取向”的史诗，最好的范例是芬兰的民族史诗《卡勒瓦拉》。它是编纂者在搜集和熟练掌握本民族充足的口头传统资源的基础上，按照有机的逻辑顺序对其进行编纂，创作出具有国家主义和民族主义的“以传统为取向”的史诗。

---

① A. T. Hatto（General Editor），“Traditions of Heroic and Epic Poetry”，*Modern Humanities Research Association*，1980，Volume 1，p.11.

② Lauri Honko，*Textualising the Siri Epic*，Helsinki: Academia Scientiarum Fennica，1998，p.37.

中国学人对史诗类型的研究作出了重要贡献，主要表现在对中国少数民族史诗的类型探讨上。20 世纪 50 年代以来，随着中国少数民族史诗不断得到挖掘和发现，中国学人开始有意识地摆脱域外史诗理论的框架，根据中国少数民族史诗的自身特点和文化传统提出了新的史诗类型。钟敬文主编的《民间文学概论》将中国少数民族史诗划分为创世史诗和英雄史诗，指出创世史诗描述天地日月的形成、人类的产生、家畜和各种农作物的来源，[①] 英雄史诗则描述民族之间频繁的战争以及与之相联系的民族大迁徙等。[②] 潜明兹赞同钟敬文的分类方法，从基本情节构成和形象思维特点两个方面对创世史诗和英雄史诗的各自特征进行了较为详尽的区分和阐释。[③]20 世纪 90 年代以后，中国学人普遍认为应该将迁徙史诗从英雄史诗的类型中独立出来，钟敬文对此持肯定态度。[④]

2010 年，朝戈金、尹虎彬和巴莫曲布嫫合作撰写的《中国史诗传统：文化的多样性与民族精神的“博物馆”（代序）》描述了中国少数民族史诗的多样性，科学地界定了创世史诗和迁徙史诗的概念和范畴。[⑤] 沿袭以往学人的观点，朝戈金、尹虎彬和巴莫曲布嫫根据史诗传承和流布的地域、民族地理区域和经济文化类群的异同将中国少数民族史诗分为南北两大史诗传统，北方民族以长篇英雄史诗见长，南方民族以中小型的创世史诗和迁徙史诗为主。北方民族生活在东起黑龙江漠北、西至天山西麓、南抵青

① 钟敬文主编：《民间文学概论》，上海文艺出版社 1980 年版，第 287 页。

② 钟敬文主编：《民间文学概论》，上海文艺出版社 1980 年版，第 290 页。

③ 潜明兹：《史诗探幽》，中国民间文艺出版社 1986 年版，第 27—44 页。当然，“创世史诗”还可以进一步探讨，如怎样界定它与神话的关系，它是划入神话的范畴还是划入史诗的范畴，等等。

④ 钟敬文、巴莫曲布嫫：《南方史诗传统与中国史诗学建设——钟敬文先生访谈录（节选）》，《民族艺术》2002 年第 4 期。

⑤ 朝戈金、尹虎彬、巴莫曲布嫫：《中国史诗传统：文化的多样性与民族精神的“博物馆”（代序）》，《国际博物馆》全球中文版，译林出版社，2010 年第 1 期。

藏高原的广袤地区，他们操持的语言分别属于阿尔泰语系范畴下的蒙古、突厥、满—通古斯三个语族以及汉藏语系范畴下的藏语语族。“北方英雄史诗带”以“三大英雄史诗群”尤为突出。[①] 除了“三大英雄史诗群”外，“北方英雄史诗带”还有许多源远流长、风格规模各异的英雄史诗。突厥语族英雄史诗群有柯尔克孜族的《艾尔托西图克》《库尔曼别克》《阔交加什》等，维吾尔族的《乌古斯可汗传》《先祖阔尔库特书》《艾米尔古尔乌古里》等，哈萨克族的《阿勒帕米斯》《阔布兰德》《阿尔卡勒克》等，乌孜别克族的《阿勒帕米西》《呙尔奥格里》等。蒙古语族英雄史诗群有《汗哈冉贵》《阿拉坦嘎鲁》《英雄锡林嘎拉珠》《阿拉坦沙盖》等。[②] 满—通古斯语族英雄史诗有赫哲族的《满都莫日根》《安徒莫日根》《希尔达日莫日根》等，鄂伦春族的《英雄格帕欠》，达斡尔族的《阿勒坦嘎乐布尔特》《绰凯莫日根》等，满族的《乌布西奔妈妈》《恩切布库》等。

南方少数民族史诗蕴藏丰富，羌、彝、纳西、普米、白、哈尼、傣、基诺、拉祜、佤、布朗、景颇、德昂、阿昌、傈僳、怒、独龙、苗、侗、布依、仡佬、水、土家、壮、仫佬、瑶、毛南、京、畲、高山、黎等30多个少数民族大都拥有以口头形态流传的史诗，其中有的还被记录在本民族或本支系的各种经籍和唱本里。朝戈金、尹虎彬和巴莫曲布嫫将南方少数民族史诗称为“南方民族史诗群”，它的史诗类型比“北方英雄史诗带”更为丰富，既有英雄史诗，又有创世史诗与迁徙史诗，其中创世史诗与迁徙史诗是由“南方民族史诗群”生发出来的学术概念。创世史诗是以创世

① 朝戈金、尹虎彬、巴莫曲布嫫：《中国史诗传统：文化的多样性与民族精神的“博物馆”（代序）》，《国际博物馆》全球中文版，译林出版社，2010年第1期。

② 仁钦道尔吉曾按照基本情节结构类型将蒙古英雄史诗划分为“单篇型史诗”“串联复合型史诗”“并列复合型史诗”三种类型，将国内蒙古英雄史诗划分为巴尔虎、卫拉特、科尔沁—扎鲁特三个传承圈，可参见仁钦道尔吉的《〈江格尔〉论》（内蒙古大学出版社1999年版）和《蒙古英雄史诗源流》（内蒙古大学出版社2001年版），下文对此有详述，此处不赘述。

神话为基本内容，以天地万物、人类社会文化的起源及发展为叙述程式的韵文体叙事，[①] 彝族的《梅葛》、傈僳族的《创世纪》、纳西族的《崇般图》、白族的《创世纪》、阿昌族的《遮帕麻与遮米麻》、景颇族的《勒包斋娃》、独龙族的《创世纪》、佤族的《司岗里》、傣族的《巴塔麻嘎捧尚罗》、布朗族的《创世纪》、怒族的《创世歌》、土家族的《摆手歌》、布依族的《赛胡细妹造人烟》、哈尼族的《十二奴局》、拉祜族的《牡帕密帕》、苦聪族的《创世歌》、畲族的《盘瓠歌》、毛南族的《创世歌》、黎族的《追念祖先歌》、普米族的《帕米查哩》、德昂族的《达古达楞格莱标》、基诺族的《大鼓和葫芦》、壮族的《布洛陀》、侗族的《侗族祖先哪里来》、苗族的《洪水滔天歌》、瑶族的《密洛陀》等是创世史诗的代表作，它们一同构筑了具有南方民族地域文化特色的“创世史诗群”。[②]

迁徙史诗“大多以本民族在历史上的迁徙事件为内容，展示族群或支系在漫长而艰难的迁徙道路上的社会生活和文化命运，塑造迁徙过程中发挥重大作用的民族英雄、部落首领等人物形象及描绘各民族迁徙业绩的壮阔画卷”的韵文体叙事，[③] 哈尼族的《哈尼阿培聪坡坡》、拉祜族的《根古》、苗族的《溯河西迁》、瑶族的《寻根歌》、侗族的《天府侗迁徙歌》等是其代表作，它们构成的“迁徙史诗群”在“南方民族史诗群”里占有重要的位置。英雄史诗也是“南方民族史诗群”的重要史诗类型，如傣族的《兰

---

① 朝戈金、尹虎彬、巴莫曲布嫫：《中国史诗传统：文化的多样性与民族精神的“博物馆”（代序）》，《国际博物馆》全球中文版，译林出版社，2010年第1期，第11页。

② 朝戈金、尹虎彬、巴莫曲布嫫：《中国史诗传统：文化的多样性与民族精神的“博物馆”（代序）》，《国际博物馆》全球中文版，译林出版社，2010年第1期，第12页。

③ 朝戈金、尹虎彬、巴莫曲布嫫：《中国史诗传统：文化的多样性与民族精神的“博物馆”（代序）》，《国际博物馆》全球中文版，译林出版社，2010年第1期，第12页。

嘎西贺》、壮族的《莫一大王》、侗族的《萨岁之歌》、纳西族的《黑白之战》、彝族的《铜鼓王》等。

当然，中国少数民族史诗并非按照先创世史诗、次迁徙史诗、再英雄史诗的线性秩序演化的，史诗类型的发展是动态的，非线性的，具有多种发展的可能，其中一些史诗兼具创世史诗、迁徙史诗和英雄史诗的特征。朝戈金指出《亚鲁王》呈现混融性叙事特征，是一种“复合型史诗（跨亚文类）”：“《亚鲁王》具有在中国境内流布的创世史诗、迁徙史诗和英雄史诗三个亚类型的特征，其中‘创世纪’部分用大量篇幅讲述宇宙起源、日月星辰形成等内容，其后又生动叙述了亚鲁王为避免兄弟之间手足相残而率众远走他乡的筚路蓝缕，其间伴随着艰苦卓绝的战争杀伐，故而兼具迁徙史诗和英雄史诗的叙事特征。”①

中国少数民族史诗呈现的南北格局与自然地理、人文生态环境密切相关。北方少数民族史诗传唱在辽阔的草原高原地带，其气候寒冷干燥，交通便利。南方少数民族史诗传唱在高低悬殊、崎岖不平的山地，其气候温暖湿润，交通不便。地理环境的差异导致了南北少数民族在生活方式、审美情趣上的差异。北方少数民族以游牧为生，随水草放牧，居无定所，性格豪放爽朗、勇猛剽悍，崇尚力量和勇气，具有尚武精神，精于骑射。南方少数民族以农耕为生，安土重迁，性格温和。为了争夺水草、牧场、畜群等，北方少数民族之间常有金戈铁马、纵横驰骋的大规模战争。在征战中，那些英勇善战、保护和壮大本氏族或本部落的英雄成为了歌咏赞颂的对象，与之相应的英雄史诗应运而生。南方少数民族致力于耕种，建设家园，表现为适应与改造生态环境，以求生存和繁衍。这直接导致了南方少数民族史诗多为创世史诗，反映人类与自然的斗争和农业生产活动实践。

---

① 朝戈金：《〈亚鲁王〉：“复合型史诗”的鲜活案例》，《中国社会科学报》2012年3月23日。

南方一些少数民族在历史上曾经有着大规模的迁徙，于是他们以史诗记录和歌咏先民的迁徙活动。拉祜族的迁徙史诗《根古》真实地描述了拉祜族的迁徙路线，所涉及的地名与今天的地名及地理环境大致相合。苗族迁徙史诗《沿河西迁》描述了苗族的一个分支由湖南资水而上，经柳江和清水江，至黔东南一带的迁徙历程。当然，还有一些南方少数民族曾有过频繁的部落兼并战争，这为南方少数民族英雄史诗的产生提供了素材。南方少数民族英雄史诗主要存在于壮傣语族和藏缅语族的相关族群里，大致有雏形期英雄歌与成熟期英雄史诗两种类型。① 显然，中国南北少数民族的地域和文化差异使得“北方英雄史诗带”与“南方民族史诗群”显示出不同的特点。

还需要提及的是，南方少数民族史诗常在仪式上演唱，是祭祀仪式的重要组成部分。纳西族在祭祀天鬼仪式上，要由祭司东巴演唱《创世纪》。瑶族在祭祀密洛陀时，除了要摆上祭品和点香烧纸外，师公要敲打铜鼓和跳舞向着祭台演唱《密洛陀》。在生产时，一些南方少数民族也要举行相应的仪式，演唱史诗是其中一个重要内容。云南大姚的彝族在开荒种地、进山打猎、放牧牛羊时要举行仪式，仪式上祭师要相应演唱《梅葛》中的“农事”“狩猎”和“畜牧”部分。云南西盟等地的佤族在春季播种前要举行砍人头祭鬼的仪式，祭祀木依吉，其间要演唱史诗《司岗里》，它是以咒语的形式被念诵出来的。在人生仪礼上，一些南方少数民族要演唱史诗。广西巴马的壮族在接亲时要演唱《布洛陀》中的“造婚姻”“造风俗”“造仪礼”等部分内容，而且是男方接亲的人在女方家演唱。楚雄彝族在送灵仪式上，祭司毕摩要演唱《查姆》。也就是说，南方少数民族史诗的演唱大多是整个仪式活动的一个组成部分，仪式功能非常强。相反，

① 朝戈金、尹虎彬、巴莫曲布嫫：《中国史诗传统：文化的多样性与民族精神的“博物馆”（代序）》，《国际博物馆》全球中文版，译林出版社，2010 年第 1 期，第 13 页。

仪式则是北方少数民族史诗演唱的一个组成部分，《格萨（斯）尔》《江格尔》等都是在演唱前举行仪式，以保证史诗演唱的神圣性。这是中国少数民族南北史诗的文化生态的差异。当然，随着岁月的流逝，北方少数民族史诗和南方少数民族史诗的仪式性、神圣性正在逐渐减弱，其世俗性、娱乐性正在逐渐增强。

中国学人对中国少数民族史诗类型的探讨丰富和拓展了国际史诗的宝库，加深了国际学界对史诗多样性的认识，必然会推进国际史诗类型学的研究。同时，随着中国少数民族史诗的整体研究和个案研究的深入，中国史诗类型学的研究将得到进一步的拓展。

三、史诗的功能

一部民族史诗一旦形成，便会对一个特定民族的社会、文化、生活产生多重作用，包括娱乐、教育、仪式、认同等社会功能。如果只关注史诗的结构特征，忽视史诗的功能，那么根本无法将它与其他口头文学样式区别开来，也无法在本质上理解作为特定社会或族群叙事范例和传统资源的史诗。

史诗在形成和发展过程中凝聚着特定族群的神灵观念、图腾信仰、祖先崇拜、英雄崇拜以及其他宗教信仰要素，逐渐演化成神圣而崇高的叙事，而歌手演唱史诗的活动也成为一种神圣的仪式，具有强烈的宗教功能。西藏昌都类乌奇县圆光艺人卡察扎巴・阿旺嘉措在说唱《格萨尔》前要布置道场，然后念诵经文，直到铜镜里显像，才开始说唱史诗。[①] 一些《格萨尔》说唱艺人在说唱时使用帽子招请神灵降临，希图得到他们的庇

① 杨恩洪：《民间诗神——格萨尔艺人研究》，中国藏学出版社1995年版，第277页。

佑，他们的帽子具有萨满的神力，联结着史诗中的英雄，是史诗中格萨尔王和其他英雄的标识，能够将史诗英雄和说唱艺人结合在一起。① 新疆卫拉特人请江格尔奇来家演唱史诗时经常在蒙古包外拴一批白马或白羊，作为祭品。有时，江格尔奇到民众家里演唱史诗时，民众会在江格尔奇演唱史诗前完成点香、点灯、煨桑等一系列祭祀性的仪式，或将盛满牛奶的碗放在蒙古包顶上，或将空碗扣在蒙古包顶上，有些地方还会在蒙古包周围撒上炉灰，甚至向空中鸣枪驱鬼。蟒古思故事的说唱艺人齐宝德在说唱故事之前，都要将供奉吉祥天女班丹拉姆女神的佛龛的挡板卸下，给女神上香，每次说唱大约要上三次香。②《布洛陀》的演唱是布洛陀祭祀活动的一个组成部分，田阳县敢壮山祭祀活动包括开堂、开祭、致祭词、进献祭品、演唱《布洛陀》、进香等一系列程序。在主持祭天活动的过程中，纳西族的祭司东巴要完成立神石和神木、点香、牲祭等一系列仪式，而每一个仪式的每一个程式都要演唱《祭天古歌》中相应的部分。阿昌族的巫师“活袍”在祭祀祖先和举行丧葬仪礼时演唱《遮帕麻与遮米麻》，而且在演唱前要先点燃长明灯，在肃穆的气氛中虔诚地向遮帕麻与遮米麻祈祷，然后开始演唱这部史诗。

史诗的宗教功能决定了史诗的演唱有着这样那样的规矩和禁忌。一些典籍记载，《格萨尔》的说唱艺人仅能在春季和夏季说唱《格萨尔》，否则会引起风暴和雪暴，《格斯尔》的说唱艺人只能在夜间和冬季或在昴星团明显时说唱《格斯尔》。③ 西藏史诗说唱艺人不能到神山狩猎，到圣湖游

---

① 说唱艺人的帽子具有丰富的象征意义，石泰安详尽描述这一服装道具的形状、特征及其装饰物，而且对它们作出了较为符合西藏史诗传统的象征性解释。

② 齐宝德在家里说唱蟒古思故事，上香是必不可少的。但是在他人家里说唱，他不会勉强别人要这么做。参见陈岗龙：《蟒古思故事论》，北京师范大学出版社 2003 年版，第 98—105 页。

③ 石泰安：《西藏史诗与说唱艺人》，耿昇译，中国藏学出版社 2005 年版，第 352 页。

泳嬉戏，否则会遭遇厄运，失去说唱《格萨尔》的本领。据说青海省玉树州杂多县的多丁忘记了许多有关格萨尔的故事，失去说唱《格萨尔》的技能。原因是他猎杀动物过多，神灵激怒，将他的说唱本领收回去了。[①]一些蒙古族说唱艺人认为要使《格斯尔》具有巫术魔法功能，便必须准确完整地说唱《格斯尔》，据说一位说唱艺人如果准确无误地说唱格斯尔的故事，那么天神会送给他一匹白马。[②]

不同社区或族群的人生仪礼、节日庆典、民间信仰和宗教仪式等民俗生活对史诗演唱的要求各不相同。对于藏族民众来说，在人生仪礼和传统节庆上，如果没有《格萨尔》说唱，那就会大为逊色。在什么场合说唱什么内容也是大有讲究的，如在新生儿降生的时候，吟唱格萨尔从天国降生人间的段落；赛马节上吟唱格萨尔赛马称王的段落；丧礼上则吟唱格萨尔功德圆满、重升天界的段落。阿昌族的宗教祭祀活动常要念诵创世史诗《遮帕麻和遮咪麻》，并且必须根据不同的祭祀对象念诵不同的段落。身为阿昌族祭司“活袍”的曹明宽在举行祈神、驱鬼、祭寨、祭谷魂等民俗活动时，唱诵降妖除魔的段落；在百姓起房盖屋、娶亲嫁女的仪式中，唱诵史诗的创世段落。在黔东南苗族祭祀祖先、酬神谢祖、庆贺丰年等隆重的仪式上，德高望重的长老、祭司或歌手通常演唱《苗族古歌》。在“达努节”上，瑶民都要宴飨歌舞，一起演唱《密洛陀》为其始祖神祝寿，表示恪守祖规的虔诚之心。在“卡雀哇”节的祭天鬼仪式上，独龙族要演唱《创世纪》。

史诗演唱经常与民间信仰、宗教文化以及祭祀仪式相关联，而且这种情形依然活跃在各种不同的史诗演唱传统里，使得史诗演唱具有宗教功能

---

① 央吉卓玛:《〈格萨尔王传〉史诗歌手展演的仪式及信仰》，《青海社会科学》2011年第2期。

② 石泰安:《西藏史诗与说唱艺人》，耿昇译，中国藏学出版社2005年版，第353页。

及其相应的禁忌。但是，这种功能已经逐渐呈现减弱的趋势，史诗演唱逐渐由神圣性转向世俗化，娱乐功能逐渐增强。

文化娱乐与休闲消遣是史诗的重要社会功能，与之相关的事例在不同族群的史诗演唱传统里不胜枚举。荷马史诗中那些向裴奈罗佩求婚的王公贵族让菲弥俄斯演唱诗歌，活跃宴饮的气氛。①《贝奥武甫》中吟游诗人演唱英雄的业绩给贝奥武甫与赫罗斯加助兴。② 说唱艺人桑珠曾为拉加里的嘉波说唱《格萨尔》，还应贵族赤钦的邀请演唱了《阿达拉姆》。③ 当然，史诗歌手的演唱活动不会完全限制在王公贵族的府第，他的受众不会仅仅是王公贵族与喇嘛活佛。即使豢养的宫廷史诗歌手也断不会将自己的演唱范围限定在上层社会，虽然这样的场合给史诗歌手演练和提高演唱技艺提供一个非常良好的艺术环境。对于一个史诗歌手而言，不管是在王公贵族的家里，还是在贫苦民众的家里，演唱史诗都是他们的职责，都是他们展示才华和带给人们欢愉的地方。甚至可以说，绝大多数史诗歌手都是活跃在民间，与普遍民众生活在一起，他们的演唱给民众单调而贫乏的生活带来了欢乐。塞尔维亚—克罗地亚的新帕扎尔（Novi Pazar）的咖啡馆经常聘请一些有名气的史诗歌手，将他们演唱史诗的活动作为一种娱乐节目来取悦和招揽顾客。德马伊尔·佐基奇（Đemail Zogić）是一个咖啡馆的业主，曾经雇用歌手萨利赫·乌戈利亚宁（Salih Ugljanin）和苏莱曼·马基奇（Sulejman Makić）在自己的店里唱歌，付给他们薪酬，顾客赏给他们的小钱也一并交与他们。如果雇用的歌手在受雇期间生病，德马伊尔·佐基奇便会临时客串歌手的角色，给顾客们演唱史诗，以保证店铺的生意不受影响。④

---

① ［古希腊］荷马：《奥德赛》，王焕生译，人民文学出版社 2000 年版，第 8 页。

② 《贝奥武甫》，陈才宇译，译林出版社 1999 年版，第 36 页。

③ 杨恩洪：《民间诗神——格萨尔艺人研究》，中国藏学出版社 1995 年版，第 216 页。

④ ［美］阿尔伯特·贝茨·洛德：《故事的歌手》，尹虎彬译，中华书局 2004 年版，第 20—21 页。

当人们在紧张劳作时，史诗歌手可以演唱史诗来消除他们的疲劳，增添他们的快乐，让他们得到娱乐和休息。当印度南部卡那塔克（Karnataka）西南地区的土鲁（Tulu）妇女下地拔秧和插秧时，一个女性歌手经常演唱《斯里史诗》以缓解劳作的苦辛，提高妇女们劳作的效率和劳作热情。歌手古帕拉·奈卡（Gopala Naika）曾经给在田地里劳作的妇女们演唱过《斯里史诗》，这些妇女排成一条线，手拔着秧苗，以拔秧发出的溅拔声呼应史诗演唱的节奏。①

史诗的娱乐功能不仅体现在日常生活里，而且体现在节日庆典中。公元前 6 世纪，雅典执政者裴西斯特拉托斯（Peisistratos）指派俄诺马克里托斯（Onomacritos）整理和校勘出《伊利亚特》和《奥德赛》规范本，将吟诵荷马史诗作为泛雅典娜节日庆典的比赛节目，规定诗人必须按照规范本呈现的创作顺序吟诵荷马史诗。随后，一个以吟诵荷马史诗为业的职业群体开始出现，他们时常出现在各种各样的庆典和祭祀活动中，参加吟诵荷马史诗比赛，获得奖酬。以美姑为中心的义诺彝区盛行的“克智”论辩活动存在于民间的婚丧嫁娶，既有竞技的成分，也有娱乐的成分，还有仪式的成分。②

史诗歌手演唱史诗娱乐受众的同时，自己也得到了物质上的奖酬。不论在普通百姓的家里，还是在汗王贵族的府邸里演唱史诗，江格尔奇经常受到热情的招待。1941 年，江格尔奇阿乃·尼开为通晓蒙古语的汉人张生财演唱了几天《江格尔》，张生财以一块茶砖、一件衣服和一块衬衫布相赠。③ 在巴桑嘎·穆克宾演唱《江格尔》后，受众送给他一件短棉袄，

① Lauri Honko，*Textualising the Siri Epic*，Helsinki: Academia Scientiarum Fennica，1998，p.77.

② 巴莫曲布嫫：《克智与勒俄：口头论辩中的史诗演述》（上、中、下），《民间文化论坛》2005 年第 1、2、3 期。

③ 仁钦道尔吉：《〈江格尔〉论》，内蒙古人民出版社 1999 年版，第 16 页。

赏给他3个卢布。[①] 索县热都乡的人们经常聚在一起，凑齐一些肉、酥油、茶等，邀请说唱艺人玉梅说唱《格萨尔》。[②] 歌手时常得到受众的精神鼓励。如果现场的受众不停用掌声和喊叫声鼓励，玛纳斯奇满别特阿勒·阿拉曼唱起来便更有劲。[③] 如果受众不时发出惊讶、兴奋和称赞的欢呼声，那么江格尔奇便会激情四溢，尽情发挥着自己的演唱才华。[④]

史诗是一个族群的历史记忆与神圣叙事。“如果把各民族史诗都结集在一起，那就成了一部世界史，而且是一部把生命力，成就和勋绩都表现得最优美，自由和明确的世界史。”[⑤] 一部史诗能够让人们记住祖先曾经拥有的光辉与荣耀，知晓自己族群形成与发展的历史进程，坚信他们将来高贵的命运。因此，史诗在久远而漫长的口头传唱过程对传统中的受众起着历史教育的作用。史诗既体现一个民族的历史和文化的传承，又承载着这个民族的精神和理想。史诗的英雄是一个民族已发展出来的思想和行为方式的范例，一个民族性格中分散在许多人身上的光辉品质都集中在他身上，他显示出人性美的完整个体。[⑥] 史诗呈现的民族的精神特质、制度、习俗、信仰对一个民族的社会实践与民俗生活发挥着重要的道德教育功能。

鲍勒对史诗英雄的精神特质作出精辟的概括：“英雄是男人的最高目标，他超越了人类的脆弱而获得了一种自我满足，是一种男性心态。他拒绝承认任何事情是困难的。即使失败，只要他尽他所能去做了，他也获得

---

① 仁钦道尔吉：《〈江格尔〉论》，内蒙古人民出版社1999年版，第22页。

② 杨恩洪：《民间诗神——格萨尔艺人研究》，中国藏学出版社1995年版，第164页。

③ 阿地里·居玛吐尔地：《〈玛纳斯〉史诗歌手研究》，民族出版社2006年版，第80页。

④ 仁钦道尔吉：《〈江格尔〉论》，内蒙古人民出版社1999年版，第19—20页。

⑤ [德] 黑格尔：《美学》（第三卷）（下册），朱光潜译，商务印书馆1997年版，第122页。

⑥ [德] 黑格尔：《美学》（第三卷）（下册），朱光潜译，商务印书馆1997年版，第136—138页。

内心的满足。”[①]《江格尔》里英雄们持有的崇高价值观深深地影响蒙古族民族道德的培养，江格尔奇鄂利扬·奥夫拉、巴桑嘎·穆克宾等人曾经到苏联红军部队中演唱《江格尔》，鼓舞战士们的士气和斗志。[②]《玛纳斯》里英雄们的思想品德和价值观念潜移默化地影响着柯尔克孜人，郎樱对此描述道：“《玛纳斯》通过英雄人物形象的塑造，通过感性化、感情化的审美意境，使听众在史诗的接受过程中受到潜移默化的影响，使史诗的思想价值转变为教育价值。史诗中的英雄们强烈的英雄主义气概和高尚的情操，以及他们对于真善美不懈地追求精神，对于人民群众具有教育与鼓舞的作用。”[③]

戈登·伊内斯（Gordon Innes）曾记录了冈比亚人巴卡里·西迪贝（Bakari Sidibe）对《松迪亚塔》（*Sunjata*）的评述：“虽然松迪亚塔毫无疑问地比我们更强大、更勇敢，但是他也像我们一样是一个人。他的品质也是我们也具有，虽然它简化成一种形式。松迪亚塔告诉我们一个男人能做什么，展示一个男人的潜力。即使我们不能渴求做出与松迪亚塔一样的大事，但是我们感到，我们的精神因了解像松迪亚塔那样的人展示的精神而得到升华。在战争前夕，一个歌手（griot）将对国王和他的追随者们演唱《松迪亚塔》。这个故事能唤起参与战争的受众超越自我，当然不必鼓励他们去超越松迪亚塔，而是让他们感到他们有能力获得他们以前只敢想象的伟大事情。通过让他们记起松迪亚塔的事迹提高他们对自己能力的估价。”[④]《松迪亚塔》不仅能给其民众以强烈的自豪感，而且可以让他们审视自己的生活，规范他们的行为，告诉他们应当承担的责任和义务，应当

---

① 转引自 Lauri Honko，*Textualising the Siri Epic*，Helsinki: Academia Scientiarum Fennica，1998，p.21。

② 仁钦道尔吉：《〈江格尔〉论》，内蒙古大学出版社 1999 年版，第 17—23 页。

③ 郎樱：《〈玛纳斯〉论》，内蒙古大学出版社 1999 年版，第 196 页。

④ Lauri Honko, *Textualising the Siri Epic*, Helsinki: Academia Scientiarum Fennica, 1998. p.21.

争取的荣誉。尼日利亚南部伊卓族人每隔几年便将其所有民众召集起来举办演唱部族史诗《奥兹迪》的活动，模拟史诗中祖先和英雄的生活，学习他们的优秀品德，接受民族精神的洗礼和再教育。① 刚果东部尼昂加人生活的社区经常演唱《姆温都史诗》，一方面满足民众的娱乐需求，一方面教育民众宽容与互依互助，增强社区的凝聚力。②

谈及史诗，必然要谈及史诗的宏大和崇高。这源于史诗具有的认同功能，具有的强大内聚力，能够将特定群体，乃至民族凝聚和团结起来。在特定群体，乃至民族的文化中，史诗往往是其文化的认同符号。所以，一个非传统中的受众聆听史诗，他可能会感到史诗听来枯燥、烦闷、语词多重复等，但是属于史诗传统中的受众则对歌手演唱的史诗兴趣盎然，他们对史诗中的英雄及其行为和业绩产生认同，将它们视为辨识自我，依托自我的神圣而宏大的叙事。歌手和受众对史诗的认同是史诗存在的一个重要条件，没有歌手和受众的认同与支持，一首口头诗歌是不能被视为史诗的。因此，劳里·杭柯将认同功能作为界定史诗的重要维度，③ 在他看来，群体认同是"是一套凝聚人们的价值观、符号象征和感情的纽带，通过持续不断的对话协商，为我们在天地间创建一个空间（同时将'我们'与'他们'区别开来）。" ④ 史诗传统中的歌手和受众正是通过史诗中的英雄和事件找到个人身份的自我认同。

特定族群，乃至民族的史诗、神话、传说、民间故事、咒语、颂词等诸多口头文学样式构成口头文学生态，而史诗与这个族群，乃至民族的认

① 详细论述可参见《松迪亚塔·序言》，李永彩译，译林出版社 2003 年版。

② 《松迪亚塔·序言》，李永彩译，译林出版社 2003 年版。

③ Lauri Honko, *Textualising the Siri Epic*, Helsinki: Academia Scientiarum Fennica, 1998, p.28.

④ Lauri Honko, "Epic and Identity: National, Regional, Communal, Individual", *Oral Tradition*, 1996 (11).

同关系让史诗与这个口头文学生态中的其他文学样式区别开来，[1]使史诗在内容、形式、功能等方面远远胜过了同一口头文学生态中的其他叙事文类。也就是说，史诗呈现内涵的丰富性，对特定族群乃至民族产生的影响力，表述呈现的力度都是其他叙事文类不可比拟的。史诗囊括了开天辟地、自然万物的生成、人类的起源等诸多神话，回答了世界本源问题，描述了特定族群或民族形成的历史，歌颂了特定族群或民族中的英雄，进而呈现了特定族群或民族的认同，这也是史诗具有神圣性和崇高性的原因所在。

20 世纪中后期，国际学人陆续在亚洲、非洲等地区挖掘和发现了不同于荷马史诗的史诗传统，打破了以西方古典诗学的史诗观念衡量世界各地史诗传统的做法，史诗的多样性成为国际史诗学界的共识。与史诗传统的多样性相对应，史诗的认同功能也具有多样性，具有多个层面上的认同，既有个人的某种认同，也有小群体的某种认同，还有民族的某种认同。

在印度南部卡那塔克（Karnataka）西南地区的土鲁（Tulu），《斯里史诗》是一部重要的史诗，描述了斯里成为女神的故事。土鲁妇女将它作为个人自我认同的资源，她们赞颂斯里的坚韧勇敢，自尊自立，仿效斯里的行为模式。在土鲁，村民们每年都要为斯里举行祭祀仪式，要选出一个妇女作为斯里在世俗世界的代表。一旦某个妇女被选上，它便会得到女神斯里的佑护，与女神斯里在一起了，进而获得了一个新的身份，而村民也会衷心地支持她，从而提高了她在土鲁社区和其个人家庭中的地位。[2]在藏族史诗《格萨尔》的说唱传统中，神授艺人的个人身份认同的途径是他们

---

① 转引自 Lauri Honko, "Epic and Identity: National, Regional, Communal, Individual", *Oral Tradition*, 1996（11）.

② Lauri Honko, *Textualising the Siri Epic*, Helsinki : Academia Scientiarum Fennica, 1998.

声称自己的说唱能力是神灵授予的。扎巴、桑珠、玉梅等说唱《格萨尔》的神授艺人都告诉民众他们的说唱技艺是无师自通的，是神灵在梦中传授给他们的，这将他们与圆光艺人、吟诵艺人、闻知艺人、掘藏艺人、藏宝艺人等其他类型的《格萨尔》说唱艺人区别开来。神授艺人获得自我认同的另一种途径是活佛给他们开启说唱的“智门”，并将具有象征意义的帽子赠送给他们。一旦获得活佛的加持和赠送的帽子，说唱艺人的身份不但自己得到了认同，而且民众对他们也产生了认同。在藏民眼中，神授艺人应该受到尊重，他们的说唱技艺要比其他类型的说唱艺人高超，是能够将《格萨尔》精彩地说唱出来的人。这也使得神授艺人的说唱具有了神圣性，同时其地位得到了提升。

史诗承载着由某个群体构成的区域认同。《斯里史诗》不仅是个人认同的象征资源，也维系着土鲁社区的自我认同。因为，《斯里史诗》是区域性的史诗，主要流传于操持德拉维甸语（Dravidian language）的土鲁地区，土鲁地区的民众通过演唱《斯里史诗》及其他祭祀斯里的仪式活动祈祷来年吉祥平安，表达社区的精神和思想情感。《巴布吉史诗》（*Epic of Pābūjī*）是流传于印度西部拉贾斯坦邦（Rajasthan）的地方性史诗，歌颂了拉贾斯坦邦的英雄婆米雅（bhomiyā）成为神祇的故事。在祭祀仪式上，灵媒婆巴（bhopā）召请英雄婆米雅的魂灵：“通过这一灵媒，神庙（那里以早已死去的‘婆米雅’为标志）变得活跃起来，魂灵开始解决当地人的难题。由婆米雅（bhomiyā）这一附身灵媒所拥有的控制力及其有效性和真实性，将人们从一个广大区域中吸引而来，因而神庙可以成为一种重要的仪式场所，在那里英雄的故事得以传颂。”① 婆米雅的仪式将拉贾斯坦邦的民众团结在一起，不但迎合了他们对英雄崇拜的情感需求，也加强了他

---

① 转引自［匈］格雷戈里·纳吉：《荷马诸问题》，巴莫曲布嫫译，广西师范大学出版社 2008 年版，第 65 页。

们对本社区的认同。换句话说，《巴布吉史诗》成为宗教性认同和区域性认同的象征性符号。

当然，也不排除区域性或地方性的史诗演进为多区域共享的史诗，乃至演进为民族史诗的可能，其间它在内容和形式上会出现相应的变化。斯图亚特·布莱克本（Stuart Blackburn）对区域性史诗跨越本区域流播到其他多个区域时呈现的变化有过简明扼要的描述："一个故事的传播，通过吸引当地小群体之外的新赞助人，此时，它便超越了本地的中心，而这一小群体原来崇拜死去的英雄；如此一来，死亡母题（而非神格化）的优势便削弱了。条件成熟之后，在这两个相继被连接起来的更大的地域范围内，新的要素就被添加到了各自的叙事之中：在亚区域层面上出现了一种超自然的神灵降生，在区域层面上则产生了一种泛印度形象的认同。这一发展的总体影响是，将神的存在纳入优先考虑，以此来遮蔽英雄 / 神的常人化身；当英雄 / 神被认同为泛印度的形象时，一个过程便完成了。"①《摩诃婆罗多》与《罗摩衍那》都经历从区域性史诗演进为超区域性史诗的过程，其中区域性的要素逐渐减少，全印度人民所能接受的叙事惯例愈来愈多，"与传统中受众的日常生活日渐疏远，进而演化成全印度人民的认同符号。"②《格萨尔》也是在长期的形成与发展过程中成为超区域的史诗，成为藏族民族认同的象征，"并进而在其他族群中流布，呈现复杂的文本形态和故事情节的较大变异。"③但是，并非所有的史诗都会由区域史诗演进为超区域史诗，乃至民族史诗，因为不同史诗传统的演进过程是不同的，并非呈现单向度的，而是呈现多向度的。例如，蒙古族的科尔沁史诗现在仍然停留在"支系史诗"上，而且在将来很长时间内也未必能演进升

---

① 转引自［匈］格雷戈里·纳吉：《荷马诸问题》，巴莫曲布嫫译，广西师范大学出版社 2008 年版，第 67 页。

② 朝戈金、冯文开：《史诗认同功能论析》，《民俗研究》2012 年第 5 期。

③ 朝戈金、冯文开：《史诗认同功能论析》，《民俗研究》2012 年第 5 期。

格为蒙古族的全民族史诗。①

欧洲浪漫民族主义推动了芬兰民族主义的觉醒，激励了埃利亚斯·伦洛特（Elias Lönnrot）决心辑录和创编属于芬兰民族的史诗《卡勒瓦拉》。埃利亚斯·伦洛特的《卡勒瓦拉》一出版，便得到芬兰人民的推崇，“迅速成为芬兰人民民族认同和文化认同的象征”。② 埃利亚斯·伦洛特的《卡勒瓦拉》在芬兰的成功在一定程度上激发了欧洲其他民族的文化精英编纂属于自己本民族史诗的雄心。在搜集大量爱沙尼亚的口头诗歌、民间传说以及民间故事的基础上，弗里德里克·克列茨瓦尔德（Friedrich R. Kreutzwald，1803—1882）编撰出爱沙尼亚民族史诗《卡列维波埃格》（*Kalevipoeg*）。1911 年，阿开拉耶·乌玛卡塔姆（Akkiraaju Umaakaantam）编纂的泰卢固人（Telugu）民族史诗《盘那度史诗》（*Palnātiviracaritra*）出版，随即成为泰卢固人民族精神的一面旗帜，在泰卢固人中赢得了高度的认同。罗格海尔（Gene H. Roghair）对《盘那度史诗》的认同功能评价道：“对寻找身份认同和社区生活模式的操持泰卢固语的人们而言，这部史诗（《盘那度史诗》）非常重要，因为泰卢固人的生活方式经常为外来统治者所支配，吸收外来的模式规范他们的行为。”③

劳里·杭柯将《卡勒瓦拉》《盘那度史诗》《卡列维波埃格》划入“以传统为导向的”民族史诗，抽绎出这一范畴的民族史诗形成必须具备的条件：“1. 在某个特定历史时期有一个才智非凡的文人能够意识到自己民族需要一部民族史诗，而且这部民族史诗应当符合全球通行的史诗范例。2. 拥有充足的源自远古的诗歌材料。3. 文学精英接受创作出来的民族史诗，并对它做出各自的解读。4. 民族史诗的整个编纂过程意味着口头传统从一

① 朝戈金、冯文开：《史诗认同功能论析》，《民俗研究》2012 年第 5 期。

② 朝戈金、冯文开：《史诗认同功能论析》，《民俗研究》2012 年第 5 期。

③ 转引自 Lauri Honko, *Textualising the Siri Epic*, Helsinki：Academia Scientiarum-Fennica，1998，p.41。

种情境转换到另一种完全不同的情境。”①

总而言之，“不同的史诗在不同的演唱传统里产生的认同辐射的范畴各不相同，凝聚力大小不一，认同范围也表现为个人的、社区或区域的乃至民族国家的认同等诸多形态。”②“史诗存在的意义，在这里就不仅是艺术地讲述一个关于英雄的故事，而是通过宏大的叙事，全面承载一个民族的精神风貌和情感立场。它不仅教化民众，而且强化他们内部的联系——共同的先祖意识、归属感和历史连续感。史诗的操演实践，就是将千百年间传承下来的叙事，与特定时空中的当下日常生活实践联系起来。生活在当下的民众，在反复与被神圣化和艺术化的历史建立对接和对话过程中，获得自我认同。”③

---

① Lauri Honko, *Textualising the Siri Epic*, Helsinki: Academia Scientiarum Fennica, 1998, p.41.

② 朝戈金、冯文开：《史诗认同功能论析》，《民俗研究》2012 年第 5 期。

③ 朝戈金、冯文开：《史诗认同功能论析》，《民俗研究》2012 年第 5 期。

第二编　域外史诗的阅读与欣赏

《吉尔伽美什》、印度史诗、荷马史诗、《罗兰之歌》、《尼伯龙根之歌》、《卡勒瓦拉》等域外史诗是各自民族的精神文化遗产，是各自民族独特的精神标识，积淀着各自民族最深层的精神追求。它们是世界文学重要组成部分，也是人类共同财富，为各自民族的文学文化，乃至世界文学文化的发展壮大提供了丰厚滋养。

一、吉尔伽美什

《吉尔伽美什》是世界上迄今发现的最早的史诗，从它编定成书的年代上看，它早于希腊和印度的史诗时代，表明在人类文明火种点燃的时期，苏美尔人和巴比伦人已经把英雄与太阳镌刻在自己的灵魂之中。约公元前 2000 年，苏美尔语和阿卡德语记载的泥板书出现了。公元前 1500 年前后，较为完整的《吉尔伽美什》被用巴比伦语记载在泥板上，它的结构和内容基本定型。19 世纪末，乔治·史密斯成功解读出了尼尼微的宫殿遗址中发掘出来的洪水泥板，将苏美尔—巴比伦文明重新还给了现代人，至此那些尘封的爱憎苦乐和被遗忘的文明世界又将人类的视野导向新的空间。

《吉尔伽美什》共三千余行，用楔形文字记述在十二块泥板上。十二块泥板，像是穿起这个传奇故事的绳线，在每个精彩的落笔之处，就会出现吉尔伽美什。他是苏美尔人的精神领袖，在每一次笔力回旋之时，史诗便迸发出人性之光，永久闪耀。

第一、二块泥板讲述了吉尔伽美什和恩奇都两个英雄的来历。起初，吉尔伽美什在人世间十分孤独，无法找到灵魂的伴侣。于是，他在建造乌鲁克城池后，强取豪夺，奸淫无度。由于年轻气盛，吉尔伽美什对臣民实施高压统治，抢男霸女，并且逼迫城中居民筑城修庙，劳役繁重，民怨四起。此时，众神齐聚一堂，决定造一个能够与吉尔伽美什相抗衡的英雄，他名叫恩奇都。恩奇都造成之后，被置荒野与羚羊为伴，与群兽嬉戏，但他内心也渴求有人能够懂得他的心，能有一个知心的朋友。直到有一天，恩奇都被猎人发现了。这个猎人求来神娼莎姆哈特，神娼将恩奇都驯服。继而神娼把恩奇都带到乌鲁克城，恩奇都与吉尔伽美什遭遇。经过一场酣战，两人结成了惺惺相惜的生死兄弟，并肩作战。此后，吉尔伽美什由暴君转为明主。

第三到第六块泥板记录了吉尔伽美什与恩奇都结交之后携手为人民造福的丰功伟绩。在第三块泥板中，两位英雄合力征讨怪物芬巴巴，下令制造武器，向杉树林进发。第四块泥板描写了吉尔伽美什的胆怯，恩奇都鼓励吉尔伽美什。在第五块泥板中，英勇的吉尔伽美什和恩奇都大战芬巴巴，解救出了女神伊什妲尔。第六块泥板描述了吉尔伽美什拒绝了女神伊什妲尔的求婚，杀死了天牛的故事。女神爱慕吉尔伽美什的英姿，向他求婚，但是遭到吉尔伽美什的呵斥和拒绝。吉尔伽美什的挑衅惹恼了女神，女神向她的父亲天神阿努哭诉了吉尔伽美什对她的侮辱，请求父亲替他来惩戒这个人，毁灭他的城池。阿努造了一头巨大的天牛降临人间，给人类造成祸害。吉尔伽美什和恩奇都合力杀死了天牛，将天牛的心肝奉献给天神舍马什。

史诗的故事情节从残暴的吉尔伽美什到恩奇都的出现，再到此时遭遇女神的报复，可以说跌宕起伏。自此，吉尔伽美什和恩奇都的英雄形象树立起来，他们是不畏权势、勇往直前的，是正义的，是伟岸的。

然而从第七块泥板开始，史诗的笔调转向低沉，在崇尚力量、正义与荣耀的同时，远古的两河流域先民也在宇宙星空之下、柴米油盐之余去思考人的生老病死和自然的续世轮回。自然赋予人类思考的动力，自然也给予人类答案。在《吉尔伽美什》中，吉尔伽美什和恩奇都英勇解救了乌鲁克人民，却因此触犯了天神的条规，天神决定赐死两个人中的一个人，他们选中了恩奇都，这就意味着吉尔伽美什要失去他灵魂的伴侣。

恩奇都死去，吉尔伽美什回忆了与恩奇都同甘共苦、携手远征的岁月，感慨万分，悲痛难忍："我们曾经踏遍［群山］，把一切（征服），夺取了都城，［把'天牛'杀掉］，曾经使'杉林'中的芬巴巴把罪遭。但是现在，降在你身上的这长眠究属何物？昏暗包围了你，［我说的话］你已经听不到。"①

尽管语言之间充满了悲情与无奈，但其真正呼唤的应该是对情义和生命的珍惜。对于整篇史诗来讲，这是最具深刻涵义的内容，吉尔伽美什对永生的探索，开启了人类对生与死哲学命题的探析。

第十到第十二块泥板铺开了吉尔伽美什游历并且探求永生的画卷。他去寻找永生不死的乌特那庇什提牟（Utanapishtim），纵然道有山隔，纵然途径山谷，他也要勇往直前；纵然寒暑交替，纵然明暗轮回，他也要不惜一切代价寻找心灵的归宿："［纵然要有］悲伤［和痛苦］，［纵然要有］潮湿和［干枯］，［纵然要有］叹息和［眼泪，我也要去］！来，［给我打开入山的门户］！"② 在《吉尔伽美什》里，在洪水中幸存下来的乌特那庇什提

① 《吉尔伽美什——巴比伦史诗与神话》，赵乐甡译，译林出版社 1999 年版，第 59 页。

② 《吉尔伽美什——巴比伦史诗与神话》，赵乐甡译，译林出版社 1999 年版，第 65 页。

牟以第一人称形式向吉尔伽美什讲述了洪水故事。天神恩利尔想要泛起洪水来减少人类，埃阿预先把这个灾难告知乌特那庇什提牟，乌特那庇什提牟和他的妻子造船逃过了这一劫，而其他人都葬身粘土，恩利尔让乌特那庇什提牟和他的妻子位同诸神。经过一番艰辛的跋涉后，他找到了乌特那庇什提牟。乌特那庇什提牟向吉尔伽美什讲述了洪水故事，告诉吉尔伽美什他成神和获得永生是恩利尔（Enlil）的安排。在离别之际，乌特那庇什提牟告诉吉尔伽美什能够得到长生不老草的地方。这是乌特那庇什提牟赠送给吉尔伽美什的礼物，也是对吉尔伽美什付出的努力和艰辛的回报。吉尔伽美什潜入海洋的深底，得到长生不老草。但是当他在冷水泉里净身洗澡时，由于粗心，一条蛇从水里出来将长生不老草叼走了。吉尔伽美什希望破灭了，不能永生了。他彻底陷入了绝望与悲恸中。

在第十二块泥板中，吉尔伽美什和恩奇都进行了一次灵魂的对话，这是吉尔伽美什对诸神安排命运的一种批判和抗争。但他挣脱不了诸神安排的生死，挣脱不了大自然的生命法则。吉尔伽美什带着对“死亡和生命”这个终极命题的困惑，走向史诗的终结之篇。史诗的泥板至此阅尽，英雄的豪情荡气回肠。

在表层结构的叙述中，我们可以先后看到对英雄诞生的追述和赞美，化敌为友的传奇经历、对妖魔和天牛的胜利、同伴逝去的悲剧、英雄探索的失败等都在其中了。同时，在情节的不断丰富过程中，不同的母题分别展现不同的情感内涵，比如征讨杉妖、女神求爱被拒、杀天牛、求永生、洪水故事、与亡灵对话等母题，各有特色，各成体系，但又统一连贯。在这个以“泥板”为线条的史诗结构中，我们也可以感受到不同“泥板”渗透出来的情感的变化，那种由喜到悲、由生的赞美到死的恐惧的情节转变，像天象历法中的十二进位一样，十二块史诗，再现了阴阳和轮回，生与死在这个行星运行的黄道圈上交织喜悲。

《吉尔伽美什》是一部赞颂原始社会末期英雄人物的史诗，因而史诗所刻画的人物形象是作品本身的核心和灵魂。《吉尔伽美什》凭借丰富的艺术手段，对吉尔伽美什和恩奇都的肖像、语言、动作进行多角度的展现，给我们呈现出一个鲜活的神话世界。

吉尔伽美什是古巴比伦人的灵魂使者，是美索不达米亚的英雄，是两河流域的传说。在这段尘封已久的故事中，我们可以感受到他拒绝女神求婚反遭报复的恼怒，在雷电交加的暴风雨目击乌鲁克城池坍塌的绝望，英勇战胜天牛的胜利欢呼，还有他失去好友恩奇都的悲恸。智慧出众、勇敢非凡、武力过人而又半神半人的吉尔伽美什，他不仅仅是一个个体存在，更是两河流域人民的精神灯塔。

吉尔伽美什是乌鲁克城邦的君王，天神的儿子："大力神［塑成了］他的形态，天神舍马什授予他［俊美的面庞］，阿达德赐给他堂堂丰采，诸大神使吉尔伽美什姿容［秀逸］，他有九［指尺］的宽胸，十一步尺的[身材]！"[①] 他具备强大的号召力，用鼓声唤起伙伴们的集体意识，促使他们"奋臂而起"，"修筑起拥有环城的乌鲁克的城墙"，[②] 牢固地防卫着本族的故土和疆域，正如史诗所说的他的一切劳苦和艰辛全刻在碑石上。

除此之外，吉尔伽美什有着为集体获取财富而献身的精神。征讨芬巴巴实际上是一次为乌鲁克城的民众争夺木材的行动，恩奇都劝阻他，不要冒险到这个森林："[芬］巴巴的吼叫就是洪水，他嘴一张就是烈火，他吐一口气就置人于死地。为什么你竟，打定了这样的主意？"[③] 吉尔伽美什勖勉恩奇都说："让我走在你前面！你要喊'不要怕，向前！'我一旦战死，

① 《吉尔伽美什——巴比伦史诗与神话》，赵乐甡译，译林出版社 1999 年版，第 4—5 页。

② 《吉尔伽美什——巴比伦史诗与神话》，赵乐甡译，译林出版社 1999 年版，第 3 页。

③ 《吉尔伽美什——巴比伦史诗与神话》，赵乐甡译，译林出版社 1999 年版，第 25 页。

就名扬身显——‘吉尔伽美什是征讨可怕的芬巴巴，战斗在沙场才把身献’，为我的子孙万代，芳名永传。”① 这种不怕战死的牺牲精神，表现了原始社会的英雄主义、氏族成员的高贵品质和军事英雄的荣誉感。在天神舍马什的帮助下，吉尔伽美什和恩奇都最终战胜了芬巴巴。

吉尔伽美什是正直的、正义的代表，他的英雄气概表现为不苟且、不妥协。吉尔伽美什拒绝了女神的挑衅，却带来了灾难，遭到天神的惩罚，天神派下了天牛来到乌鲁克残害居民。这一次，吉尔伽美什为了他的子民站出来，与天牛展开殊死搏斗：“它第三次喘着鼻息，朝恩奇都［扑去］，恩奇都［躲开了］它的冲击。恩奇都跳起，将‘天牛’的犄角抓住，‘天牛’惊慌已极，用尾巴将[　]拂拭。恩奇都开口[说了话]，他对[吉尔伽美什]说：‘我的朋友啊，我们［已经取得］胜利。’［他］将剑［刺进］颈和角中间，杀了牛，他们扒出心肝，奉献于舍马什之前。他们退下，在舍马什之前礼拜完毕，两兄弟同坐并肩。”②

吉尔伽美什和恩奇都一起联手除掉了凶猛的天牛，史诗对这场战斗描写得非常精彩激烈，细致生动，节奏感极其强大的诗句，体现了古巴比伦人对正义的坚定信念，展现出了吉尔伽美什和恩奇都的英雄气质。

恩奇都是天神赐予吉尔伽美什的伙伴，也是天神赐予人间能够与吉尔伽美什相抗衡的神性力量。他与吉尔伽美什一样享有天神赐予的神力。恩奇都起初是一个未开化的人，他的身上还保留着兽性，“他跟羚羊一同吃草，他和野兽挨肩擦背，同聚在饮水池塘，他和牲畜共处，见了水就眉开眼笑”。③ 如果说吉尔伽美什是半人半神的形象，那么，恩奇都则是

① 《吉尔伽美什——巴比伦史诗与神话》，赵乐甡译，译林出版社 1999 年版，第 27 页。

② 《吉尔伽美什——巴比伦史诗与神话》，赵乐甡译，译林出版社 1999 年版，第 47 页。

③ 《吉尔伽美什——巴比伦史诗与神话》，赵乐甡译，译林出版社 1999 年版，第 6—7 页。

一个半人半兽的形象。恩奇都最初融入动物的世界，过着茹毛饮血的原始生活，直到被神娼引导开化之后，他才显现出人的属性，渐渐褪去了兽性。

恩奇都是一个自由的灵魂，他不受神的约束，随心所欲，过率性自由的生活，创造女神阿鲁鲁要他去和吉尔伽美什搏斗，他拒绝了，整天与野兽混在一起，他的兽性无疑来自远古人民朴素的自然性格。神赋予他智慧和勇敢，让他来到这乌鲁克，遇到吉尔伽美什，完成他的使命。在征伐芬巴巴的时候，恩奇都劝阻吉尔伽美什，但又义无反顾地帮助吉尔伽美什杀死了芬巴巴。在与天牛搏斗时，他帮助吉尔伽美什除去天牛。

吉尔伽美什与恩奇都互相映衬，相互交织，使得两位英雄的形象更为丰满和立体。没有与吉尔伽美什的较量，就不会有恩奇都的教化；没有恩奇都的牺牲，就没有吉尔伽美什后来对永生的探索和对人的生死的深刻领会。他们在现世的人生追求与兄弟义气上诠释了朴素的英雄主义。

《吉尔伽美什》具有较高的艺术成就，继承了苏美尔文学的优良传统。《吉尔伽美什》中的诸多神祇大多是苏美尔、阿卡德神话故事中的著名形象，如阿努、埃阿、舍马什和恩利尔等。苏美尔、阿卡德的口头文学为《吉尔伽美什》的创作提供了大量的素材。《吉尔伽美什》将人和神交织在一起，构成错综复杂的故事情节，通过丰富多彩的想象展现人与诸神之间的矛盾与斗争，吉尔伽美什与恩奇都都深陷这种神话故事的纠缠中，既给读者以多叙事、多层次的厚重感，又增强了动人心弦的艺术魅力，具有浓厚的神话色彩。同时，《吉尔伽美什》在语言上保留了民间口头创作的特点，自然质朴，以叙述为主，史诗中穿插的人物对话丰富而新奇，将史诗的英雄事迹与心路历程一一道来。

《吉尔伽美什》篇幅不长，却真实地反映了古代苏美尔的社会现实，充满了强烈的人间社会的生活气息。它描绘了军事民主制的社会状况，吉尔伽美什的专横残暴既是早期奴隶制国王的特点，又带有氏族部落酋长的遗风。恩奇都到来之前，“吉尔伽美什仗恃膂力”，[①] 像野牛一般统治着乌鲁克的人们，从不敛息。这是奴隶制初期军事领袖勇武粗野、骄横任性的表现。当然，天神造了恩奇都，两位英雄共同改变了乌鲁克，吉尔伽美什由恶变善，这体现了苏美尔人对野蛮转向历史文明的向往和心愿。征讨芬巴巴是对英雄的赞歌，也反映了氏族社会部落战争的实况。史诗还直接或间接地反映了古苏美尔的狩猎、畜牧、兵工、筑城、造船、饮食等生产生活。这些生活细节尽管在史诗中较少，但是能够从中看到古苏美尔社会现实生活的大致面貌，展现了古苏美尔人的生活习俗和生产劳动。

《吉尔伽美什》具有丰富的文学性和深刻的思想性。吉尔伽美什对于死亡与生命的认知，是先民们探索世界本源和事物发展的一道终极难题，体现出原始社会向文明社会过渡时期的人类社会的特点，展现了人和神的矛盾，深化这部史诗的思想内容，使这部史诗带上了哲学的奥秘色彩。在向森林进发前，吉尔伽美什对恩奇都说：“在太阳之下永［生者］只有神仙，人的（寿）数毕竟有限。”[②] 这些对生死的哲思像一道闪电，划亮了整个古巴比伦文明的长空。史诗认为，即或是英雄，对于神安排的生死是无能无力的。生与死如同宇宙的运行，是天经地义的。人类无法逃避死亡，但或许可以超越死亡。吉尔伽美什看到了自己的宿命：“我的死，也将和恩奇都一样。悲痛浸入我的内心，我怀着死的恐惧，在原野徜徉。”[③]

史诗还热情赞扬了英雄大胆探索人生奥秘、自觉认识自然法则的行为，讴歌他们敢于违抗神意的积极进取的精神。吉尔伽美什对永生的寻求

① 《吉尔伽美什——巴比伦史诗与神话》，赵乐甡译，译林出版社 1999 年版，第 11 页。

② 《吉尔伽美什——巴比伦史诗与神话》，赵乐甡译，译林出版社 1999 年版，第 27 页。

③ 《吉尔伽美什——巴比伦史诗与神话》，赵乐甡译，译林出版社 1999 年版，第 62 页。

实际上是他对诸神安排生死的一种批判和抗争。比如吉尔伽美什在面对利诱的情况下，仍旧选择远游寻求生死之道，未曾停下脚步。第十块泥板记载："吉尔伽美什哟，你要流浪到哪里？你的所探求的生命将无处寻觅。自从诸神把人创造，就把死给人派定无疑，生命就保留在他们自己的手里！吉尔伽美什哟，你只管填满你的肚皮，不论白天黑夜，尽管寻欢逗趣；每天摆起盛宴，将你华丽的衣衫穿起。白天夜里你（尽管）跳舞游戏！你洗头，沐浴，爱你那手里领着的儿女；让你怀里的妻子高高兴兴，这才是［做人］的正理。"① 吉尔伽美什在寻求永生的道路上最终无功而返，只是在归来之时看着辉煌的乌鲁克城墙才得到些许的安慰。他领悟到了，人虽不能永生，他毕竟能名垂青史。史诗以英雄末路的悲歌为情感基调，但是并不是写英雄之死，吉尔伽美什是他们民族精神的象征，是他们对美好生活的深沉寄托。整个史诗的悲剧的阴霾，终被吉尔伽美什的英雄壮举所穿透，闪现着人性的光辉。

二、荷马史诗

荷马史诗是世界文学的艺术瑰宝，是欧洲文学的典范和不朽的丰碑。它像一个色彩斑斓的星云，裹挟着无数的秘密和猜想，激发起每个时代人们的好奇心和想象。从荷马史诗产生之日起，学者们就纷纷著书立说分析和讨论荷马史诗的内容和语言等各个方面，时至今日荷马史诗的研究已经有近两千多年的历史，但是荷马史诗在时间的洗练中仍旧发散引人注目的魅力，"荷马是谁?""是否有荷马其人？""荷马一人创作了《伊利亚特》和《奥

① 《吉尔伽美什——巴比伦史诗与神话》，赵乐甡译，译林出版社 1999 年版，第 70 页。

德赛》吗?”“荷马是如何创作了这惊世之作?”等吸引着众多学者提出自己的新见解。

荷马史诗以手稿形态遗存，活形态的歌手已近消失。因此，对荷马的研究，我们只能通过书面的文字探讨其中的“端倪”，做出一些尽可能接近传统的推测。首先要追问的是谁是“荷马”？答案莫衷一是：荷马可能是一个人，可能是几个人，或可能根本不存在。这个问题可以说贯穿了国际史诗学术史。历史上是否确曾有过荷马其人，希腊人的回答是肯定的。生活在公元前七世纪上半叶的厄菲索斯诗人卡利诺斯（Callinos）曾提及史诗《塞拜德》，认为它是荷马的作品；生活在前六世纪的色谱法奈斯（Xenophanes）和开俄斯诗人西摩尼得斯（Simonides，约前556—468年）也曾提及荷马的名字。另外，柏拉图和亚里士多德、色诺芬尼、希罗多德和修昔底德等都认为荷马在历史上真有其人。18世纪意大利启蒙主义哲学家维柯认为“真正的荷马”不是一个人，而是希腊民族。他指出荷马史诗不是一个人的创作，而是整个希腊民族的集体创作。[①]1769年英国考古学者伍德（Robert Wood）发表《论荷马的原创性天才》（*An Essay on the Original Genius of Homer*）更径直提出荷马目不识丁，史诗一直是口口相传的。1795年，德国学者沃尔夫（Friedrich August Wolf）刊印了一篇论文《荷马引论》（*Prolegomena ad Homerum*），引发了19世纪发生在“分辨派”（Analysts）和“统一派”（Unitarians）之间的论战，它贯穿了19世纪荷马问题的始终。[②]“分辨派”主张“荷马多人说”认为荷马史诗出自多人之手；“统一派”也即“荷马一人说”，认为荷马史诗是由一个天才作者独自完成的。亲身经历这场论争的最后一幕的米尔曼·帕里（Milman Parry）把19世纪以来民族志方法纳入语文学领域对“荷马问题”做出当

① ［意］维柯：《新科学》，朱光潜译，人民文学出版社1986年版。

② ［美］约翰·迈尔斯·弗里：《口头诗学：帕里—洛德理论》，朝戈金译，社会科学文献出版社2000年版，第8页。

代的回答：荷马史诗是不仅口头的，而且是传统的。[①] 回顾“谁是‘荷马’”学术史，我们可以在一定程度上确认，荷马是一个史诗歌手，是古希腊史诗传统的一个象征，是一个具有玄奥智慧的歌手。

接下来，我们要追问荷马周围是否存在歌手群体？色诺芬尼据说是一个以背诵荷马史诗为业的人[②]，柏拉图的《伊安》篇也提到一位自称精通荷马的人物。[③] 由此，我们大抵上可以断定，古希腊拥有歌手群体，他们像荷马一样在演唱中创作，荷马不过是其中最为优秀和杰出的一位。其次，他们的社会地位不高，多为王公贵族吟唱英雄故事，演唱的曲目也半分由不得自己，甚至命运也掌握在这些人的手中。菲弥俄斯内心很不情愿为那些向裴奈罗佩求婚的王公贵族们演唱，但是他不得不向他们屈服，最后还是因为奥德修斯的赦免，才侥幸活命。德摩道科斯虽然受到主人的礼遇，但是他对演唱的曲目没有任何自主权，他不得不根据主人的意愿调整自己的演唱。结合学者从菲弥俄斯（Phēmios）和德摩道科斯（Dēmodokos）本义推测出歌手是受到民众尊敬的人的观点，我们可以这样认为，古希腊歌手社会地位低，但是因为他们歌唱英雄的业绩，凭借自己精湛的技艺而受到民众的尊重。再次，古希腊出现职业化的史诗歌手，它们大多为盲人。荷马就是其中的一位，荷马在伊阿尼土语里就是盲人的意思，所以在开始演唱史诗时，总要唱：“缪斯宠爱他，给他幸福，也给他不幸，夺去了他的视力，却让他甜美地歌唱。”[④] 或许因为他们是盲人，为了生存不得不苦练演唱技艺，所以盲人在歌手群体中显得更为优秀。那么歌手演唱的乐器是什么呢？荷马史诗中的菲弥俄斯（Phēmios）和德摩道科斯都是弹

① ［美］约翰·迈尔斯·弗里：《口头诗学：帕里—洛德理论》，朝戈金译，社会科学文献出版社 2000 年版，第 14 页。

② 汪子嵩等：《希腊哲学史》第一卷，人民出版社 1988 年版，第 534—536 页。

③ 柏拉图：《柏拉图全集》第一卷，王晓朝译，人民出版社 2002 年版。

④ ［古希腊］荷马：《奥德赛》，王焕生译，人民文学出版社 2000 年版，第 147 页。

着竖琴歌唱的。竖琴又名里拉琴，由七个弦组成，故有时被称为七弦琴。相传首先由众神使者、宙斯之子赫尔墨斯把琴弦缠绕在乌龟壳上制成，随后他把琴赠给太阳神阿波罗，阿波罗又把琴赠给了他的儿子——奥尔甫斯（Orpheus），使他成为一位著名琴师，他的琴声可使忧伤的人们忘忧，使高兴的人们更加快乐，使劳动的人们力量无穷，使奔腾的大河停流，使静止的山峦趋步，使凶顽的猛兽驯服，使沉默的树木与石头开口，只要他一开始弹奏七弦琴，万物都会静静地聆听并为他美妙的琴声所打动。天才诗人正是弹奏着竖琴，引领世人追忆那段属于绝色美女海伦和特洛伊战争的悲欢岁月。

《伊利亚特》共有 15693 个诗行，主要讲述了约有十年的特洛伊战争的最后五十一天发生的事情。这部史诗围绕“愤怒”的主题展开：（1）阿波罗的愤怒。阿波罗的祭司克律塞斯因向希腊国王阿伽门农赎回女儿克律塞因斯未果，便请求阿波罗惩罚希腊人。阿波罗向希腊军队射出愤怒之箭。（2）阿基琉斯的第一次愤怒。阿伽门农夺走了阿基琉斯的战利品，阿基琉斯愤怒地退出战争。（3）阿基琉斯的第二次愤怒。帕特罗克罗斯战死沙场，阿基琉斯第二次愤怒，再次披甲上阵。（4）阿基琉斯平息愤怒。阿基琉斯手刃赫克托尔，并侮辱其尸身，在赫克托尔的父亲普里阿摩斯前来向他赎回儿子的尸体时，阿基琉斯慢慢平息了愤怒。

《奥德赛》共有 12110 个诗行，主要讲述了希腊人洗劫特洛伊城后，希腊将领奥德修斯返回家园的故事。它集中讲述了最后四十一天的故事：（1）奥德修斯回归前伊萨卡的现状。奥德修斯出征特洛伊十年之后，伊萨卡及附近岛国的贵族前来向奥德修斯的妻子裴罗奈佩求婚，这些求婚者耗费奥德修斯的家财，奥德修斯的儿子忒勒马科斯憎恨求婚者的所作所为外出寻父，前往底涅斯托尔和墨涅拉奥斯处打听父亲的消息。这些描述既为以后的故事的发展做了铺垫，也为特洛伊战争之后各个英雄的生活做了些补充。（2）奥德修斯十年回乡的漂泊历程。史诗一开始描述了奥德修斯在女神卡鲁普索的美轮美奂的岛屿上思念妻子和家乡的场景，接着奥林波斯众神趁波塞冬在埃塞俄比亚接受祭祀之际，商议奥德修斯的返程。奥德修斯离开卡鲁普索的岛屿到达费埃克斯人的岛上，应费埃克斯王阿尔基诺奥斯的要求讲述他在特洛伊战争之后所遇到的遭遇，主要包括抢劫基科涅斯人的伊斯马罗斯城、登陆洛托法戈人的国土险些忘记回返故土、在库克洛普斯岛刺瞎波吕斐摩斯、被莱斯特律戈涅斯人攻击、到达女神基尔克处同伴被魔法攻击变为猪、听从基尔克建议去往冥界哈得斯、顺利抵住塞壬的诱惑、艰难通过卡律布狄斯和斯库拉、登陆太阳神赫利奥斯岛屿食其神牛被惩罚、奥德修斯只身抵达卡鲁普索处等。(3) 奥德修斯回归家园。奥德修斯得到费埃克斯人的帮助回到伊萨卡，在儿子忒勒马科斯和牧猪奴欧迈奥斯的帮助下，杀死了所有的求婚者。

实际上，《奥德赛》也可看作是围绕“愤怒”的主题展开。奥德修斯的军队抢夺特洛伊城雅典娜庙而使雅典娜愤怒，奥德修斯刺瞎波塞冬之子而惹怒波塞冬，登上太阳神赫利奥斯的岛屿后贪吃神牛而被神明惩罚，正是由于这些神明的愤怒，奥德修斯一行人才会几次三番地被拖延了归程。另外，奥德修斯回乡杀死全部的求婚者和不忠的奴隶也可谓是愤怒所致。

总体来说，《伊利亚特》和《奥德赛》都是围绕一个“有整一性的行动”[①]而展开，即《伊利亚特》是阿基琉斯的愤怒，《奥德赛》则主要描述了奥德修斯回归伊萨卡的故事。

《伊利亚特》和《奥德赛》塑造了许多具有个性色彩的人物形象，阿基琉斯、赫克托尔、奥德修斯是最能打动读者的英雄。阿基琉斯是英雄中的英雄，是女神塞提斯与凡人佩琉斯的儿子。他具备其他凡人难以企及的力量与勇气。他的枪矛是其他任何阿开亚人都提拿不起的，只有他能够熟练地舞动，运用自如。他刚毅、壮烈、骄傲、正直以及固执。他为荣誉而

① ［古希腊］亚理斯多德：《诗学》，罗念生译，人民文学出版社 1997 年版，第 28 页。

战，将荣誉视为其生命。众所周知，阿基琉斯的愤怒是《伊利亚特》的主题和原动力，全部的情节都是围绕它展开的。阿基琉斯的愤怒是因为个人的荣誉受到伤害。对于阿基琉斯而言，个人荣誉是他生存的根本，是他珍如生命的东西，容不得半点侵犯。阿伽门农夺去他的礼物等于剥夺了他的尊严和荣誉。当阿伽门农归还礼物，并附加一些其他的礼品时，阿基琉斯的尊严得到了补偿。面对希腊军队的节节败退，阿基琉斯首先想到的是自己的尊严和荣誉，对其他希腊人的生死全然不顾。实际上，阿基琉斯再次踏上战场的原因除了帕特罗克罗斯的战死以外，还有阿基琉斯对荣誉的渴望。当阿基琉斯要重新投入战斗来杀死赫克托尔为朋友报仇时，塞提斯警告说："你注定的死期也便来临，待赫克托尔一死。"①阿基琉斯义无反顾地回答："我现在就去找杀死我的朋友的赫克托尔，我随时愿意迎接死亡，只要宙斯和其他的不死神明决定让它实现。"②在战场上英雄的勇敢体现在勇于面对无可避免的结果，为了荣誉明知不可为而为之。

赫克托尔是特洛伊国王普里阿摩斯最喜爱的儿子，爱国、忠诚和刚毅。希腊军队兵临城下，赫克托尔担负起了保家护国的重任。赫克托尔内心清清楚楚地知道："有朝一日，这神圣的特洛亚和普里阿摩斯，还有普里阿摩斯的挥舞长矛的人民将要灭亡，特洛亚人日后将会遭受苦难，还有赫卡柏，普里阿摩斯王，我的弟兄，那许多英勇的战士将在敌人手下倒在尘埃里。"③但是他拒绝逃离战场，勇敢地担起了责任。当面对妻子安德罗马克的挽留时，他说"夫人，这一切我也很关心，但是我羞于见特洛亚人和那些穿拖地长袍的妇女，要是我像个胆怯的人逃避战争。我的心也不容

① ［古希腊］荷马：《伊利亚特》，罗念生、王焕生译，人民文学出版社 2004 年版，第 424 页。

② ［古希腊］荷马：《伊利亚特》，罗念生、王焕生译，人民文学出版社 2004 年版，第 425 页。

③ ［古希腊］荷马：《伊利亚特》，罗念生、王焕生译，人民文学出版社 2004 年版，第 147 页。

我逃避，我一向习惯于勇敢杀敌，同特洛亚人并肩打头阵。”①

奥德修斯是智谋型英雄。在希腊军队的作战过程中，凡是需要人际交涉或遇到无法解决的问题时，奥德修斯都会出面，例如带领士兵送回祭司克律塞斯的女儿克律塞因斯、将登上船准备回家的士兵重新赶回战场、规劝阿基琉斯重回战场、深夜潜入敌营赶回许多战马等。在《奥德赛》中，奥德修斯凭借自己的智慧多次转危为安，如通过卡律布狄斯和斯库拉、将自己绑在木杆上克服了塞壬的诱惑、逃出了巨人围困他们的山洞等。其中最让人印象深刻的是用计谋逃出独眼巨人波吕斐摩斯的洞穴。波吕斐摩斯把奥德修斯和他的十二个同伴囚禁在洞穴里，以他们为食。奥德修斯削光树干刺瞎了巨人，并且将自己和同伴缚在山羊肚下，顺利逃出了巨人围困他们的山洞。波吕斐摩斯欺骗奥德修斯到回到他身边，假意说自己要赠给奥德修斯礼物，让他回到伊萨卡。但这是徒劳的，奥德修斯拒绝回去。而且奥德修斯欺骗波吕斐摩斯，告诉波吕斐摩斯他的名字叫“无人”，让波吕斐摩斯不能抓住或找到自己。

荷马史诗描述了许多或真实或虚构的事件，也塑造了各色各样的人物形象，巧妙地将这些纷繁复杂的事件和人物有序地安排在一个精湛巧妙的结构当中，让人不禁为荷马的艺术造诣拍案叫绝。《伊利亚特》叙述了十年特洛伊战争的最后五十一天，围绕“愤怒”主题，通过各具色彩的人物形象和精彩纷呈的战争描写，按照时间顺序一步步讲述，逻辑上环环相扣，从而使各卷之间或者各卷内部的隐性结构和情节有机地组合在一起。《奥德赛》则是围绕“回家”主题，通过插叙和倒叙的艺术手法叙述奥德修斯十年海上漂泊中的最后四十一天的事情，其中有关奥德修斯在特洛伊战争结束后海上漂泊到女神卡鲁普索处的插叙使史诗结构稍

① ［古希腊］荷马：《伊利亚特》，罗念生、王焕生译，人民文学出版社 2004 年版，第 146 页。

显松散，不过却与后边的历险重述形成了对称关系，从而使深层的内在平行结构得以维持。

荷马史诗中最引人注目的是使用了许多程式化的语言。程式是在相同的格律条件下为表达一种特定的基本观念而经常使用的一组词。① 它们是史诗歌手演唱史诗的"建筑部件"，史诗歌手能够熟练地运用它们缓解现场即兴创编的压力。只要对程式进行稍微的调整，他就可以连续不断地创编出符合演唱需要的诗行，而程式的长度或半个诗行或一个诗行或多个诗行。最短小的程式"all′ge"（复数"all′agete"）在荷马史诗中出现了 140 多次，一般出现在诗行的句首，占据该诗行的一个考伦。② 它具有填补韵律空当的作用，对史诗的创编具有结构上的功能。荷马史诗经常使用的程式"甜蜜的睡眠"（glukus Hupnos）由两个词组成，经常与一个动词一起占据六步格诗行的第二个步格的一半。它是一个便于合韵的片语，为歌手创编史诗提供了便利。"甜蜜的睡眠"这个片语具有丰富的传统内涵。当史诗中人物进入沉睡时候，他们面临几种的可能：1. 通过"甜蜜的睡眠"，身体和精神得到了放松，精力得到了恢复。比如阿伽门农说："他随即飞走了，甜蜜的睡眠把我释放"。③ 2."甜蜜的睡眠"预示着神谕的传达。阿伽门农就是在"甜蜜的睡眠"中获得了攻打特洛伊的神谕。3."甜蜜的睡眠"预示着他们将面临更大的危险，甚至死亡。在荷马语域

---

① 转引自朝戈金：《口传史诗诗学：冉皮勒〈江格尔〉程式句法研究》，广西人民出版社 2000 年版，第 16—17 页。

② colon，复数形式为 cola，言词的节奏单元。具有两重含义：1. 希腊或拉丁诗从两个到最多不超过六个音步的一个系列，含有一个主要重音，并构成一行的一部分；2. 按意义或节奏对言词所作的划分，它的单位比句子小且不像句子那样独立，又比短语大而不像短语那样依附。引自约翰·弗里，朝戈金：《口头诗学五题：四大传统的比较研究》，《东方文学：从浪漫主义到神秘主义》，湖南文艺出版社 2003 年版。

③ [古希腊] 荷马：《伊利亚特》，罗念生、王焕生译，人民文学出版社 2004 年版，第 28 页。

里，对于生命而言，“甜蜜的睡眠”就像一条道路上的两个分岔口。任何人只能二选一，没有其他的选择。一经选择，故事的图像就设定完成。这种设定不仅符合传统的意蕴，而且有利于歌手更好地铺开故事。例如，奥德修斯详细叙述了他和同伴们如何计划攻打深睡的库克洛普斯，对于库克洛普斯而言，睡眠是在酒精的催发下进入的一种休息状态，它可能是一种精力的补充。但是睡眠轻易地让他的眼睛被毁掉，他也将永远地活在黑暗中。[①]甜蜜的睡眠让特洛伊人得到释放和恢复，但是也带给了他们毁灭和死亡。荷马正是通过“甜蜜的睡眠”俭省地描绘出一个行为的两个方面。

史诗是一个复杂的文类。绝大多数的史诗包含了其他文类，如神话、民间故事、咒语和挽歌等，它们与史诗共处在一个口头传统的生态里，是相对独立的口头文学样式。在漫长的形成与发展过程中，史诗以自身为导向将它们吸收到自身的演唱传统里，并对其作出相应的艺术处理。挽歌与荷马史诗共处于古希腊口头叙事传统，挽歌使用的短语和结构与史诗是共享的。也就是说，古希腊口头叙事传统中的挽歌在消化到荷马史诗过程中，它的某些文类特征也被存留在荷马史诗里。荷马史诗的挽歌具有很强的传统性指涉，其传统性指涉是指它承载着在字面意义之外的深层意义，指向其蕴含的更深层的传统涵义。赫克托尔要出城与阿基琉斯交战，普里阿摩斯和赫卡贝都哀求赫克托尔不要出城应战，并以挽歌的形式苦劝赫克托尔。这两个典型场景都由致词和英雄死去将给家人带来的不幸两个要素组成。[②]它们预示着赫克托尔将会被阿基琉斯杀死。再往前看，当赫克托尔从战场回到城中，顺道看望自己妻子和孩子时，安德罗玛开恳求赫克托

① ［古希腊］荷马：《奥德赛》，陈中梅译，译林出版社 2004 年版。

② ［古希腊］荷马：《伊利亚特》，罗念生、王焕生译，人民文学出版社 2004 年版，第 501—503 页。

尔在战斗要保护好自己，这也以挽歌的形式呈现。[①] 这预示着赫克托尔此时虽然生龙活虎般地站在安德罗玛开的面前，但是他的阵亡已经注定了，安德罗玛开已在为自己丈夫的死哀悼了。帕特罗克洛斯阵亡，塞提斯为他吟唱的挽歌便预先告知阿基琉斯要死在特洛伊的战场上，注定不能生还回到自己的领地，即使塞提斯也无法改变阿基琉斯业已命中注定的结局。

荷马史诗中的挽歌是传统的，但是它的呈现形式永远是变动的，一个歌手可以根据不同的语境运用不同的形式呈现挽歌场景。《伊利亚特》第十八卷里阿基琉斯为战死的帕特罗克洛斯演唱的挽歌与《伊利亚特》第二十二卷里安德罗玛开为赫克托尔演唱的挽歌有着相同之处，又有着不同之处。它们由如下要素按照一定的逻辑顺序构成：生者对其亲人或同伴有着一种不祥的预感，不大相信亲人或同伴会战死；通过信使确认亲人或同伴的死讯，或者自己亲眼看到亲人或同伴的尸体；毁损自己的形象；演唱挽歌。阿基琉斯虽然退出战场，但是他注意到战争的局势已经发生了变化，希腊联军已经处于下风，预感帕特罗克洛斯要死在特洛伊城下。随后，奈斯托尔之子作为信使将帕特罗克洛斯的死讯告知了阿基琉斯。与阿基琉斯不同，安德罗玛开是在缝织衫袍时无意听到特洛伊城墙边传来的哭叫哀号，预感赫克托尔遭到不幸，但是这种预感不是通过信使得到确认的，而是安德罗玛开自己亲身确认的。确认同伴战死后，阿基琉斯抓起污秽的尘土洒抹自己身躯，躺在泥尘里，抓绞和弄乱自己的头发。安德罗玛开确认丈夫阵亡后，甩掉头上戴着的头饰、束带和头巾。在毁损自己的形象之后，阿基琉斯和安德罗玛开都各自为自己最亲密的人演唱了挽歌。

预感亲人或同伴会战死与毁损自己形象是构成挽歌这一典型场景的传统叙事结构要素。这两个要素传达了生者确认自己最亲密的人战死时那种

① ［古希腊］荷马：《伊利亚特》，罗念生、王焕生译，人民文学出版社 2004 年版，第 145—146 页。

悲痛的心情，作为承载传统涵义和具有换喻功能的要素，它们预示将要发生的事情。当确认了帕特罗克洛斯被赫克托尔杀死的残酷事实之后，阿基琉斯非常悲痛，为帕特罗克洛斯唱响了挽歌，并拒绝进餐，决定为帕特罗克洛斯报仇。安德罗玛开确认了丈夫的死讯之后，毁损自己的形象，但是她不可能像阿基琉斯那样在战场上为赫克托尔报仇。这两个挽歌场景传达了既定人物的心理和精神状态，表达了他们悲痛的心情。但是，它们预示将要发生的事情却不同。阿基琉斯演唱挽歌的场景预示着阿基琉斯要重新回到战场，杀死赫克托尔，而安德罗玛开演唱挽歌的场景则预示着特洛伊将要被希腊联军攻破。

荷马史诗中较为常见的典型场景还有宴会场景，它在《奥德赛》里出现三十二次，在伊利亚特里出现三次，长短不一，短至几十行长至几百行以上。这个典型场景在《奥德赛》里最早出现是向裴罗奈佩求婚者们在奥德修斯家里举办的宴会：依次就座，淋洗双手，摆上醇酒和菜肴，进餐结束。奈斯托耳宴请忒勒马科斯的场景：沐浴，就座，上菜肴和饮酒，进餐结束。阿尔基努斯宴请奥德修斯的场景：就座，盥洗双手，上酒菜，食毕。再结合其他的宴会场景，我们可以发现，它每次出现都包含了三个可变通的部分：就座，上酒和菜肴，进餐结束。淋洗双手和沐浴两个要素则时有时无。如果我们接着往下细读这个场景，其实，还可以发现宴会场景还有一个每次必然出现的要素，那就是每一次宴会最后都是难题的调解或解决的办法有了眉目。裴罗奈佩的求婚者们在奥德修斯家里肆意挥霍奥德修斯的财产，忒勒马科斯无力阻止这种无耻的掠夺。宴会的举办之后预示这种情况要有所改变。雅典娜装扮成奥德修斯的老朋友门忒斯出现在这个宴会上，在进餐结束后，雅典娜建议忒勒马科斯做一次短途的离家旅行。这个旅行将让忒勒马科斯从一个无助的男孩变成一个自信的男人，他将竭力承担起家族的责任，最后参与对这些求婚者的报复。奈斯托耳宴请忒勒马科斯，吃饱喝足之后，他让忒勒马科斯踏上出访的途程：预示忒勒马科斯探访奥德修斯的消息将取得一定的进展。阿尔基努斯宴请奥德修斯，食毕，然后是谈及送客回返之事：预示奥德修斯将回归伊萨卡。

再看卡鲁普索举办的两次宴会。第一次宴会，她宴请赫耳墨斯：摆桌就座，上仙食，赫耳墨斯吃饱喝足后，传达宙斯的神谕，即奥德修斯最后必须被释放。随后，卡鲁普索举办第二次宴会，宴请奥德修斯：奥德修斯坐在赫耳墨斯刚才坐过的椅子，女仙摆出各种食物，吃喝过后，卡鲁普索警告英雄回归要经历磨难，并指出摆在奥德修斯面前的磨难。通过宴会，问题得到调停或找到解决的办法，它既是叙事的媒介和桥梁，许多问题都在这里获得了答案，又具有传统性指涉，预示故事发展的方向。卡鲁普索举办的两次宴会正是这样的传统性符号，它预示奥德修斯虽然要历经磨难，但最后还是朝着伊萨卡前进。简而言之，“宴饮场景”不仅仅只是一种常见的创编技巧，还是一个可被认知的社会交往的符号，同时也是未来和平的一种预示。①

《奥德赛》的叙事规律和结构模式：离去—劫难—回归—报仇—婚礼。整体而言，《奥德赛》是一首回归歌，即“奥德修斯回归故乡伊萨卡”。奥德修斯被召唤去参加一次重大的军事远征——特洛伊战争，把妻子和儿子留在家中，战后他成为女神卡鲁普索的俘虏，被囚禁多年。后来神的介入，女神卡鲁普索释放了他，然后奥德修斯开始了回家的艰辛历程。在回家路上，他遭受到各种充满敌意的神或妖或巨人或自然力量的攻击和威胁，差点丢掉性命。最后，奥德修斯来到伊萨卡，他以伪装和谎报英雄的死亡考验家庭、仆人、朋友和同事对他的忠诚，观察他们的反应。他杀死了那些向裴罗奈佩求婚的贵族王公，裴罗奈佩通过制造睡床这个谜语确认奥德修斯，英雄由此重新恢复了他的地位和身份。但是《奥德赛》中的回

① ［美］约翰·迈尔斯·弗里：《口头诗学：帕里—洛德理论》，朝戈金译，社会科学文献出版社 2000 年版，作者中译本前言，第 7 页。

归故事并非仅一个范式，我们可以发现与奥德修斯回归截然不同的范式：那就是阿伽门农的回归，也可以称为克鲁泰奈丝特拉的道路。与裴罗奈佩的喜剧结局相比，克鲁泰奈丝特拉则是悲剧。阿伽门农率领大军远征特洛伊，历经劫难，回到故乡，却被克鲁泰奈丝特拉谋杀。细读两个回归范式，我们可以发现两条道路是在伴侣双方确认时，开始分道扬镳的。在此之前，每件事都是悬而未决的，是沿着裴罗奈佩的路还是沿着克鲁泰丝特拉的路直到伴侣身份得到确认才大白于天下。

回归故事范型首先呈现的是一种结构。《奥德赛》没有依照英雄离去—劫难—回归—报仇—婚礼的顺序叙述，而是按照传统的设定从中间(回归)开始讲述。英雄被囚禁和历经的劫难是通过倒叙表述出来，即英雄向法伊阿基亚人讲述了他离开特洛伊所遭受的苦难。① 这种叙述模式不是脱离了逻辑顺序，对于歌手和回归歌而言，这是一种合理的策略和讲述回归歌的模式。另外，回归歌的支点是女主人公，而不是英雄。一旦英雄回归的旅程开始了，最后他一定会回到家中。不管这个旅程要耗费多少年，要历经多少磨难，但是英雄回归故里是必然的。而英雄回家将找谁并不确定。传统意义上，女主人公仍然是一个疑问，甚至弥漫着难以解释的神秘，即使在那些最接近她的人看来，她也是深不可测。因为她让那些向她求婚的王公贵族无可奈何，而且正是她的聪明狡猾让她与奥德修斯的相认屡屡推后，推延了必然发生的事。最后，即使奥德修斯表白自己身份，她也不相信，而是通过特有的标识确认她丈夫的身份。简而言之，是裴罗奈佩，而不是奥德修斯，决定故事的发展道路，控制着叙述的发展趋势。

回归故事范型不单是一种叙述形式，而是一种具有完整功能的故事形式，它将某些确定的期望进行必要的编码，诸如一位妻子对她的英雄的等待，求婚者对她和她丈夫领地的威胁，英雄为捍卫家园所进行的战斗，以

① ［古希腊］荷马：《奥德赛》，陈中梅译，译林出版社 2004 年版。

及一系列引领夫妻得以重聚的线索等。[①]《奥德赛》开篇预示奥德修斯将要回归，至于回归的方式，歌手通过编织符码告诉我们奥德修斯的回归路径。阅读《奥德赛》之后，我们可以发现，在讲述过程中时常预示奥德修斯回归的结局，如阿伽门农灵魂说裴罗奈佩为人贤和，心智敏慧温存，她断然不会害自己丈夫。阿伽门农灵魂警告奥德修斯女人信靠不得，告诉奥德修斯回到故乡，要悄悄地靠岸，不要大张旗鼓。这就预示了奥德修斯回到故乡，将以伪装的形式出现；同时表明了奥德修斯的回归歌不是阿伽门农—克鲁泰奈丝特拉—俄勒斯忒斯式的，而是奥德赛—裴罗奈佩—忒勒马科斯式。

荷马史诗是欧洲文学的源头，古希腊人社会生活的百科全书，涵盖了古希腊的历史、经济、政治、文化、社会各方面的知识，包孕博大精深的思想内容。它的结构严谨，构思巧妙，剪裁精妙。它塑造的人物形象生动鲜明，真实感人。它的诗句优美，语言朴素，比喻生动。人们不仅可以从荷马史诗欣赏到绚丽多彩的神话传说和气势磅礴的英雄故事，也可以从荷马史诗了解到古希腊的天文、地理、历史、哲学等方面的知识，更可以把它当作文学创作的典范来学习。

三、印度史诗

印度两大史诗《摩诃婆罗多》和《罗摩衍那》不但是印度古代文学的宝藏，也是世界文学宝库中古老的遗产。它们对印度整个社会生活的影响深广，涉及政治、经济、法律、伦理、宗教、哲学以及艺术等各个方面。

① ［美］约翰·迈尔斯·弗里：《口头诗学：帕里—洛德理论》，朝戈金译，社会科学文献出版社 2000 年版，作者中译本前言，第 7 页。

《摩诃婆罗多》被称为“历史传说”（itihāsa），《罗摩衍那》被称作“大诗”（kāvya）和“最初的诗”，原因在于“《罗摩衍那》虽然与《摩诃婆罗多》一样，也主要采用通俗简易的‘输洛迦’诗体，但语言在总体上要比《摩诃婆罗多》精致一些，开始出现讲究藻饰和精心雕镂的倾向。”[①]《摩诃婆罗多》和《罗摩衍那》是由集体创作的，最初以口口相传的形式流传，在流播的过程中被吟游诗人和宫廷歌手不断地丰富和扩充，经过漫长的历史积累，最终被整理成书，以文字的形式固定下来。

（一）

《摩诃婆罗多》的成书年代大约在公元前4世纪到公元4世纪，最初是八千八百颂的《胜利之歌》，后来演变成两万四千颂的《婆罗多》，最后扩充为十万颂的《摩诃婆罗多》（即《大婆罗多》）。[②]《摩诃婆罗多》的署名作者是毗耶娑，但是我们无法确定毗耶娑是确有其人还是一个传说人物。毗耶娑是《摩诃婆罗多》中的一个重要人物，是渔家女贞信嫁给象城福身王之前的私生子，贞信与福身王的两个儿子花钏和奇武没有留下子嗣就相继死去，于是贞信找来了在森林中苦修的毗耶娑，让他与奇武的两位遗孀结婚，生下了持国、般度和维杜罗。随后般度族的五子和俱卢族的百子之间发生了王位之争，在双方旷日持久的王位争夺战结束之后，般度五子升天，毗耶娑用三年的时间创作了这部史诗。显然，这是创作者们假托了一个传说中的人物作为《摩诃婆罗多》的创作者，以让受众从内心认同《摩诃婆罗多》的神圣性，相信它是仙人所创作，把《摩诃婆罗多》宣扬的宗教哲学思想作为信仰和真理来信奉。

① 黄宝生：《〈摩诃婆罗多〉导读 · 后记》，中国社会科学出版社2005年版，第140页。

② 《摩诃婆罗多》，黄宝生等译，中国社会科学出版社2005年版。

俱卢族和般度族王位之争的缘起是这样的：毗耶娑在儿子持国和般度出生后重返山林，由持国和般度继位做象城的统治者，由于持国天生失明，般度做了国王。不久之后，般度去世，持国暂时治理朝政。持国生育了一百个儿子，大儿子名叫难敌，般度生育了五个儿子，大儿子名叫坚战。坚战成年后，持国打算将王位让给坚战，但是持国的儿子难敌不同意，企图霸占王位，一场持久的争斗由此开始。

难敌为般度五兄弟设计了一座易燃的紫胶宫，打算放火烧死他们。般度五兄弟死里逃生，逃亡到山林过着隐姓埋名的生活。后来般遮罗国王为女儿黑公主德罗波蒂举行比武招亲大会，般度族五兄弟乔装成婆罗门前往比试。五兄弟中的阿周那在比武中获胜，赢得了黑公主。但是般度族五兄弟也因此暴露了身份。

在主持国政的持国将他们召回国，分给他们一半国土。般度族在自己的国土上励精图治，国家欣欣向荣。难敌目睹此番景象，心生妒忌，想出了摇骰子赌博的骗局。般度兄弟出于刹帝利的尊严，接受了难敌的挑战。持国虽然知道自己的儿子难敌使诈，还是纵容了他的举动，这为后来般度族和俱卢族的战争埋下了隐患。在掷骰子的比赛中，般度族五兄弟不仅输掉了自己的国土，还把自己和黑公主都输掉了。难敌在赌博大厅对黑公主横加羞辱。般度族五兄弟之一的怖军天生神力，脾气暴躁，面对难敌对般度族的羞辱，勃然大怒，发誓要引发一场战争，为般度族报仇。持国意识到了问题的严重，出面制止了儿子难敌，并且答应了黑公主的要求，释放了般度五子，并且将他们的国土归还给他们。

难敌的野心没有得到满足，他发动了新一轮遏制般度族兄弟的阴谋。他再次向般度族兄弟挑战掷骰子，输的一方要在山林里流放十二年，第十三年时还要过一年隐姓埋名的生活，如果在这一年被别人识破了身份，就要再流放十二年。般度族五兄弟再次输掉了赌局，由大哥坚战带领，去往了山林。第十三年时，他们假装成仆人，在另一个王国平稳度过。十三年期满后，难敌依旧拒绝了般度族五兄弟回自己国土的要求。般度族五兄弟忍无可忍，决定集结盟友，发起战争。大部分人都不想看到兄弟之间互相残杀的情景，双方不断派出使节谈判，希望能避免这场一旦发动就会让福身王一族受到灭顶之灾的战争。般度族不断妥协，降低自己的要求，最后提出难敌归还他们五个村庄的要求。但是野心勃勃的难敌拒绝了般度族的所有要求，一心发起战争。最终双方谈判崩裂，在俱卢之野开战。

双方都毫无保留，倾注了全部兵力，在俱卢之野排列了上百万的军队，其中有象兵方阵、骑兵方阵、战车方阵、步兵方阵，还有勇武的各路大将。双方一次次发起冲锋，大量的士兵被屠杀，血流成河，尸横遍野。般度族的盟友中有一员叫黑天的大将，他是印度三大主神毗湿奴的化身，拥有无穷的力量。在他的庇护下，般度族几乎全歼了俱卢族的部队。就在战斗结束的前夕，俱卢族仅剩的三位大将在夜间发动了违背刹帝利行为准则的偷袭，趁般度族士兵酣睡之际，几乎杀死了般度族的所有士兵，但最终还是被般度族苏醒过来的将士歼灭了。俱卢族全军覆灭，般度族也损失惨重。面对这样惨烈的结局，坚战精神沮丧，打算放弃王位，最终在众人的劝说下登基为王。三十六年后，坚战得知黑天逝世升天，决定退位去苦修。将王位传给了般度族的唯一后裔——阿周那的孙子后，坚战带领自己的四个兄弟和黑公主一起隐居山林，修炼得道，逝世升天。

在传唱过程中，行吟诗人和宫廷乐手会有意识地在《摩诃婆罗多》中插入大量神话、传说、寓言、故事以及宗教、哲学、政治和伦理等内容。这使《摩诃婆罗多》成为"百科全书式"的史诗，几乎囊括了古印度社会的方方面面。这种创作手法使这部史诗以一种故事中套故事的框架结构展开，① 大故事中可以有小故事，小故事中还可以插入对话，对话里可以讨论很多与故事发展关系不那么密切的话题。这种开放式的叙事结构使这部

① 刘安武：《印度两大史诗研究》，北京大学出版社 2001 年版，第 211 页。

史诗中有大量的插话，造就了这部史诗的磅礴以及它的厚重和从容。整部史诗的阅读过程就像一次长长的探险之旅，我们走向未知，不知道接下来会发生什么，也许在战争一触即发的时刻会有一段优美的哲学对话来稳定军心和鼓舞士气，也许一个不重要的角色回忆自己的身世时会讲出古印度美妙的神话。我们知道故事的大致走向，但是我们不知道在故事的推进过程中会发生什么。我们在一次次的意外和惊喜中看到了古印度社会所信仰的神的世界、人世的纷争，他们的行为准则，他们的修行方法，以及古印度壮丽的自然风光。其中最美妙的一个篇章无疑是《薄伽梵歌》。

《薄伽梵歌》出现在《摩诃婆罗多》第六篇《毗湿摩篇》中，是其中的第二十三至第四十章。当般度族和俱卢族的战争即将打响的时候，般度族五兄弟之一阿周那对这场同宗相残战争的合法性产生了怀疑。他觉得没有什么事比残杀自己的亲人和师长更罪孽深重了。于是他放下了武器，决定退出这场战争。黑天对他进行了开导，他们的对话就是这篇《薄伽梵歌》。“薄伽梵”是对黑天的尊称，意思是“尊者”。《薄伽梵歌》的意思就是“尊者的歌”或者“尊者的教诲”。这篇对话对中古印度的世界观、宗教观、行为准则等进行了详尽而优美的阐释。

黑天在《薄伽梵歌》里提出了实现人生解脱的三条道路：智瑜伽、信瑜伽和业瑜伽。智瑜伽是世界观和宗教观，认为世界是由“原质”和“原人”两种永恒的存在所构成的。“原质”是构成宇宙的物质，有善、忧和暗三种性质，它们处于永恒的变化中，三种性质按不同的比例融合在一起，决定了物质的属性。善指轻盈、光明和喜悦的性质，忧指激动、急躁和忧虑的性质，暗指沉重、阻碍和迟钝的性质。“原人”指永恒不灭的精神或灵魂，认为人的灵魂处于不断的轮回中，不生不死，不会寂灭。超脱于“原质”和“原人”之上的是“梵”，也就是绝对精神，或者说宇宙的本体或本原，是存在本身。修炼的最高境界就是“梵我同一”，体会存在本身，并且与其融为一体，由此达到永恒。信瑜伽是虔诚、崇拜和虔信，指的是对“梵”、对存在、对永恒的信仰，要以此为人生的目标，以此为所有行动的目的。业瑜伽是行动，指以一种超然的态度履行个人的社会义务和责任。

黑天认为行动是人的本质，是“原质”的本质，因此不能拒绝行动，宇宙就处于永远的运动中，如果人停止行动，连生存都无法维系。黑天强调的是在行动中摒弃自己的欲望，不执着于行动的结果，只是去行动，不怀欲望和执念。同时，业瑜伽还提出了一套修行以达到梵的方法，包括打坐、入定、调整呼吸等。黑天认为，人类社会始终处于创造、维持和毁灭的循环中，战争也是人类存在方式中固有的，阿周那身为刹帝利，战斗是与生俱来的职责，他不应该逃避。阿周那听完黑天的教导，得到了顿悟，平静地投入了战斗。

《薄伽梵歌》是东方智慧最重要的典籍之一，是人类文化宝库中最光彩夺目的一部分，引导着印度人民的精神生活。罗姆罗罕·罗易、维韦卡南达、提拉克、甘地等等，这些印度大思想家都将《薄伽梵歌》引为经典。它像镶嵌在《摩诃婆罗多》这座王冠上的一颗璀璨明珠，与磅礴的史诗相映生辉。

《摩诃婆罗多》塑造了许多性格鲜明的人物形象。难敌是持国的长子，为人心狠手辣，狡猾奸诈，贪婪嫉妒。他将怖军视为自己夺取王位的最大障碍，处心积虑地谋害他。他用藤索将怖军捆绑起来扔入水流湍急的深水中，用毒蛇咬睡着的怖军，用黑峰草毒对怖军下毒，但这些阴谋都失败了，被怖军一一识破，怖军安然无恙地活着。他嫉妒坚战，忍受不了坚战登上王位，想方设法要将坚战置于死地。他极度贪婪，般度族的富庶让他产生了无法忍受的痛苦和忧愁，于是用掷骰子的方法夺走了般度族的财富。他一意孤行，拒绝将般度族的国土归还给般度五子，引发了俱卢大战。

坚战是般度王的长子，是仁慈的化身。他将仁慈和宽容视为最高的和永恒的“正法”，是有自制能力的人的行为。难敌一再加害般度五子，坚战虽然识破了难敌的阴谋诡计，但他没有与难敌进行针锋相对的斗争，而是一次次地容忍与宽恕难敌。当难敌想要将般度五子烧死在紫胶宫时，坚战在大火中领着他的兄弟们从事先准备好的地洞秘密地离开了。难敌想出用掷骰子的方法把般度族王国赢过来的手段，于是挑衅般度族兄弟与他进行赌博。虽然坚战认为赌博是完全不正确的，也识破了这是难敌的诡计，但是他认为面对挑战不能退缩，于是他没有揭穿难敌，而是毅然进行了这场必输无疑的赌博，输掉了自己的一切。当难敌被健达缚们抓走时，坚战不计前嫌，不计个人恩怨和私利，决心要将难敌救出来。显然，坚战是一个宅心仁厚、慈悲为怀的人，宽容和仁慈是他最突出的性格特征。

《摩诃婆罗多》大量使用比喻和夸张，富有想象力，而随处可见的格言和谚语使《摩诃婆罗多》的语言精练，蕴含着深刻的哲理。它还将神奇的想象与真实描述巧妙地结合起来塑造栩栩如生的人物形象。《摩诃婆罗多》保有大量的程式化的词组、语词与典型场景，[①] 它们是《摩诃婆罗多》创作的口头特征。

（二）

罗摩衍那的意思是“罗摩的游行”或者“罗摩传”。它的作者蚁垤的历史真实性难以考证，蚁垤已笼罩在神话和传说的迷雾中。[②] 整部史诗主要讲述罗摩和他妻子悉多悲欢离合的故事。《罗摩衍那》的诗律是输洛迦（意译为颂），即每节两行，每行十六个音节。整部史诗共约两万四千对对句，即由《童年篇》《阿逾陀篇》《森林篇》《猴国篇》《美妙篇》《战斗篇》和《后

① 黄宝生：《〈摩诃婆罗多〉导读》，中国社会科学出版社 2005 年版，第 143 页。

② 《罗摩衍那初探》，季羡林译，外国文学出版社 1979 年版，第 9—10 页。

篇》构成。[①]

《童年篇》讲述了罗摩的身世以及他与悉多的婚姻。阿逾陀城的国王娶了三位王后，三位王后为他生育了四个儿子，分别是罗摩、婆罗多、罗什曼那和设睹卢祇那。罗摩天生神力，精通武学，十六岁时在从未接触过武器和训练的情况下就降服了一个厉害的罗刹，从此开始了他的游历生涯。这段游历让他迅速地成长为受世人尊重的王子。弥提罗国举行盛大的祭祀，罗摩随同友人一起前往，受到了弥提罗国国王遮那竭的欢迎。在祭祀之后，遮那竭拿出一张祖传的大弓，声称能拉开这张弓的人就可以娶他的女儿悉多为妻。罗摩不仅拉开了弓，还把弓拉断了，赢得了悉多。悉多也为罗摩所折服，深深地爱上了他。

《阿逾陀篇》讲述的是罗摩被流放山林十四年的原因。十车王感觉自己年老力衰，命不久矣，于是决定立太子，让他继承自己的王位。罗摩既是大儿子，又德才兼备，是众望所归的继承人。但是国王很久之前许诺给二王后吉迦伊两个心愿，二王后提出立自己的儿子婆罗多为太子，并要求国王流放罗摩十四年。十车王一诺千金，在悲痛中答应了二王后的两个心愿。罗摩既为了维护父亲的信誉，也出于对弟弟的情义，欣然答应了将自己放逐到森林的要求。悉多为了夫妻之情，罗什曼那为了兄弟之情，决定同罗摩一起流放。婆罗多当时并不在阿逾陀国，而是在舅舅家，并不知道国内发生的这些事。直到十车王抑郁而终，国内召他回去登基才知道了这一切，他痛斥了自己的母亲。举行完十车王的葬礼后，他亲自去山林里寻找哥哥，请求哥哥回来继位。但是罗摩拒绝了。无奈之下婆罗多只好带回了罗摩的一双鞋，当作罗摩的象征供在宝座上，自己代理罗摩理政。

《森林篇》是罗摩、悉多和罗什曼那三人在山林中流放的经历。他们三人在森林中到处漫游，拜访那些苦修中的婆罗门，为他们排忧解难，担

① 《罗摩衍那》，季羡林译，人民文学出版社 1980—1984 年版。

负着守护他们的职责。后来他们在山林中一处美若仙境的地方搭建了一个小茅草屋，平静地生活在那里。他们的平静被一件小事打破了。有一天，一个样子奇丑的女罗刹首哩薄那迦路过他们的居所，被罗摩所吸引，疯狂地爱上了罗摩，要求罗摩娶她为妻。罗摩和罗什曼那对她开起了玩笑，她盛怒之下要吃掉悉多，被罗摩割去了鼻子和耳朵。这个女罗刹是楞伽城十首魔王罗波那的妹妹，楞伽城是一座罗刹的王国。她受伤后先是鼓动自己的另一个哥哥伽罗为她报仇。伽罗派出去的十四个罗刹很轻易就被罗摩打败了，之后他亲自率领一万四千罗刹与罗摩进行了一场大战，同样被打败了，伽罗也死于罗摩的箭下。最后魔王罗波那决定亲自出马，他让罗刹化身成一只美丽的鹿引开了罗摩和罗什曼那，自己抓走了悉多，想逼她和自己成亲。罗摩和罗什曼那发现自己中计后开始了漫长的寻找，为救悉多身负重伤的金翅鸟告诉他们是罗波那抢走了悉多。在寻找悉多的过程中，他们帮助迦槃陀打破了诅咒，让他恢复了仙人的原形，作为回报，他让罗摩去找猴王须羯哩婆。

在《猴国篇》里，罗摩和罗什曼那终于找到了猴王须羯哩婆，不过猴王被自己的哥哥波林篡夺了王位，流放在外。罗摩和弟弟杀死了波林，帮猴王夺回了王位。猴王召集全国的猴子帮助罗摩找到了悉多的踪迹。罗摩虽然知道了悉多被劫到了楞伽岛，但是隔着大海，无法渡过。

《美妙篇》讲述的是神猴哈奴曼帮助罗摩的故事。哈奴曼神通广大，变幻无穷。他发挥自己的神通，越过大海来到楞伽国，然后变成一只猫钻进了楞伽国的后宫。目睹了罗波那对悉多的威逼利诱与悉多的宁死不从之后，他将罗摩的信物戒指交给了悉多，也将悉多的信物宝石带回来交给了罗摩。

在《战斗篇》中，罗摩得到了工巧大神的儿子那罗的帮助，与猴国军队一起架桥渡海，与罗波那进行了一场大战。神猴哈奴曼在北方神山为身受重伤的罗摩和罗什曼那找到了仙草，帮他们治愈了重伤，助他们打败了魔王罗波那，救出了悉多。但是罗摩对悉多的贞洁产生了怀疑，悉多伤心落泪，投火自明，火神从烈火中托出悉多，证明了悉多的贞洁。此时，十四年的流放期满，罗摩一行人乘坐云车回到了阿逾陀国，婆罗多欣然将王位让给哥哥，罗摩顺利登基。

《后篇》中，罗摩听到了民间的传闻，说悉多曾经被劫掠到魔窟，贞洁不保，便派弟弟罗什曼那将怀有身孕的悉多送往恒河边。悉多在那里受到了蚁垤仙人（传说中这部史诗的作者）的照顾，顺利生下了两个孩子。蚁垤仙人将罗摩的经历创作成史诗，教给悉多的两个孩子吟唱。罗摩举行祭祀时，蚁垤仙人让这两个孩子当众吟唱，罗摩知道了他们是自己的孩子。蚁垤仙人也出面为悉多的贞洁辩护，可是罗摩还是不相信悉多的贞洁。悉多呼唤大地母亲来为自己证明，大地裂开，悉多投入大地母亲的怀抱。罗摩和弟弟罗什曼那死后升入天国，罗摩的两个儿子接替了王位，继续统治阿逾陀王国。

在这个荡气回肠的宏大故事里，史诗塑造了一系列鲜明的人物形象。作为整部史诗的主角，罗摩尊敬父亲，为了维护父亲的承诺，他自愿被流放山林。他爱护兄弟，无论是留在国中当王的婆罗多，还是跟随他流放山林的罗什曼那，罗摩对他们都礼遇有加。他对妻子忠诚，从在比武大赛中和悉多一见钟情到流放途中悉多被劫走，罗摩时刻都在照顾悉多，爱护她，保护她。当得知悉多被劫走后，一向沉着冷静的罗摩彻底愤怒了，而这愤怒正是来源于他对悉多深深的爱。他有担当，有勇气，毅然承担起为修炼的人们铲除罗刹的任务。他还有着高强的武力，在与罗刹的战斗中斩妖除魔，战无不胜。

悉多最突出的性格特征是忠贞。她跟随自己的丈夫罗摩流放山林；她被罗波那劫走后经受住了种种威胁和诱惑，一心忠诚于罗摩。罗摩打败了罗波那救出悉多之后，她为了证明自己的清白毅然投火自证。当罗摩听信谣言对悉多的忠贞产生怀疑，要驱逐她的时候，她也毫无怨言，拖着怀孕的身体被流放到恒河边。悉多可能是当时那个社会环境里的理想女性，这也反映出了男权社会对女性的压迫和束缚。罗摩对她忠贞的屡次怀疑，一次次对她的考验，都是男权社会对女性的束缚和物化。

神猴哈奴曼是作者精心塑造的一个人物。他的性格特征概括起来说是忠诚、机警、勇敢。他是猴王须羯哩婆的部下，始终忠诚于猴王。须羯哩婆与罗摩结了盟，他又忠诚于罗摩。为了寻觅悉多的踪迹，他奋不顾身，上天入地。在与罗波那的搏斗中，他显示了自己高度的机警和无比的勇敢。他飞越大海，变身成一只猫，只身潜入魔都楞伽城。他变化多端，机智勇敢，见到了悉多，传递了信物，把好消息带回给罗摩。在两军对阵中，他骁勇善战，浑身是胆。罗摩和罗什曼那受了伤，他用手把吉罗娑山从千里之外托到阵前，找到仙草，治好了罗摩兄弟的伤，又把大山用手托回原处。印度至今仍有着普遍的神猴崇拜，这与哈奴曼的深入人心是分不开的。

史诗塑造人物的功力还体现在对人物性格复杂性的表现上，每个人都不是扁平化的，而是有着丰富甚至矛盾的性格。老国王在器重的儿子与许下的诺言间忍痛选择了遵守诺言，但也因此抑郁而终。英俊魁梧、武力高强、智慧稳重的罗摩在得知悉多被抓走之后表现出了悲痛欲绝、丧失理智、残忍暴虐的一面。同样地，深明大义、温柔体贴的悉多在得知自己的丈夫可能会遭受危险的时候，对听从哥哥命令守护在悉多身旁的罗什曼那破口大骂，让罗什曼那去帮助自己的丈夫。

史诗将一些不很重要的配角也塑造得血肉饱满。在《森林篇》中，罗波那为了实施自己调虎离山的诡计，请求另一位叫摩哩遮的罗刹帮忙，摩哩遮有随意变幻形态的本领。摩哩遮虽然是罗刹，属于魔族，曾经犯下过不少恶行，但是他已经顿悟，不再行恶，而是在海边的小房子里隐居，刻苦修行。当魔王罗波那来请求他的帮助时，他苦口婆心地劝阻，让罗波那不要一意孤行，告诉他这样的举动会给整个楞伽王国带来灾难。

最后罗波那不听劝阻，威胁要杀了摩哩遮，摩哩遮无奈之下只好听从，行动之前又对罗波那进行了激烈的咒骂。虽然是被迫同意，但是答应罗波那之后就不再有保留，而是顺应命运，把罗摩兄弟骗离了居所，最后从容死在罗摩的箭下。作为魔族的罗刹，摩哩遮有着自己跌宕起伏的一生以及鲜明的性格，有着自己的生存智慧和生存哲学，给人留下了很深的印象。在《摩罗衍那》中，天神和英雄都有脆弱黑暗的一面，罗刹也有让人感动的闪光之处。正是这样站在命运高度的博大胸怀，让人感觉到史诗对世间万物的一种大悲悯。“天地不仁，以万物为刍狗”，史诗描述着每个人不可改变的命运，既冷眼旁观又悲天悯人，以此达到对整个人类存在的观照。

《罗摩衍那》描述了印度的种姓制度。印度是以种姓制度组织起来的社会，人被分为四个等级，第一等级是婆罗门，他们主要是僧侣贵族，在史诗中他们隐居山林，以果子和植物的根茎为食，克制欲望，刻苦修行，追求灵魂的超脱。第二等级是刹帝利，他们是国家的统治者，是军事贵族和行政贵族，遵从婆罗门的思想，负责守护婆罗门。罗摩就属于刹帝利，是阿逾陀城国王十车王的儿子，武力高强，为了守护在森林中修苦行的婆罗门而与罗刹们（魔族）进行了一系列的战争，一次次地挫败了罗刹，受到婆罗门们的尊敬。第三等级是吠舍，即普通的民众。第四等级是首陀罗，他们绝大多数是被征服的土著居民，大多是服侍用餐、做饭的佣人以及工匠。

《罗摩衍那》还体现了印度的宗教观念。简单说来，史诗将世界分为天神、人类和魔族（罗刹）三界，他们各自有自己的领土和王国。人类中的婆罗门向往着修炼得道，灵魂脱离肉体后能升入神界。魔族大多凶残野蛮，经常以婆罗门为食，与神界为敌。以罗摩为代表的刹帝利则不断与罗刹进行斗争，保护婆罗门。印度的宗教观念认为人生有四个目的：法、利、欲、解脱。法是史诗中反复出现的达磨，既是一种道德准则，又是一种超脱的哲学观念，利指俗世的利益，欲指感官欲望，解脱指超脱肉体，进入天界。刻苦修行的人必须摒弃俗世的利，克制自己的欲。

总之，《摩诃婆罗多》和《罗摩衍那》是全景式的宏大叙事，具有很高的艺术成就，充分显示了印度人民的创作智慧和艺术才华。它们是印度文化知识和文体形式的百科全书，体现了印度的思想信仰和道德观念，对印度人民的生活和文化，乃至印度现代的语言文学和宗教都产生了深远的影响。它们也是世界文学的珍贵遗产，对欧美文学、东亚文学等都产生广泛的影响。

四、罗兰之歌

《罗兰之歌》是中世纪法国著名的史诗，也是中古欧洲英雄史诗中最具有代表性的作品之一。全诗 4002 行，用罗曼方言写成，描述了查理大帝（Charlemagne）、罗兰（Roland）、奥利维（Oliver）等英雄的业绩，大约于 1100 年定型。它最初是游吟诗人在演述中创作出来的，其作者已不可详考。

《罗兰之歌》是游吟诗人以罗兰的英雄故事以及其他传说与历史人物事件为基础，创编出来的英雄史诗。史诗中罗兰战死的历史原型可追溯到 778 年 8 月查理大帝后卫军的失利，这支军队在从南到北横穿比利牛斯山（Pyrenees）时受到了敌人的伏击。罗兰确实是历史上存在的人物，是这支后卫军的指挥者，死于敌人的这次伏击。《罗兰之歌》中查理大帝的敌人是撒拉逊人（Saracen），使用阿拉伯语撰写的编年史记录了阿拉伯人和巴斯克人（Basque）参与这次对查理大帝军队的伏击。《罗兰之歌》以这一历史事实为依据，将一场只有几天的战争写成历时 7 年的征伐异教徒的大战。在《罗兰之歌》中，甘尼仑（Ganelon）与罗兰的敌对态势、甘尼仑与撒拉逊人的密谋、罗兰与奥利维的友谊以及对甘尼仑的审判等事件的历史起源已经很难探究出来，它们与原初的真实历史有着非常大的差距。尽管能够辨识出《罗兰之歌》的叙事骨架具有真实历史的特征，但是史诗中人物的名字经常出现时代错误。随着封建社会等级制度的确立，基督教与伊斯兰教在地中海一带争夺加剧，《罗兰之歌》被注入了基督教要素，注入了当时的政治社会内容和宗教神秘色彩。

《罗兰之歌》的主要情节由甘尼仑投敌叛国、罗兰遭遇伏击、惩罚甘尼仑构成。查理大帝在西班牙驻扎了整整7年，除了马西理国王统治的萨拉戈萨，其他地区都已被征服。萨拉戈萨的大臣建议向查理大帝朝贡，并派人质去法兰西，使萨拉戈萨免于战争。查理大帝与众大臣商议，罗兰不同意马西勒国王的提议。他认为马西理国王做事背信弃义，建议派甘尼仑与马西理国王谈判。甘尼仑对罗兰怀恨在心，与马西理国王同谋，使罗兰率领的军队遭遇到马西理国王军队的袭击，全军覆没，罗兰、奥利维等大将英勇牺牲。最后，查理大帝为罗兰等人复仇，消灭了敌人，处死了叛徒甘尼仑。

罗兰是《罗兰之歌》中最主要的人物形象，忠诚无畏，重视荣誉，是理想的封建骑士的形象。他效忠于查理大帝和自己的国家，随查理大帝在西班牙征战了7年，征服了诺伯乐斯和科米伯勒斯，攻占了瓦尔泰纳和比内地区、巴拉格尔、图德拉和塞维利亚。当查理大帝要离开西班牙回撤法兰西时，罗兰勇敢地统率最容易受到敌人攻击的后卫军。查理大帝要把军队的一半交给罗兰，罗兰拒绝了，只要求挑选两万骑兵。他对查理大帝说："我只要勇敢的法兰西人两万。你完全可以放心离开边关。只要我活着，你就无忧无虑。"①当听到撒拉逊人军队的军号齐鸣声后，奥利维预感到他们将与撒拉逊人有一场大战，罗兰回答："望上天给我们机会打仗，

① 《罗兰之歌》，杨宪益译，上海译文出版社1981年版，第44页。

我们应当在这里保卫我们国王；一个人应当为领主分担辛苦，不怕严寒也不怕酷暑，丢点皮毛不值得畏惧；每个人都应该显示英豪，不要让别人把我们讥笑。”①

罗兰重视荣誉，他追求的荣誉中有一股为国捐躯、死而无憾的壮烈，更多表现的是一种爱国之情。他说：“一个人要为领主辛苦备尝，炎暑和严寒要都能抵抗，丢些血和肉也是理所应当。我用我的杜伦达，你用你的枪，送给我这把剑的就是大王，我即使战死，也要得到赞扬，这把剑是一位忠臣的兵仗。”② 可见，罗兰把忠君爱国视为英雄应该承担的责任和义务。

罗兰作战勇敢。在与马西理的军队作战时，他一马当先，鼓舞着军队的士气：“我们将要殉国，很清楚我们没有多少时间好活，可是我们先要取得重大代价。诸位拿起磨光的剑，痛快地杀吧，作出一次殊死挣扎。不能让可爱的法兰西羞愧无光！”③ 他指挥后卫军队取得了许多胜利，杀死了成千上万的敌人。面对马西理军队的包围，他和法兰西士兵们齐声高呼：“让逃跑的人遭殃，我们宁可战死也不会投降。”④ 这种毫不畏惧的英雄气概让敌人心生震撼，让读者读起来热血沸腾。罗兰奄奄一息，昏倒在草地上，一名撒拉逊人触动他的身体和武器，想要把他的宝剑带到阿拉伯去。这时罗兰感到有人在拔他的剑，并觉得他不像是自己人，于是罗兰用自己顽强的战斗意志杀掉他的敌人：“罗兰抓起号角，他不愿把它丢掉，向着敌人镶着金宝的头盔猛砍，把铁盔和他的头骨打烂，从敌人头上迸出他的双眼，敌人被打死，倒在脚边。”⑤ 他在战争面前从来没有退缩，即使在

---

① 《罗兰之歌》，杨宪益译，上海译文出版社 1981 年版，第 55 页。
② 《罗兰之歌》，杨宪益译，上海译文出版社 1981 年版，第 61 页。
③ 《罗兰之歌》，杨宪益译，上海译文出版社 1981 年版，第 104 页。
④ 《罗兰之歌》，杨宪益译，上海译文出版社 1981 年版，第 57 页。
⑤ 《罗兰之歌》，杨宪益译，上海译文出版社 1981 年版，第 123 页。

身受重伤、筋疲力尽的情况下，也坚持血战沙场，为战斗流尽最后一滴血，“他拿着杜伦达宝剑勇敢打仗，他把普依的法德仑一剑砍死，又杀了二十四个最好的战士，从来没有人比他更急于雪耻”。①

但罗兰也有个人性格上的缺点。他的英雄个人主义非常强烈，有时是为个人荣誉而战，而且倔强和过于自信。当查理大帝在决定接受敌方的投降和继续对敌方动用武力之间犹豫不决时，罗兰的建议是：“把你的部队带到沙拉古索城头，用全部力量围攻不休，为那些被恶人杀死的战士报仇。”② 对于罗兰而言，他的生命就是无休止的战斗，正如甘尼仑所言：“只要罗兰还在，战争就不可避免。”③ 他的战争从一个城市到另一个城市。哪个城市阻挡他，就成为他实现个人价值的目标。奥利维看到异教徒大举进攻，多次建议罗兰吹响他的坳里风，请求查理大军的救援，但是罗兰却认为这样会有损荣耀。他说：“我将被认为愚蠢，在可爱的法兰西我将丧失声名；我宁愿拿着杜伦达通杀一阵，让剑上的血染满金柄；邪恶的异教徒到关上来交了恶运，他们注定要灭亡，我向你保证。”④ 同时，罗兰认为这样的做法会使法兰西蒙受污辱。在罗兰眼中，个人的荣誉要高于法兰西的荣誉，任何关于国家或其他更高的追求都不在他的考虑范围之内。他没有考虑到后卫军的覆没和自己的战死将给国家带来的损失，他考虑的只是作为一个贵族应该追求的荣誉和利益。也正是他的倔强和重视荣誉，导致他没有及时向查理大帝求援而使他率领的法兰西军队全军覆没。

中世纪欧洲史诗的英雄具有浓厚的宗教情感，宗教情感培育和催生了英雄对勇敢和荣誉的崇尚。此时欧洲诸多国家信仰的宗教已是基督教，它有着正规的教义，呈现为一神论体系，神明已经抽象为无所不能的上帝。

---

① 《罗兰之歌》，杨宪益译，上海译文出版社 1981 年版，第 101 页。

② 《罗兰之歌》，杨宪益译，上海译文出版社 1981 年版，第 12 页。

③ 《罗兰之歌》，杨宪益译，上海译文出版社 1981 年版，第 31 页。

④ 《罗兰之歌》，杨宪益译，上海译文出版社 1981 年版，第 58 页。

中世纪欧洲史诗的英雄们对上帝无比虔诚，相信上帝是站在他们的一方，战争进展的一帆风顺需要感谢上帝。英雄罗兰在战前带领骑士们接受了主教屠宾诵经："你们要忏悔罪恶，求上帝恩赐；我将挽救你们灵魂，为你们洗礼，你们死后将同圣洁的殉道者在一起，你们在天堂将有一席之地。"① 接着，骑士们领受了主教的赐福。这些让罗兰及其骑士们得到精神上的宽慰，克服了战前内心产生的那种不安和恐惧。在战斗中，罗兰及其骑士们不断高呼"蒙鸠斯依"，以此召唤上帝的护佑，鼓舞士气，激发勇气。

《罗兰之歌》既刻画了英勇的罗兰，也刻画了反面贵族人物甘尼仑。它对甘尼仑的描写显得真实可信，没有一味地丑化甘尼仑。甘尼仑仪表高贵："眼睛明亮，容貌威严；他的身体健硕，肩膀很宽，他的漂亮容颜引得同僚们观看。"② 他在敌人面前有时也表现得较为勇敢，曾宣称道："我必须容忍。即使你拿一切天赐黄金，拿这里的全部财富来诱引，只要我有机会，我还是要传达那强大君王查理所吩咐的话，他要我向他的死敌把话带到。"③ 这更好地衬托出甘尼仑华丽外衣里隐藏着丑恶的灵魂。因为罗兰对他的冷嘲热讽以及让他作为使者与马西理国王谈判之事，他对罗兰怀恨在心，更由于他立场不坚定、厌战情绪以及受伤的个人虚荣心，他接受了马西勒国王的贿赂，合谋陷害罗兰，致使查理大帝的军队遭受到重创。

除了罗兰和甘尼仑外，《罗兰之歌》还成功地塑造了一批性格鲜明的人物形象，如沉稳机智的奥利维，年老志高、老成持重的屠宾等。

《罗兰之歌》的艺术特色之一在于通过对话、心理描写表现人物性格。史诗中对话占据大量篇幅，塑造了罗兰的勇敢刚毅和忠诚爱国、甘尼仑的心怀仇恨和背信弃义、奥利维的谨慎温良、忠诚勇敢等。在即将结束生命时，罗兰有大段的内心活动。他为杜伦达叹息，先是感叹杜伦达的华丽灿

① 《罗兰之歌》，杨宪益译，上海译文出版社 1981 年版，第 62 页。
② 《罗兰之歌》，杨宪益译，上海译文出版社 1981 年版，第 16 页。
③ 《罗兰之歌》，杨宪益译，上海译文出版社 1981 年版，第 25 页。

烂，回忆他带着杜伦达征战四方的业绩，后来又担心杜伦达和坳里风会落到异教徒手中而感到痛苦难受："啊，杜伦达，你是多么圣洁美好，你的金柄上镶满神圣珍宝，有圣巴西的血和圣彼得的牙，还有我主圣但尼的遗发，还有衣服属于圣玛利亚。不能让异教徒占有这把刀，它应该为基督教人效劳；行为懦怯的人也不能占有你！我用你攻下了许多大片土地，交给花白胡须的查理王治理，他是一位高贵强大的皇帝。"① 这些心理活动显示罗兰对与他一起征战的杜伦达的珍视，对国家的忠诚，以及对荣誉的重视。

史诗在叙述过程中使用留白的手法，为情节埋下伏笔，扣人心弦。甘尼仑作为使者来到沙拉古索，白狼康丁将甘尼仑带到马西理面前，共同策划了一个天理难容的不义的大阴谋。至于是什么大阴谋，诗人并没有点明，紧接着马西理对甘尼仑说："贤卿甘尼仑，我方才对你有些不敬；我发了脾气，想用矛刺你。我要以这貂皮向你表示，这至少值五百两金子，在明晚之前我还要向你赔礼。"② 读者读到这里，知道甘尼仑一定是出了什么主意，让马西勒如此对他，但读者对主意的具体内容却并不知道。这给读者的心理造成一种悬念，让读者急切期待和热切关心将要发生的事情。

史诗对战争场景的描写形象。"罗兰伯爵也并未留在后面，他用枪刺，只要枪还未断，打了十五回合，枪就被打个稀烂，他拔出他的亮晃晃的杜伦达宝剑，催动战马去同切奴伯交战，他打破敌人头盔，上面红宝石璀璨，砍到他的兜帽，砍到头皮上面，砍过他的眼睛和整个脸，砍开他的白铠，虽然锁甲紧严；也砍开他上身一直到肚腹下边，剑一直砍到金镶的马鞍，宝剑又下来把马身砍断，切断脊骨，不管筋肉牵连，把他打倒，落到草莽中间。"③ 动词的使用丰富而恰到好处，增强了战场的现场感，读来畅

① 《罗兰之歌》，杨宪益译，上海译文出版社 1981 年版，第 126 页。
② 《罗兰之歌》，杨宪益译，上海译文出版社 1981 年版，第 28 页。
③ 《罗兰之歌》，杨宪益译，上海译文出版社 1981 年版，第 72—73 页。

快淋漓。

史诗的情节发展紧凑，跌宕起伏，矛盾重重。甘尼仑投敌叛国、罗兰遭遇伏击、惩罚甘尼仑中的每一个情节的发展都会遇到困难与矛盾，富有戏剧性。史诗在情节结构上则是以查理大帝为代表的法兰西与以马西理为代表的萨拉戈萨平行书写，结构清晰。但史诗站在法兰西的角度讲述，带有强烈的宗教偏见，全诗将马西理的军队称为异教徒军队，对穆斯林信仰表露出不尊重的态度，而双方的战争更是可以看作是两个不同信仰之间的战争。

《罗兰之歌》是中世纪欧洲一部伟大的英雄史诗，是法兰西民族精神的颂歌，也是洋溢着斗争精神的战歌。它顺应了中世纪欧洲封建社会发展的政治趋势，符合了中世纪欧洲人民保家卫国的愿望，唱出了法兰西民族中古时期的最强音。

五、贝奥武甫

《贝奥武甫》是英国叙事诗的典范，也是早期日耳曼文学的“圣经”。早在公元 6、7 世纪，它以口头歌唱的形式流传于日耳曼民族聚居的北欧沿海地区，随着盎格鲁—撒克逊人入侵不列颠以后，流播到英格兰，在这里开花结果，于公元 8 世纪由姓名不可考的基督教诗人写定下来。全诗共 3182 行，是中世纪英国文学最长的一首叙事诗。

《贝奥武甫》主要由杀死格兰道尔及其母亲、屠龙两个故事情节构成，其故事梗概如下：

丹麦国王赫罗斯加建造了一座宴会大厅，规模雄伟，国王给这座宏伟的大殿取名为“鹿厅”。鹿厅自建造以来充满欢声笑语，直到恶魔格兰道尔的到来。格兰道尔憎恨那些享受生活的人，一天夜幕降临时他袭击鹿厅，杀死了三十名勇士。从此，鹿厅变成了屠场，格兰道尔对鹿厅的夜袭和侵扰一直持续了 12 年，很多武士因此而丢失性命。

贝奥武甫是艾克塞奥的儿子，也是高特王海格拉克的外甥和侍臣。他知道了丹麦人的灾难，主动向高特国王提出要跨过大海去帮助丹麦人铲除恶魔。国王同意后，贝奥武甫便带着十四名勇士同他一起来到了丹麦，他们受到丹麦国王的热情招待。当晚，他们便住在了鹿厅。恶魔格兰道尔如期而至，迅速杀死并吞噬了一个沉睡的勇士。当他准备抓住并杀死贝奥武甫的时候，贝奥武甫眼疾手快，一使劲反而将格兰道尔的手臂紧紧抓住。贝奥武甫扔掉兵器，徒手与格兰道尔搏斗，并在搏斗中扯断了格兰道尔的一只胳膊。格兰道尔被打成重伤逃走了。

丹麦国王赫罗斯加为感谢贝奥武甫，在鹿厅举行盛宴，并将格兰道尔的胳膊挂在了鹿厅。不料，当天晚上，格兰道尔的母亲来为她的儿子报仇，袭击了鹿厅，抓走了首席大臣伊斯切尔。第二天，贝奥武甫和其他武士追踪格兰道尔的母亲到深潭。贝奥武甫只身潜入水中，到达深潭的底部。在那里，格兰道尔的母亲抓住并把他拖进一个没有水的洞穴里。在死去的格兰道尔的面前，贝奥武甫和格兰道尔的母亲展开了激烈的搏斗。贝奥武甫的宝剑伤不了她。他试图将她摔倒，但他自己却被她掐住，跌倒在地，身上的铠甲也几乎被格兰道尔的母亲刺穿。最后，贝奥武甫在山洞里看到了一把魔剑，并用魔剑杀死了格兰道尔的母亲。他拿着格兰道尔的头和他的剑柄，重新返回他的伙伴们中。

赫罗斯加赞扬并宴请了这位英雄，鹿厅再度为贝奥武甫庆功。赫罗斯加给了贝奥武甫及他的勇士们很多奖赏，他们带着礼物，离开丹麦回到了高特。随后，高特国王海格拉克和他的儿子先后死于非命，贝奥武甫成为了高特的国王，精心治理国家五十年。在贝奥武甫的暮年时，一只火龙丢失了它保管的一个金杯而大发雷霆，向高特人报复，烧毁了国王的大厅，残害哥特百姓。贝奥武甫决定亲自出征，保护自己的国家和人民。他挑选出了十一名勇士，组成敢死队。当他毅然进入龙窟挑战毒龙时，只有勇士威格拉夫留了下来，其余十名勇士害怕了，躲进树林中。在打斗中，贝奥武甫的宝剑击中了毒龙的龙头，但是没能伤到毒龙，毒龙反而折断了贝奥武甫的宝剑。在第三个回合的打斗中，毒龙咬住了贝奥武甫的头颈，威格拉夫及时冲上，用宝剑刺穿了毒龙的喉咙，贝奥武甫顺势拔出短刀，将毒龙拦腰斩断。但是，贝奥武甫因受伤过重而献出了生命。按照贝奥武甫的遗愿，高特人为他举行了隆重的葬礼。

贝奥武甫是令人印象深刻的英雄，勇敢无畏，力大无穷。贝奥武甫与格兰道尔决斗时徒手交战，用他的神力一直牢牢抓着格兰道尔不放，直到将他的手臂与肩膀扯断："凶残的恶魔已感疼痛难忍，他的肩膀豁开一个大口，筋肉已经绽开，锁骨已经拉断。"①在与格兰道尔的母亲作战时，他同样英勇无比，置生死于度外，全身披挂，潜入水中，最终战胜格兰道尔的母亲。在成为高特国王之后，他不顾年岁已高，为了国家和人民的利益，承担了斩杀毒龙的责任。在临战之前，贝奥武甫已经预感自己将会在战斗中死亡，知道此次杀死毒龙是自己生命终结的时刻，但他没有推卸责任，而是直面自己的死亡。在战前，他对勇敢的武士说："我决不会在墓冢的守护者面前后退半步，我与他将遭遇在绝壁，一任命运的裁决。我对自己充满信心，用不着与人联手战胜顽敌。"②他对毒龙没有丝毫的怯懦，孤身来到悬崖底下斗毒龙。

荣誉是中世纪欧洲史诗的英雄追求的永恒目标。贝奥武甫在与格兰道尔搏斗前对丹麦国王说："为了让我的主公——海格拉克为我感到欣慰，我不屑于使用刀枪和盾牌，要跟恶魔来一番徒手交战，与他争锋相对，拼个你死我活。"③贝奥武甫挑战毒龙前发出他的豪言壮语："我年轻时就曾身

① 《贝奥武甫》，陈才宇译，译林出版社 1999 年版，第 48 页。

② 《贝奥武甫》，陈才宇译，译林出版社 1999 年版，第 115 页。

③ 《贝奥武甫》，陈才宇译，译林出版社 1999 年版，第 33—34 页。

经百战；如今年事已高，但作为人民的庇护者，只要作恶者胆敢从地洞里爬出，我就一定向他挑战，让我的英名千古流传。”① 贝奥武甫认为：“除了我自己，任何人都用不着为了人间的荣耀跟这恶魔斗力争胜。我有勇气去夺取金银财宝，否则就让可怕的血战使你们失去自己的国王。”② 这明确地表示贝奥武甫宁愿以生命作为赌注换取对方对自己的尊重。他是在为正义、为国家或民族的利益而战斗，并从中获得荣誉。贝奥武甫渡海来到丹麦王国，挺身救难，这不仅是为了建功立业，也是为了人类的正义和阻止怪物杀戮。他最后满载着盔甲、马匹和金银财宝回到高特王国，但是贝奥武甫的目的不是为了到丹麦王国掠夺财富，而是基于一种人道主义。斩妖除暴的行为既维护了丹麦王国的稳定与和平，也给予了贝奥武甫巨大的荣耀，赫罗斯加对他热情地歌颂：“贝奥武甫，我的朋友，你的英名将四海颂扬，妇孺皆知。你的智慧牢牢地掌握着你的神力。我会信守诺言，与你保持友谊。你将永远是人民的安慰，武士的后盾。” ③

他关注战争的正义与否，对荣誉有着理性的认识，追求荣誉是一种建立在追求国家和人民的利益基础之上的自觉行为，财富只是这种行为的衍生价值。贝奥武甫搏杀毒龙既是为国家，也是为自己子民，而且这种崇高的行为符合他的身份，关系到他的荣誉。不可否认，这个争获荣誉的行为虽然不是以财富为目的，但是贝奥武甫终归获取了财富，他临终前没有为自己要离开人世而感到悲伤，而以自己能为自己统治下的臣民赢得财富而自豪，甚至要感谢上帝让他得到这一切：“为了眼前这些玮宝明珠，我要感谢万能的主，光荣的王，永恒的上帝，是他庇护我在临终以前为自己的人民获得这么巨大的一笔财富。” ④

---

① 《贝奥武甫》，陈才宇译，译林出版社 1999 年版，第 115 页。

② 《贝奥武甫》，陈才宇译，译林出版社 1999 年版，第 116 页。

③ 《贝奥武甫》，陈才宇译，译林出版社 1999 年版，第 83 页。

④ 《贝奥武甫》，陈才宇译，译林出版社 1999 年版，第 125 页。

贝奥武甫对待自己的国王是忠诚无私的。贝奥武甫回国后当上了国王，并不是因为他通过阴谋或暴力的手段而获得这至高无上的权威，而是因高特国王和王子先后死于非命。高特王海格拉克死后，王后希格德曾希望贝奥武甫继承王位，高特百姓也拥戴他为国王，但他拒绝了，坚持辅佐王子赫德莱德，直到赫德莱德死于瑞典人的刀剑之下。

贝奥武甫善于辞令，谦恭有礼。格兰道尔的母亲来鹿厅给她的儿子报仇，吃掉了赫罗斯加的大臣，赫罗斯加十分伤心，贝奥武甫安慰说："请不必悲伤，智慧的国王！与其哀悼朋友，不如为他报仇。人生在世，谁都不免一死，要死就让他死得轰轰烈烈，对于一个武士来说，那样的死才是他人生最美好的事。"① 赫罗斯加因贝奥武甫的一番话而振作起来。赫罗斯加称赞他："全能的主赋予你这般好口才，你年纪轻轻，说话却如此得体，这我以前从未听说。你不仅勇力过人，智慧超群，而且善于辞令。"② 贝奥武甫没有那种狂妄的炫耀，瓮弗司对他的挑衅和蔑视伤害了他的自尊，他对此展开了有分寸的反击，显露出他对自己的自信。他对荣誉的追求和为人的真诚使他的炫耀和吹嘘变得柔和起来，变得不那么明显，变得谦恭有礼，让受众感觉他的自我欣赏是那么的高尚得体。

《贝奥武甫》还塑造了其他各种各样的人物形象，他们没有用过多的行动来展现自己的个性，但他们在史诗中却是独特而鲜明的，如勇敢机智、忠诚侠义的威格拉夫、慷慨大方的瓮弗司、凶恶的怪物格兰道尔、庄重的维瑟欧、年轻而温和的希格德等。

《贝奥武甫》结构严谨，首尾呼应。开端叙述了希尔德的葬礼，结尾以贝奥武甫的葬礼呼应。希尔德是传说中的人物，充满着神话的色彩，是赫罗斯加的曾祖父。他幼小时乘坐在小舟上从海上漂流到丹麦，长大后平

---

① 《贝奥武甫》，陈才宇译，译林出版社 1999 年版，第 71 页。
② 《贝奥武甫》，陈才宇译，译林出版社 1999 年版，第 88 页。

定四方，成为了丹麦的国王。辞世后，丹麦民众为他举行了海葬，将他送回到大海。贝奥武甫阵亡，哥特人为他举行了火葬，他的勇士们策马而行，绕着贝奥武甫的墓地，唱起挽歌一边哭诉，一边唱着颂扬贝奥武甫生平业绩的歌。在古老的关于希尔德的传说之后，口头诗人才突然引入史诗的主人公贝奥武甫。这个传说既叙述了赫罗斯加的家谱，也呈现了《贝奥武甫》在历史和神话上存在着的关联。

《贝奥武甫》在结构、内容、人物形象等方面具有对衬的特征。战胜格兰道尔及其母亲是叙述贝奥武甫青年时期的事迹，杀毒龙则是叙述贝奥武甫老年时期的功绩，两者是结构上的对衬。同为勇士的贝奥武甫和安佛斯一个谦恭有礼一个狂妄自大、作为国王的贝奥武甫爱民如子和海勒摩德的暴虐无道、温柔善良的王后希格德和残忍骄傲的公主莫德莱丝等都构成了人物形象的对衬。这些对衬描写，形成鲜明的对比，使《贝奥武甫》的主题思想得以深化。

《贝奥武甫》具有口头文学的艺术特征。在讲述《贝奥武甫》的过程中，口头诗人经常会站出来，以第三者的视角补充故事的发展，使情节更加完整。在贝奥武甫与格兰道尔搏斗时，诗人说："我听说——许多镶嵌黄金的凳子都被他们压坏，地上一片狼藉。"[①]以一种身临其境的感觉为读者讲述故事，给读者带来一种现场感，更加引人入胜。鹿厅祝捷，诗人描述道："我听人们这样说，第二天早上宴乐厅的四周围满了无数武士。部落的首领从四面八方赶来，想看看这桩奇迹，以及恶魔留下的足印。"[②]有时，口头诗人会对某个人物或场景发表议论，如贝奥武甫与其他勇士等待格兰道尔到来，格兰道尔看到鹿厅的勇士，以为可以美餐一顿，诗人对此以讽刺的语气评论道："只可惜，他的命运不济，这一夜以后，他将再吃

① 《贝奥武甫》，陈才宇译，译林出版社 1999 年版，第 47 页。

② 《贝奥武甫》，陈才宇译，译林出版社 1999 年版，第 49 页。

不到人肉。”① 其次，在《贝奥武甫》故事情节发展的过程中，诗人加入了许多插话，这是口头文学在叙事结构上的特征。“插话，是世界各民族史诗中一种常见的艺术手法，在史诗故事情节展开的发展过程中，暂时离开和超越主要的情节和话题，插进另外的一些内容，以补充说明或解释作者的议论或抒情，进一步表现创作意图。”②《贝奥武甫》中的插话描绘出贝奥武甫生活年代的整个背景，有氏族之间、国家之间、贵族内部的血仇与矛盾。这些插话有的是借史诗中的吟游诗人之口讲述出来的，形成大故事中的小故事，有的是通过史诗中人物的回忆来讲述的。再次，回忆性的讲述帮助初听者连贯故事内容。年老的贝奥武甫与毒龙作战之前，诗人以回忆的方式讲述了贝奥武甫年轻时战胜格兰道尔及其母亲的故事，并叙述了贝奥武甫当上国王的经历。这部分回忆性的讲述基本上串联起了整个故事，使初听者也可以完全明白故事的大概内容，可以继续听下去，不会对故事产生疑虑。

综上，《贝奥武甫》是古英语文学中最古老和最伟大的作品，是一首歌颂民族英雄贝奥武甫的赞歌，至今仍然焕发出巨大的艺术魅力。

六、尼伯龙根之歌

《尼伯龙根之歌》是中世纪高地德语叙事诗，是口头诗人在古代尼德兰传说和勃艮第传说的基础上创作而成的宏大史诗，大约于 1202—1204 年间写定下来。全诗共有 39 歌，2397 诗节，每诗节四行，共 9516 行。

《尼伯龙根之歌》以争夺尼伯龙宝物为中心，描述了西格夫里特

① 《贝奥武甫》，陈才宇译，译林出版社 1999 年版，第 45 页。

② 张朝柯：《论东方古代六大史诗》，人民出版社 2015 年版，第 270 页。

（Siegfried）的死亡和克里姆希尔德（Kriemhild）的复仇，其主要的故事情节如下：

居住在莱茵河下游的尼德兰有一位高贵的王子叫西格夫里特，他身材魁伟，拥有非凡的臂力。成年时，他的父王为他举行了盛大的授剑仪式。住在沃尔姆斯的勃艮第国公主克里姆希尔德是一位风姿绰约，容貌俊美的少女，许多勇士向她求婚。西格夫里特也想向这位公主求婚。他带领几名勇士来到了沃尔姆斯，作为贵宾留在勃艮第宫廷。西格夫里特帮助勃艮第公主的哥哥恭特国王打败了萨克逊和丹麦的侵略，克里姆希尔德听说了西格夫里特英勇善战的事迹，暗生情愫。

后来，西格夫里特以将克里姆希尔德许配给他做妻子为条件，帮助恭特国王娶到了布伦希尔德女王。西格夫里特与克里姆希尔德结婚后，登基加冕，成为一位强大的国王，并占有尼伯龙宝物。十年后，应勃艮第国王恭特和王后布伦希尔德的邀请，西格夫里特带着妻子回到沃尔姆斯省亲。两位王后因为谁的夫君地位更高而产生争执，而克里姆希尔德说出了当年西格夫里特是第一个接触她身体的男人，并以当年布伦希尔德的戒指和腰带为证。布伦希尔德王后感觉自己受了极大的侮辱，对西格里夫特和克里姆希尔德怀恨在心。恭特国王的忠臣哈根得知此事后决定为他的王后报仇，想要杀死西格夫里特并占有他的宝物。哈根以保护西格里夫特的名义向克里姆希尔德打探到西格里夫特的致命之处，借机刺死西格夫里特，夺走了他的尼伯龙宝物。

失去丈夫的克里姆希尔德寡居沃尔姆斯十三年，一心想要为西格夫里特报仇。随后她嫁给了匈奴国的国王艾柴尔，给他生育了一个儿子欧尔特利浦。在匈奴国，她慷慨布施，赢得了英雄们的爱戴。看见时机已到，她说服艾柴尔邀请恭特和哈根来匈奴国做客，意在实施她的复仇计划。仿佛命运驱使般地，恭特和哈根接受了艾柴尔的邀请，带着他们的军队来到了艾柴尔的王国。恭特和哈根到达后，克里姆希尔德一直寻找事由挑起矛盾，她先向哈根提起旧事并索要尼伯龙宝物，后来又下令焚烧大厅，从而引起匈奴人与勃艮第人之间的大杀戮。最后，恭特和哈根被俘虏，克里姆希尔德要求哈根交出尼伯龙宝物，哈根拒绝告诉她藏匿尼伯龙宝物的地点。他回答说，只要他的主人中有一个还活着，他就不能说出宝物存放在何处。于是克里姆希尔德命人杀死了恭特，并将恭特的首级交给了哈根。哈根悲愤地告诉克里姆希尔德，现在只有他一人知道宝物在哪了，而她永远别想知道。于是，克里姆希尔德从哈根身上拔出西格夫里特的宝剑，并将他杀死。老帅希尔德勃兰特认为哈根是一位英雄，见到他惨死在克里姆希尔德手中，心生愤怒，当即杀死了克里姆希尔德。最后，只有狄特里希和艾柴尔王幸存，他们为死去的亲人和勇士们痛心哭悼。

在《尼伯龙根之歌》中，西格夫里特、克里姆希尔德、哈根推动着悲剧的发展，是史诗的主要人物，有着各自鲜明的性格特征。

西格夫里特是尼德兰国的王子，勇武盖世，骁勇善战。他曾亲手杀死一头巨龙，他的皮肤沐浴过巨龙的血后变得刀枪不入。成年后，他向克里姆希尔德求婚，但他不靠出生门第，而要诉诸武力。居住在沃尔姆斯期间，帮助勃艮第王恭特战胜了萨克逊和丹麦的侵略，并且帮助恭特战胜了强大的女王布伦希尔德，使得恭特求婚成功。

西格夫里特重情义，忠于朋友。当恭特因为萨克逊和丹麦的侵略感到烦恼时，他主动提出："愿为你排忧解难，尽忠效力，倘若你有事想征集盟友，我便是其中一人，我坚信，至死不会辜负你对我的信任。"[①] 恭特将布伦希尔德迎娶回来后，却无法制服她，西格里夫特答应恭特他会将布伦希尔德制服，但不会碰她的身体。而且他也说到做到了。恭特与哈根设下圈套，想要杀害他，派一群伪装的使者送来萨克逊的宣战书，西格夫里特出于对朋友的忠心，毅然决定出兵迎敌。同时，他对恭特和哈根十分信

① 《尼伯龙人之歌》，安书祉译，译林出版社 2000 年版，第 34 页。

任。当哈根看到克里姆希尔德已经在西格里夫特的致命之处做了标记时，便决定取消要假意出征作战的计划，并邀请西格夫里特一同出游狩猎，西格里夫特对此没有丝毫怀疑和警觉。

西格夫里特对待爱情坚定专一。当他决定向克里姆希尔德求婚时，由于路途遥远和恭特的勇士众多，他遭到了众人的反对，他便说道："我只娶克里姆希尔德为妻。"① 他对他的父王说："假如你不准我向我倾心爱慕的女子求婚，我就永远不娶任何其他高贵的妇人。无论你们如何反对我，反正我已经下定决心。"② 西格夫里特在生命垂危之际依旧担心克里姆希尔德，他带着愤怒请求恭特照顾克里姆希尔德："我请求你，对我亲爱的妻子给予照顾。我以全体君主的高洁之心向你恳求：她是你的妹妹，让她受到你的保护！"③ 这位英雄在生命的最后一刻因为自己的爱妻向杀害他的人发出了最卑微的请求。

克里姆希尔德是故事的女主人公，故事因她而始，由她而终。在西格夫里特之死的故事中，她是个天使，单纯天真。哈根找到她向她打听西格里夫特的致命之处，她没有思索地告知西格夫里特的致命之处是肩胛骨，而且在她丈夫的战袍上做一个暗记，这直接导致西格夫里特惨死于哈根手下。克里姆希尔德看重尊严和地位。克里姆希尔德与布伦希尔德发生争吵的缘由在于她认为西格夫里特不是恭特的家臣，他们都是国王，地位平等，因此她完全有资格与布伦希尔德平起平坐。为此她说出了西格夫里特是第一个接触布伦希尔德身体的人，并拿出腰带和戒指为证。这使布伦希尔德感觉受到了羞辱，授意哈根杀掉西格夫里特，由此而引起一系列悲剧的发生。

后来，克里姆希尔德因为她的丈夫西格夫里特的惨死而变为一个疯狂

① 《尼伯龙人之歌》，安书祉译，译林出版社 2000 年版，第 13 页。

② 《尼伯龙人之歌》，安书祉译，译林出版社 2000 年版，第 14 页。

③ 《尼伯龙人之歌》，安书祉译，译林出版社 2000 年版，第 208 页。

的复仇者。在西格夫里特死后，她便决心为他报仇。艾柴尔派方伯吕狄格来求婚，她最初是拒绝的，她想要至死为西格夫里特守节。但当方伯吕狄格向她秘密承诺，他将替她弥补她遭受的一切。克里姆希尔德开始动心了："我或许还能为被害的丈夫报仇雪恨。"① 来到匈奴国后，她广泛布施，给勇士们分发黄金珠宝，很快赢得了人心。她怂恿艾柴尔邀请恭特和哈根来匈奴国赴宴，并特别强调哈根必须要来。哈根来到匈奴国后，克里姆希尔德见到他的第一句话便是质问他对西格夫里特犯下的罪行。为了复仇，她不惜牺牲她的儿子的性命来点燃整场战斗的导火线。为了复仇，她牺牲了成千上万勇士的生命，甚至命人将自己的哥哥恭特杀死，最后亲自杀了哈根。

哈根是一个忠诚的勇士，一生都为恭特效力，忠贞不渝，为勃艮第国的未来筹划。西格里夫特来到沃尔姆斯时，没有人认识他，只有哈根从他的长相与举止认出了西格夫里特，建议恭特好好招待西格里夫特。他随同恭特出征萨克逊和丹麦。他杀死西格夫里特既为了挽回王后的尊严，为了占有尼伯龙宝物，也为了保证没有人能够威胁到恭特和他的国家。他勇敢无畏，视死如归。哈根劝恭特不要去匈奴国赴宴，认为这是一个阴谋，但恭特不听从哈根的建议。当恭特决定前往时，哈根说道："既然你们不肯作罢，非去匈奴旅行不可，我愿意奉陪，证明我的勇气和胆量。"② 在去匈奴的路上，面对死亡的厄运，哈根毁掉船只，以免有人因胆怯乘船逃回沃尔姆斯。然而哈根不念往日西格里夫特帮助勃艮第打败萨克逊和丹麦的战功，不念西格里夫特帮助恭特迎娶布伦希尔德女王的恩情，辜负克里姆希尔德对他的信任，从背后刺杀西格里夫特有失一个英雄的风范。

---

① 《尼伯龙人之歌》，安书祉译，译林出版社 2000 年版，第 261 页。
② 《尼伯龙人之歌》，安书祉译，译林出版社 2000 年版，第 305 页。

《尼伯龙根之歌》的创作特点之一是真实性，它描述的主要人物和事件大多能找到历史原型。勃艮第人（Burgundian）是一个日耳曼民族部落，五世纪早期便居住在莱茵河中部地区，是否如《尼伯龙根之歌》描述的那样居住在沃尔姆斯却不能得到确证。435—436 年，勃艮第人开始移入罗马人居住的贝尔吉卡，罗马人将他们视为潜在的威胁，联合匈奴人攻击这群勃艮第人，而勃艮第人的国王和他的大部分勇士都在这场战斗中被杀死了。《尼伯龙根之歌》描述了勃艮第人所遭遇的灾难性事件，但与史实不完全一样。哈根、西格里夫特等与日耳曼民族历史上知名的人物没有任何联系。《尼伯龙根之歌》是建立在某些历史人物与历史事件上，但是它们属于不同时代与不同语境，它们在《尼伯龙根之歌》漫长的形成过程中被糅合在一起，被重新解释，历史人物被英雄化了，被放进一个戏剧化故事里，而人们也难以辨认出这个戏剧化故事的历史源头。进而言之，《尼伯龙根之歌》将历史和神话交织在一起，在神话中描述历史，将历史事件转换成一种永恒的叙事。

《尼伯龙根之歌》的创作特点还在于对宴会场景与打斗场景的宏大叙述。史诗有多处宴会的描述，如西格里夫特的成年宴会、西格里夫特来到沃尔姆斯的宴会、打胜萨克逊和丹麦后的宴会、西格夫里特和恭特的婚礼宴会、西格夫里特和克里姆希尔德的省亲宴会、迎接克里姆希尔德在匈奴国举行的宴会、恭特等人到匈奴国的宴会等。在这些盛大的宴会上，口头诗人会对参加宴会的人物的服饰、武器进行描写，还涉及比武、宗教仪式等活动。他以网状结构的方式展开对整个宴会场面的描写，以时间顺序穿插人物对话与其他情节。打斗场景主要有勃艮第与萨克逊和丹麦之战、勃艮第人与匈奴国之战，它们场面宏大，战斗激烈，而勃艮第人与匈奴国之战还引导着读者探寻命运的真谛。

在叙述过程中，口头诗人会预先告知人物的悲剧结局。史诗在开篇便预言克里姆希尔德会使许多英雄丧命，而且通过释梦的形式预先告知了故事的脉络："正如母后释梦时所做的预言那样，这位骑士就是她梦中驯养的那只野鹰。后来，她的近亲把这位骑士杀害，她为一人复仇，夺去无数勇士的性命。"① 这样，口头诗人便十分清晰地点出了他要歌咏的主题，而后他娓娓道来的每一章节都与死亡和悲剧的主题关联，表达出强大的价值信念和强烈的悲剧意义，时时刻刻让读者想起史诗人物的悲剧结局。在去匈奴的路上，恭特和哈根等人被泛滥的洪水挡住了去路，哈根只身一人去勘察地形，遇上两位水上女仙。女仙们预言，他们将有去无返，只有一位神甫能安然返回沃尔姆斯。

《尼伯龙根之歌》具有口头文学的艺术特征，其表现在程式化的语言、场景的反复使用。如形容克里姆希尔德或其他女性的美貌时常会用"风姿绰约""美丽""高贵"等语词，对英雄的修饰会用"勇敢的"。再如西格里夫特受恭特之邀离开尼德兰到沃尔姆斯赴宴，最后命丧沃尔姆斯，而恭特和哈根受匈奴国国王艾柴尔之邀离开沃尔姆斯到匈奴赴宴，最后也命丧匈奴，这两个场景都是受邀请者离开自己的国家到另一国家赴宴，由喜到悲。

《尼伯龙根之歌》是中世纪德国文学中杰出的民间文学作品，在欧洲文学史上占有重要地位，极具美学价值和史料价值，是我们了解欧洲封建社会、骑士精神的重要读本。

七、熙德之歌

在历史的长河中，伊比利亚半岛曾经经历异族侵略，曾经剑影刀戈。西班牙人英勇抗击入侵的敌人，为国家的自由解放献身，成就不朽。此间

① 《尼伯龙人之歌》，安书祉译，译林出版社 2000 年版，第 5 页。

伟大的民族英雄熙德诞生，西班牙人为了永久地纪念他，创作了这曲英雄的赞歌——《熙德之歌》。《熙德之歌》是西班牙中世纪著名的史诗，全诗长达 3700 余行，是迄今保留最完整的一部西班牙史诗。它的创作年代存疑，一般认为成型于公元 1140 至 1157 年之间。

《熙德之歌》的故事情节清晰明朗，按时间顺序叙事由熙德的流放、熙德女儿的婚礼、科尔佩斯橡树林中的暴行三个部分组成。史诗以熙德接受国王阿方索的命令到塞维利亚征收摩尔国王的贡品开始，不料在熙德返回拉斯蒂利亚的路上，国王听信了奸臣诬陷熙德侵吞贡品的谗言，决定流放熙德，并且要求他在九日之内离开拉斯蒂利亚。熙德蒙受了冤屈，却百口莫辩，不得已与自己的妻女告别，与少数随从踏上了流放之路。因为国王下令冻结熙德的财产，禁止民众让熙德等人留宿，所以尽管熙德深受民众爱戴，但是没有人敢收留熙德等人。为了生存，熙德只能与摩尔人作战以获得战利品。在与摩尔人的交战中，熙德往往能以少胜多，因此，熙德的名望越来越大，投奔他的人也越来越多，他的队伍逐渐地壮大。第一部分（第一歌）便以熙德的胜利而结束。

在攻占巴伦西亚后，熙德精选了百匹骏马和无数的珍宝送与国王阿方索，恳求国王能让他与自己的妻女团聚。国王应允，熙德终于与阔别已久的妻女团聚。熙德以自己的英勇与智慧，名扬四方，吸引了卡斯蒂利亚的两个贵公子——卡利翁伯爵的后代费尔南多和迭哥的关注。他们来到熙德的部队中，获得熙德的信任，迎娶了熙德的女儿。这看似是一个美满的结局，却充满了算计与欺骗。史诗的第二部分（第二歌）抛出了“幸福”的橄榄枝，却也为更为惊心动魄的故事情节埋下了伏笔。

第三部分（第三歌）的故事发生在巴伦西亚城，心怀不轨的费尔南多和迭哥，被从笼子里逃窜出来的狮子吓得面容失色，颤抖地躲在椅子下面保命。熙德见状，冲到了狮子的面前抓住了它的脖颈，很快驯服了狮子，费尔南多和迭哥也因此遭受了众人的讥讽，于是他们二人怀恨在心。以此事件开始，费尔南多和迭哥的虚伪开始慢慢暴露，这样的愤恨等到了科尔佩斯橡树林达到了高潮，费尔南多和迭哥将他们的妻子剥去了外衣并打晕，把她们丢弃在森林里，企图让野兽吞食。幸亏穆尼奥斯及时发现了她们，姐妹二人才得以幸存。为此，熙德大怒，决定揭露费尔南多和迭哥的罪行，向他们挑战决斗。决斗在卡里翁举行，熙德的三位骑士将费尔南多、迭哥及其兄长击败。卡里翁一家接受失败并归还了财宝，熙德终于为自己及其女儿报了仇。同时，熙德接受了纳瓦拉和阿拉贡两国的王子向他的两位女儿的求婚。最后，全诗以熙德的两位女儿的盛大婚礼结束，一切都有了美满的结局。

熙德是西班牙的民族英雄，在他身上凝聚了西班牙人的优秀品质。作为一个战士，熙德骁勇善战、勇猛威武。熙德在攻打摩尔人时几乎是战无不胜，总能以少胜多。面对敌人，熙德毫不手软，总是狠狠地打击。作为一名将领，熙德足智多谋，运筹帷幄，仅用两只装满黄沙的大箱子就从犹太人手里换取了六百八克的钱财，解决了自己的燃眉之急。他乐观自信，即使被不公平的流放，熙德也从不抱怨。他爱妻护女、体恤下属。熙德深爱着他的妻子堂娜·希梅娜，时时刻刻珍惜着这份神圣的爱情。当他拥有了财富的时候，他的第一件事就是解救自己的妻子，让她远离苦难。对自己的女儿，他又是一位温柔、细腻的父亲。在女儿出嫁时，熙德细心地派自己的部下去护送他的女儿。正是由于熙德的这份细腻，两个女儿才幸免于难。他惩罚这两个伪君子不仅为正义而战，更是为自己的女儿而战。对待下属，熙德同样是真心实意。每次战役过后，他都会毫不吝啬地把胜利品分给下属。正是由于这种宽容仁慈和慷慨大方的作风，熙德深得民心，军队的勇士都誓死追随。

作为一个封建骑士，忠君与爱国是熙德的人生信条。国王阿方索听信谗言将熙德流放驱逐，致使他与妻女分离，财产尽失，但是熙德没有半点怨言，即便心中郁闷悲愤，熙德也只是将这一切的不公怪罪于陷害他的小人，而没有怪罪国王阿方索半分："我天上的父啊，荣誉归于你！狠心的敌人陷害我，设下这凶狠的毒计。"①甚至占领巴伦西亚成为一方之王，熙德还是对国王忠贞不渝，不越雷池半步。在与下属的谈话中，他明确表示自己不愿与阿方索交战，反而多次将作战胜利获得的战利品进贡给国王，向其表明自己的忠心。当阿方索国王在为卡里翁的两个公子与熙德的女儿们赐婚时，熙德起初对这门亲事不满意，但最终他还是听从了国王的旨意，同意将女儿们嫁给费尔南多和迭哥。当决定向费尔南多和迭哥报仇时，熙德也是在国王的允许下展开了决斗。

熙德是一名虔诚的基教徒，坚定地拥护基督教，对异族侵略者决不手软。他认为上帝是他们的保护神，上帝可以主宰一切命运。如熙德在遭驱逐时在教堂向圣母许愿，祈求圣母的帮助："你主宰天空和大地，我感谢你，上帝啊！愿你的神力保佑我，光荣的圣马利亚；由于国王的盛怒，我要离开卡斯蒂利亚；我不知道今生是否还能再回乡探望。光荣的圣母，愿你的神力保佑我流亡的生涯，把我扶救，不论在黑夜，还是在白昼！果然如此，再加上我交上好运的话，将来我奉上你祭坛的礼物一定又丰富又精美；我向你许愿，我要给你献一千个弥撒。"②在成功地攻下巴伦西亚后，他就立即让人回去还上一千个弥撒的愿。再如身处险境时，熙德常常会祈求上帝保佑自己和身边的人，甚至将战争获胜的原因也归功于上帝的帮助。

熙德重视荣誉，他一切的行为都可以归结于为荣誉而战。他获得战利品和胜利，想到的是向国王阿方索敬献贡品，希望他恢复自己的荣誉。他发誓要向费尔南多和迭哥复仇，也是为了捍卫自己与女儿的荣誉。宝剑是熙德个人荣誉的象征。在每次战役中，熙德获得一把宝剑，就是增

① 《熙德之歌》，赵金平译，上海译文出版社 1982 年版，第 5 页。
② 《熙德之歌》，赵金平译，上海译文出版社 1982 年版，第 16 页。

加一份荣誉。事实也的确如此，熙德取得一个接一个的胜利，夺取一把又一把宝剑的同时，荣誉也渐渐地恢复着。在法庭上，熙德向费尔南多和迭哥采取的惩罚手段之一就是索回赠予的宝剑，因为它们就是熙德荣誉的象征。

熙德的原型是西班牙著名的民族英雄罗德里戈鲁伊·地亚斯。公元1043年左右，罗德里戈鲁伊·地亚斯生于比瓦尔村，他的父亲是比瓦尔的贵族。由于他英勇善战，赢得摩尔人的尊敬，称他为“熙德”。卡斯蒂利亚国王阿方索六世因熙德对摩尔人作战功勋卓著，将自己的堂妹希梅娜许配他为妻。1080年，熙德因未经阿方索国王的同意，擅自对托莱多伊斯兰王国发起进攻，引起国王强烈不满，于次年受到流放国外的处分。熙德被迫率领一部分亲友和追随者离开卡斯蒂利亚，到占据萨拉戈萨的摩尔国王的军队中效力，并成为国王的保护人，后来脱离了摩尔国王。由于他骁勇善战与慷慨大方，许多卡斯蒂利亚和周围各王国的勇士慕名前来投奔，熙德的势力迅速壮大，并不断地与摩尔人作战，屡战屡胜。1094年，熙德攻下了巴伦西亚及其周围地区，成为这一地区实际上的统治者。1099年，熙德在巴伦西亚去世，希梅娜坚持与摩尔人作战，一直延续到1102年。1102年，在阿方索六世的帮助下，希梅娜携熙德的遗体回卡斯蒂利亚。熙德的所作所为深受西班牙人民爱戴，因为自从摩尔人入侵之后，西班牙人民深受异族的压迫，渴望解放与独立，英勇的熙德便走进了他们的视野。于是，口头诗人是依据罗德里戈鲁伊·地亚斯的英雄事迹创作了符合当时民众情感和愿望的《熙德之歌》。史诗保留了大量与罗德里戈鲁伊·地亚斯同时代著名人物的名字，例如，他的妻子希梅娜（Ximena）。但是，它描述的事件也有不同于历史事件的地方。如历史上的罗德里戈鲁伊·地亚斯被放逐两次，而在史诗中罗德里戈鲁伊·地亚斯被放逐一次。再如历史上的罗德里戈鲁伊·地亚斯曾在摩尔人军中服役，而史诗没有提及。

《熙德之歌》讴歌了熙德的忠贞爱国、英勇、宽宏大度的骑士精神，展现了西班牙人在中世纪这个特定时期富有的时代精神和民族精神。它是西班牙文学的瑰宝和不朽的民族史诗。“可以肯定，在过去的十个世纪中——从希腊和罗马文明的没落到《神曲》的出现——在任何一个国家都没有出现过比它更具有奇特的形式、更逼真、更充满活力和瑰丽多彩的诗篇”。[①]《熙德之歌》不仅是一部文学作品，更是一种精神力量，值得每一位读者去阅读。

八、卡勒瓦拉

《卡勒瓦拉》是一部伟大的芬兰民族史诗，不仅在芬兰文学语言的形成、芬兰民族文化的发展上起了极大的作用，而且是世界文化的宝贵遗产。

《卡勒瓦拉》的编纂要归功于伦洛特（Elias Lönnrot），他是《卡勒瓦拉》的搜集者和编纂者，也是创造者，近于史诗歌手。1828 年，伦洛特在芬兰东部展开了他的第一次田野作业，搜集的口头诗歌共计 6100 个诗行，数量远超过以往任何一位搜集者，记录了芬兰东部地区著名歌手朱哈那·开努莱宁（Juhana Kainulainen）演唱的史诗与打猎时使用的咒语。1833 年，伦洛特在俄罗斯北部的卡累利阿展开了田野作业，时长 20 天。他采访了歌手昂切·马利宁（Ontrei Malinen），聆听了他演唱的九首口头诗歌，共计 800 余个诗行，其中包括关于“三宝”（Sampo）的诗歌集群（Cycle）。“三宝”的诗歌集群对《卡勒瓦拉》的编纂非常重要，因为这部长篇史诗的情节大都围绕着争夺“三宝”的故事展开。同时，伦洛

① 赵金平:《熙德之歌·译本序》，上海译文出版社 1982 年版，第 7 页。

特专门与老年歌手瓦斯莱·凯勒万宁（Vaassila Kieleväinen ）讨论了许多单独的故事情节之间具有的内在关联，意识到许多歌手都持有自己的大脑文本，他们演唱口头诗歌有着一种内在的法则。①1834 年 4 月，伦洛特再次来到俄罗斯北部的卡累利阿展开为期 11 天的田野作业。在这次田野作业过程中，伦洛特发现了最优秀的歌手阿尔希巴·贝尔杜宁（Arhippa Perttunen），他向伦洛特演唱的口头诗歌共计 4000 余个诗行，其中史诗共计 2600 行。

通过这些田野作业及其他文献资料，伦洛特掌握的口头诗歌已经约有 40000 个诗行，他坚信自己知晓的口头诗歌胜于任何一位歌手，已经熟练地掌握了史诗诗歌的语域，具有像歌手将诸多口头诗歌按照一定的逻辑关联组合在一起的权利，能够轻松地使用史诗的语言建构诗行，能够将诸多相对独立的史诗故事联结在一起。但与史诗歌手不同，伦洛特使用书写演唱《卡勒瓦拉》，而非使用嘴巴演唱史诗。伦洛特不想让自己及其作品《卡勒瓦拉》像麦克菲森及其《莪相作品集》那样遭到学者们的批评和诟病。于是，他尽可能地在口头诗歌的传统诗学资源范畴内完成编纂工作。② 从 1828 年至 1862 年，伦洛特以他的大脑文本为基础创造了五个《卡勒瓦拉》版本，而每一个版本都是他的《卡勒瓦拉》大脑文本的一次物化。最终，他的《卡勒瓦拉》作为一个民族的象征流传下来，为芬兰人民所熟知，并且被作为学校教育的教材，伦洛特被推崇为民族英雄和文化英雄。虽然伦洛特的田野作业有着许多不尽如人意的地方，但是他编纂“以传统为导向的”史诗的技术操作和学术理念已经成为国际史诗学界一个经典的范例。

---

① Lauri Honko，*Textualising the Siri Epic*，Helsinki: Academia ScientiarumFennica，1998，p.172.

② 《卡勒瓦拉》里的 3%诗行是伦洛特创作的，其余的诗行都来自他与其他搜集者搜集而来的口头诗歌和史诗诗歌。其次，伦洛特频繁使用平行式，而这种平行式并非芬兰史诗诗歌具有的风格特征。但是，使用的平行式是一部长篇史诗的必要条件。

《卡勒瓦拉》是一部文化英雄的史诗，[①] 没有我们所熟知的那种战斗英雄，没有恢宏的王国，没有场面宏大的两军对垒，甚至很少出现战斗场面，更多的是对人们生活场面的描写。它从传统的芬兰创世神话开始，讲述了大地、天空、动植物等是怎样形成的。之后《卡勒瓦拉》分四条线索讲述了英雄万奈摩宁、青年勒明盖宁、铁匠伊尔玛利宁和少年古勒沃的故事，而后万奈摩宁、勒明盖宁、伊尔玛利宁一起远征黑暗国度波赫尤拉，成功夺取了“三宝”。最后，年轻害羞的处女玛丽雅达在放牧时吃下了一粒越橘后怀孕了，生下了一个儿子。万奈摩宁要杀死这个男孩，但是男孩开始说话并责备他作出了错误判断。这个男孩被洗礼为卡累利阿的国王。万奈摩宁扬帆离开，给后世留下了他的诗篇和甘德勒琴。整部史诗到此结束。

万奈摩宁是《卡勒瓦拉》中的文明使者和创造者。世界由一个鸭蛋打碎后的碎片而形成，女神伊尔玛达尔生下了第一个人类——万奈摩宁，万奈摩宁给荒芜的世界带来了树木和生命。他创造和发明了人类生活需要的一系列东西，如播种、取火、造船、织网、制作药用药膏等。他是一个享有极高威望的长者和智者。他带着伊尔玛利宁和勒明盖宁驾船前往波赫尤拉去要回“三宝”。在路上，万奈摩宁猎杀了一只巨大的狗鱼，并用它的颌骨制作了第一把甘德勒琴。英雄们抵达波赫尤拉，要带走“三宝”，娄希召集军队反抗，然而万奈摩宁用他的音乐将波赫尤拉的全体人民催眠。他们从石洞里带走“三宝”，并启程回家。娄希率领她的军队追上英雄们，与卡勒瓦拉的军队展开激战。在争夺中“三宝”沉入海底，摔得粉碎。娄希对万奈摩宁们抢走“三宝”感到愤怒，给卡勒瓦拉的人民送去了瘟疫，派了一只大熊去咬杀了他们的牲畜，把太阳和月亮藏了起来，还从卡勒瓦拉偷走了火种。万奈摩宁将危机一一化解，治愈了所有的疾病，同伊尔玛

① 《卡勒瓦拉》，孙用译，人民文学出版社 1981 年版。

利宁一道恢复了火种，强迫娄希把太阳和月亮放回天空。

他有着非凡的能力，说出的咒语和唱出的歌具有神奇的魔力，可以用来创造，还可以用来战斗。万奈摩宁想建造一艘船再次前往波赫亚去寻找新娘，造访了多讷拉，却沦为囚犯，通过施行他的咒语逃脱。当造船到了尾声，需要一种咒语来完成建造工程时，他去寻找安德洛·维布宁收集一些咒语，然而他被安德洛·维布宁吞掉了，他在安德洛·维布宁的胃里施以酷刑折磨安德洛·维布宁，使他说出造船的咒语，随后用造船的咒语将他的船只造好了。当与嫉妒心强的尤卡海宁进行决斗时，万奈摩宁唱起神秘的歌，让尤卡海宁陷入泥潭，不得脱身。

他有着娶妻的愿望，但是少女们都拒绝了他。尤卡海宁在决斗中失败，拉着他妹妹爱诺的手，让她嫁给万奈摩宁来换取他的生命。爱诺不愿意嫁给年老的万奈摩宁，投水自尽。万奈摩宁启程去波赫尤拉，向波赫尤拉的少女求婚。途中，尤卡海宁袭击万奈摩宁，万奈摩宁在海上漂流了数天之后骑在老鹰背上到达波赫尤拉。他跟娄希达成协议，只要他打造出“三宝”，娄希就将女儿嫁给他。他使用计谋让伊尔玛利宁来到波赫尤拉锻造“三宝”。“三宝”被锻造出来了，他和伊尔玛利宁却没有得到他们想要的新娘。后来，万奈摩宁造船又再次前往波赫尤拉去寻找新娘，伊尔玛利宁闻讯也往波赫尤拉向波赫尤拉的少女求婚，波赫尤拉的少女最终选择了伊尔玛利宁。

伊尔玛利宁是一个能工善艺的铁匠，制造了各种工具、武器和艺术品。他也是文明的创造者，制造了能够给人类带来繁荣和财富的“三宝”。铁匠沉着、稳重、务实，除了有人来找他帮忙之外，他一直守在自己的火炉旁工作。他也雷厉风行。一听到万奈摩宁要前往波赫尤拉，向那里的少女求婚时，他立马行动起来，洗掉身上的灰土，换上新衣服，露出了他英俊的外表，最终赢得波赫尤拉少女的芳心。而且在波赫尤拉少女的帮助下，伊尔玛利宁顺利完成了各种危险和不可思议的任务，与她举行了婚礼。他对妻子非常痴情。当妻子被古勒沃杀死后，他十分悲痛，用金银锻造出一个新娘，但他觉得她冰冷，在伤心中抛弃了这具冰冷的金属。

勒明盖宁是一个热血青年，他莽撞自大、性格暴躁、渴望战斗，一次次不听母亲的劝告外出探险。最初，勒明盖宁启程去萨里（芬兰语：Saari，意为“岛屿”）寻找新娘。他和少女吉里基互订终生，勒明盖宁答应以后不再好战，吉里基则答应以后不再去村子里跳舞。但是后来两人都打破了自己的誓言，勒明盖宁抛弃了吉里基，决定去向波赫尤拉的少女求婚。他母亲试图说服他不要去，因为北方的波赫尤拉是一个险恶的地方。母亲预感到了他会遭遇危险，但是自大的勒明盖宁没有理会她的警告。他告诉他的母亲，如果他深陷危境的话，他留在家里的梳子就会流血。经过长途跋涉到达波赫尤拉之后，他向娄希请求把她的女儿嫁给他，娄希给他派遣了任务。当他在多讷拉“亡灵之河”上尝试捕猎在河上的天鹅时，他被激怒了的北国牧人刺杀身亡，摔入亡灵之河。他的母亲发现勒明盖宁留在家里的梳子在流血。回想起她儿子说过的话，她决定去北方寻找儿子。她用伊尔玛利宁给她的耙子把勒明盖宁散布在河里的躯干各部位捞起，并重新拼起，用蜂蜜使他复活。当波赫尤拉举办婚礼时，他因为没有收到邀请而大怒，再次闯入波赫尤拉，而且在母亲的帮助下闯过了三个为阻拦他而设计的困境，然后与北国主人进行了决斗，并赢得了胜利。然而，波赫尤拉的女主人向勒明盖宁报复，勒明盖宁逃回他母亲的住处，并前往萨里避难。回来后，他发现他的房子被烧为灰烬。他邀请他的同伴迭拉一起攻打波赫尤拉，但是娄希施法使海面结冰，使他们的计划落空，勒明盖宁只好取道返回家里。显然，勒明盖宁更像是我们所熟悉的英雄，年轻俊美，尚武好斗，而且经历了“死而复生”这一大多英雄都会经历的成长仪式。

古勒沃也是一个印象深刻的英雄。温达摩将卡勒沃的家族全部杀掉，只剩下卡勒沃已怀孕的妻子，她后来生下了孩子古勒沃。温塔莫视古勒沃为眼中钉，几次试图杀害他，后将他卖给伊尔玛利宁作奴隶。伊尔玛利宁的妻子婚后变成了一个恶毒的女人，总是无缘无故地刁难古勒沃。当他出去放牛的时候，她在他的干粮里放进石头。当古勒沃吃到这块石头的时候，他彻底愤怒了，召唤狼和熊撕碎了伊尔玛利宁的妻子。在回家的路上，他跟一位少女寻欢作乐。事后，少女发觉她是他的妹妹，于是投河自尽身亡。古勒沃决定向温达摩开战，将他们斩净杀绝。然而当他回到家时，发现自己的庄园荒芜了。他感到懊悔和难过，于是选择在勾引他妹妹的地方自尽了。投河之后，他化身为鱼，在万奈摩宁去波赫尤拉夺取“三宝”的时候，帮助过他们。

万奈摩宁、伊尔玛利宁、勒明盖宁、古勒沃等英雄人物是芬兰人民的民族精神和性格特征的象征，展现他们对自己家园、土地、文化的热爱，体现了古代芬兰人民的美好力量和愿望。此外，值得我们关注的还有波赫尤拉的女主人娄希。作为一个部落的首领，她有着强硬的手腕和非凡的治理能力。她懂得治国，以女儿为诱饵骗伊尔玛利宁为她制作“三宝”，使她的国家繁荣富强。她狡诈善战，在对抗万奈摩宁、伊尔玛利宁、勒明盖宁毫不占下风。她也残忍无情，她让万奈摩宁、伊尔玛利宁、勒明盖宁以身涉险，勒明盖宁甚至赔上了自己的性命，而且三番四次对他的母亲试图掩盖真相。

《卡勒瓦拉》给读者感觉到的不是热血沸腾，不是慷慨激昂，也不是心中的虔诚，而是像听完了一曲温婉哀伤，但又清新明丽的民谣。史诗没有宏大的国家概念，也没有大规模的战争，生产和生存在人们的生活中占据了很重要的位置。对打渔、造船、铸铁、耕作等生产生活的描写，让史诗有了一种田园牧歌的清新气质。史诗中的动植物充满了生命力，像四处存在的精灵，与人类展开了充分的交流，使荒凉而孤独的土地尽管荒凉充满了生机和诗意。史诗描写了语言在人们生产生活中的强大力量。创世、治病、搏斗等都是通过万奈摩宁歌唱他们的功绩或愿望来实现的。英雄经常通过搜寻或请求歌词或咒语来获得某个能力，如造船或锻造的能力。万奈摩宁协同铁匠和勒明盖宁盗走了“三宝”之后，娄希给卡勒瓦拉降下了瘟疫，万奈摩宁唱出了瘟疫的由来和驱走它的咒语，瘟疫自然被驱散了。这表明当时社会的人们对语言充满了敬畏和信仰，最会歌唱的人拥有最大的力量。

《卡勒瓦拉》具有着非凡的艺术魅力，是人类文化中的宝贵遗产。它是政治诗学的产物，一经出版，精英阶层便给予它崇高的评价，芬兰人民也给予高度的认同，将它作为芬兰人民民族认同与文化认同的象征。《卡勒瓦拉》的另一个重要作用是让已经濒临消亡的芬兰口头传统通过文字载体和文学阅读，获得第二次“生命”。伦洛特的史诗编纂也给他带来了巨大的声望，其原因之一，是他的做法顺应了芬兰的民族意识觉醒和族群认同的潮流。芬兰文学学会在将他神圣化或者说神话化方面，也发挥了很大的推进作用。他成为芬兰民族认同的一个偶像和标志——他的头像甚至出现在芬兰 500 马克纸币上。不仅如此，有人说，“是西贝柳斯（他的音乐受到《卡勒瓦拉》的很大影响）和伦洛特一道歌唱着使芬兰进入世界地图”，也就是说，史诗建构与民族性的建构，乃至国家的独立有着莫大的关联。①

九、松迪亚塔

非洲具有伟大而悠久的史诗传统，《松迪亚塔》是非洲重要的长篇英雄史诗，是非洲珍贵的古代文化遗产，代表了非洲古典文学的最高成就，具有较高的文献价值和文学价值。

① 朝戈金、冯文开:《史诗认同功能论析》,《民俗研究》2012 年第 5 期。Maria Vasenkar，“A seminar commemorating the bicentennial of Elias Lönnrot’s birth，April 9，2002”，FFN 23，April 2002:2–4。

松迪亚塔的故事从13世纪开始便流传于西非马里、几内亚等地，由格里奥口耳相传，历经数百年保存下来。格里奥是非洲宝贵文化遗产的重要传承人，他们以此为业，家族世袭。他们根据自己的历史，重视突出英雄的勇敢、荣誉、名声和超越常人的能力，关注社会公众，完成了对伟大的史诗《松迪亚塔》的创作。

《松迪亚塔》讲述了13世纪西非马里帝国的松迪亚塔一生的经历，从松迪亚塔的出生、童年、青年的反抗，到打败残忍的苏苏大王，建立马里帝国，每一个字符都铿锵有力，嵌入了英雄的魂魄。

松迪亚塔是古代茫丁国凯塔王朝的继承人，非王后所生。作为英雄的松迪亚塔，他的身世较为特殊，不仅出生显贵，而且出生不凡。松迪亚塔的父亲马汗·孔·法塔是美男子，娶了长满肉瘤的女人，生下了松迪亚塔。先知有言，即将出生的松迪亚塔将在以后成为茫丁国的王："有个孩子要在曼迪国出生，所有的曼迪国的人都是他的。他将统治铁匠。他将统治格里奥特。他将统治诵经的人。他将统治制革的人。他将统治曼迪人的所有高贵氏族。"① 受到诅咒的松迪亚塔出生之后是一个瘫痪的孩子，七岁还在地上爬行。父亲国王马汗·孔·法塔将儿子贝拉法赛盖封为迪亚塔的"格里奥"，希望他能够成为一个伟大的王。不久，国王去世，王后莎苏玛·贝雷特违背国王的遗愿，立自己的亲生儿子丹卡朗为王，还百般羞辱松迪亚塔和他的母亲，愤怒的松迪亚塔奇迹般站立起来，双手举起六个人才能抬得动的巨大铁棍，将巴欧巴树连根拔起。

经受苦难的松迪亚塔展现出了过人的勇武，逐渐受到众人的敬重。在躲避王后迫害的同时，松迪亚塔在苦难中磨炼成文武双全的勇士，被麦马国王封为副王。麦加人倾城聚集在城门前，来迎接这位英勇的战士的到来。麦加没有合适的继承人，松迪亚塔应时而来，被麦加人认为是拯救国

① 《松迪亚塔》，李永彩译，译林出版社2003年版，第46页。

家的天意。松迪亚塔在无数艰难险阻面前忍辱而生，并且坚强而惊人地取得了逆转。他每战必亲临阵前，令敌人闻风丧胆，吓退了前来骚扰的敌人，战事愈来愈少，松迪亚塔的名声大振。

正当松迪亚塔在麦加初露锋芒的时候，势力强大起来的索索国王苏毛洛·康坦征服了茫丁国，茫丁国国王丹卡朗·杜曼懦弱逃亡，茫丁百姓处于生灵涂炭之中。茫丁的老少妇孺去问教先知，得知能够拯救茫丁国的必然是王位的合法继承人，而且是“双名双姓的人”，而这个人正是水牛女人松科隆的儿子松迪亚塔。

尼亚尼人用两个月时间在麦加找到了真主松迪亚塔，松迪亚塔率领军队与索索国苏毛洛王交战，大败索索国，并且将索索都夷为平地。史诗将这场战争作为突出松迪亚塔英雄形象的手段，对整个战争过程只做粗线条勾勒，重点突出松迪亚塔的出奇制胜、勇武过人以及布阵有方。胜利后，松迪亚塔被各国推选为公认的国王。至此，松迪亚塔回到茫丁国，重建尼亚尼。他治国有方，开创了盛极一时的马里帝国。松迪亚塔宣布了各部族关系中的禁忌，让尼亚尼人人有土地，人人有权利，人人有幸福的生活。松迪亚塔把和平与幸福带回了尼亚尼，重修了老国王马汗·孔·法塔的宫殿，茫丁国永远不朽。

《松迪亚塔》将松迪亚塔塑造了一个坚韧、富有正义的英雄形象。从他的诞生到成长，松迪亚塔充满神奇的色彩。天生瘫痪的松迪亚塔神奇般成为顶天立地的巨人，力大超穷，具有凡人难以具备的特异能力，反映了英雄超自然的神性特征。神奇的诞生是非洲史诗常见的母题。刚果伊昂加人史诗《姆温都史诗》中的英雄姆温都是在她的母亲子宫里往上爬，从她的腰部出生的。一出生，他的右手握着用水牛尾巴制作的象征王权的康加节杖，他的左手握着一把斧子，左边的背上挂着一个装有卡侯精灵和长魔绳的小袋子。而且他一落地便能说能笑，已经是男人当中的男子汉了。英雄出生不凡，但都遭受到不公平的待遇。童年时期，松迪亚塔和他的母亲受到别人的侮辱，被国王流放。害怕将来的儿子会篡夺自己的王位，席姆温都不希望自己的妻子生男孩。当姆温都出生时，席姆温都拿起长矛就要杀死姆温都和他的母亲，但是姆温都每次都让席姆温都投掷的长矛只击中柱子。席姆温都将姆温都扔进墓穴，但是姆温都从墓穴里出来，走到他母亲的屋子里哭诉。席姆温都又将姆温都装进鼓里，扔到河里，而姆温都活了下来。斯瓦希里人史诗《李昂戈·富莫的传说》中的英雄李昂戈·富莫是尚盖·谢赫家族的长子，他的体魄、力气、胆量、箭艺、诗才等要远强于同父异母的弟弟姆瑞格瓦里，但是因为他的生母是父亲的妾，故他未能继承父亲的职位，而且一再受到自己弟弟的迫害。乌闪巴拉人史诗《姆比盖的传说》中的姆比盖的上牙齿首先被砍掉了，人们认为他是一个不吉利的孩子，应该将他处死。但是在父亲的百般关照下，姆比盖长得结实英俊。除了同父异母的兄弟外，人们都喜爱他。当他的父亲死后，同父异母的兄弟仇恨他，打击他，剥夺了他的继承权。

非洲史诗中的英雄毫无例外地都建立了各自的丰功伟绩。松迪亚塔消灭了入侵茫丁国的侵略者，创建了威名远扬的马里帝国。在与索索国的对战中，松迪亚塔像雄狮闯进羊圈一般，将长矛戳进敌人的肚皮，胜利带给松迪亚塔耀眼的光辉，进而让万民拥戴他。尼亚尼高唱起的《富庶之歌》，便是对英雄松迪亚塔的赞歌。松迪亚塔以自己坚韧的意志和正义的品格，表达自己对国家命运的关注和对人民过上幸福生活的期盼。姆温都逃过了父亲席姆温都的多次谋杀，最后他与席姆温都在天上、陆地和地下展开交战，并将席姆温都从冥界找了回来，让被自己杀死的人又重新复活，重建了和平与秩序。席姆温都受到了教育，主动将王位移交给姆温都，姆温都声名远播，制定了一系列法律，他说：“愿你们生产许多食物和庄稼。愿你们住在好房子里，而且住在美的村庄。相互不要吵架。不要追别人的配偶。不要嘲弄从村里经过的残疾人。引诱别人妻子的要被杀掉！接受酋长吧。怕他，愿他也怕你们。愿你们协调一致，在这个国家，没有不和，没有仇恨。"[①] 这表现了非洲人民和谐共处、平等互爱的民族精神。

《松迪亚塔》广泛地反映了13世纪西非各国的社会面貌与民族关系，展现了当时的社会政治、经济、文化、军事等各方面的情况。如史诗提到的"小米""芳尼欧""尼亚里马"等古马里的食物，"巴拉琴""津贝鼓"等古马里的乐器。史诗中的"塔福"是用线把稻草紧紧地缠绕成球状，再打成结的古马里护符。史诗说道："摘下你们的红头巾，用它们做成三个塔福护符。"[②] 这是具有宗教意味的生活细节。史诗描述了古马里的游戏"乌里"，他们玩的希翼游戏便是乌里。"乌里"是非洲人所熟悉的一种游戏，玩者从十二个或十二个以上的洞挪出标志。这些都是古马里的生活掠影。当然，除了通过英雄人物的事迹再现历史之外，"格里奥"还直观地表达了古马里人民的思想感情和理想愿望："啊，松迪亚塔，我愿意为你念咒施魔法。你必须逃到更远的地方，你要历尽艰辛逃到远处，艰辛从来不致人死命，反而帮助你忍受痛苦。"[③] 这体现古马里人的温情及其对英雄的态度。史诗中生活化的场景比较常见，如史诗开篇对古马里的祭祀场景的描绘："他说要弄到一只公山羊。他们宰杀这只公山羊之后，他们要挖出一个坑，把一些柴火棒插在那里，他们在那里熏烤这只公山羊，在坑旁边吃掉公山羊，这件事他们不可对外讲。也不能同他人分享，除非他们也是同族人。"[④]

史诗中史实与神话相交织，具有鲜明而神奇的浪漫主义色彩，表现了非洲民间艺人丰富的想象力和杰出的艺术才华。松科隆受孕和松迪亚塔出生的神话，渲染了松迪亚塔不同凡人的出生，预示了他显赫的未来："马

① 《松迪亚塔》，李永彩译，译林出版社2003年版，第276页。
② 《松迪亚塔》，李永彩译，译林出版社2003年版，第83页。
③ 《松迪亚塔》，李永彩译，译林出版社2003年版，第74页。
④ 《松迪亚塔》，李永彩译，译林出版社2003年版，第8页。

甘·松迪亚塔，一直待在他母亲的肚子里，他还是不出生。每当小孩子出来玩耍，在傍晚回家的时候，松迪亚塔才出现。他在离开妈妈肚子的时候说，他说：'我出来，噼里啪啦！'然后他出去玩耍。他说：'自己玩儿，大人物不自己玩儿吗？'松迪亚塔在曼迪国总是自己玩耍。'如果人民希望的话，松迪亚塔将在曼迪国施行统治！啊，巫术是美妙的！'"①这表明松迪亚塔的继位、创立英雄业绩是顺应天意的。卡汝盖用符咒迷惑松迪亚塔，让他不能行走，在地上爬了九年。后来，松迪亚塔得到吉因神的指点，用两根番荔枝树树枝支撑着自己站起来行走。这些都充满了神奇的色彩。《松迪亚塔》中水牛女人的故事与苏毛洛巫术的故事等也都具有典型的非洲神话特色。《姆比盖的传说》《姆温都史诗》等也具有强烈的神奇色彩。姆比盖掌握着狩猎的魔法，能够使用符咒使人类免受狮子和豹子的伤害，而且能够放出浓雾使得攻击己方的势力看不到自己。姆温都能够使用魔法将他父亲拥有的财产移到他这里来，能够使用节杖让人死而复生。

松迪亚塔的英雄事迹鼓舞着古马里人民勇敢地面对生活的种种辛酸与挑战，即使是在受到迫害的情况下，也要卧薪尝胆，勇往直前。正义终将压倒邪恶。这是一种英雄的信仰，也是民族的信仰，彰显了古马里不畏强暴、敢于斗争的民族精神。戈登·伊内斯（Gordon Innes）曾记录了冈比亚人巴卡里·西迪贝（Bakari Sidibe）对《松迪亚塔》的评述："虽然松迪亚塔毫无疑问地比我们更强大、更勇敢，但是他也像我们一样是一个人。他的品质也是我们也具有，虽然它简化成一种形式。松迪亚塔告诉我们一个男人能做什么，展示一个男人的潜力。即使我们不能渴求做出与松迪亚塔一样的大事，但是我们感到，我们的精神因了解像松迪亚塔那样的人展示的精神而得到升华。在战争前夕，一个歌手（griot）将对国王和他的追随者们演唱《松迪亚塔》。这个故事能唤起参与战争的受众超越自我，当

---

① 《松迪亚塔》，李永彩译，译林出版社2003年版，第46页。

然不必鼓励他们去超越松迪亚塔，而是让他们感到他们有能力获得他们以前只敢想象的伟大事情。通过让他们记起松迪亚塔的事迹提高他们对自己能力的估价。”[①]《松迪亚塔》不仅能给其民众以强烈的自豪感，而且可以让他们审视自己的生活，规范他们的行为，告诉他们应当承担的责任和义务，应当争取的荣誉。尼日利亚南部伊卓族人每隔几年便将其所有民众召集起来举办演唱部族史诗《奥兹迪》的活动，模拟史诗中祖先和英雄的生活，学习他们的优秀品德，接受民族精神的洗礼和再教育。[②]刚果东部尼昂加人生活的社区经常演唱《姆温都史诗》，一方面满足民众的娱乐需求，一方面教育民众宽容与互依互助，增强社区的凝聚力。[③]

《松迪亚塔》是在非洲文化艺术土壤之上产生的伟大作品，是非洲口头文学的瑰宝。它的人物形象鲜明，结构较为完整，情节生动细腻，文笔活泼，语言隽永，具有浓厚的乡土气息，事迹感人，脍炙人口。我们在阅读《松迪亚塔》的时候可以感受到历史的沉重与悲喜，也可领略到古马里英雄的高昂风采。

十、列王纪

《列王纪》是伊朗伟大诗人菲尔多西以达里波斯语创作的世界闻名的英雄史诗，全诗长 12 万行，叙述了将近长达四千多年的伊朗历史上的五十多位国王的生平事迹，汇集了数千年来流传在民间的神话传说和历史故事。菲尔多西（940—1020），本名是阿布尔·卡塞姆·曼苏尔·本·哈

---

① Lauri Honko, *Textualising the Siri Epic*, Academia Scientiarum Fennica, Helsinki, 1998. p21.

② 详细论述可参见《松迪亚塔·序言》，李永彩译，译林出版社 2003 年版。

③ 《松迪亚塔·序言》，李永彩译，译林出版社 2003 年版。

桑·本·沙拉夫沙赫，以笔名菲尔多西闻名于世。他大约在 980 年开始创作《列王纪》，对流传于民间的神话传说、伊朗历朝历代诸王的史实等材料进行系统的整理、编纂，发挥自己高超的创造力和驾驭语言的能力，并于 1010 年左右完成了这部以传统为导向的民族史诗。

勇士鲁斯塔姆的故事是《列王纪》中最为人称道的，也是最精彩的篇章，占据了整部《列王纪》的三分之一左右的篇幅。《列王纪——勇士鲁斯塔姆》主要讲述了勇士鲁斯塔姆一生的业绩，刻画了鲁斯塔姆勇敢和忠诚的品质。

鲁斯塔姆的母亲受神鸟指点，生下了“如小象般庞大身躯的”鲁斯塔姆。年少时，他制服了凶猛的白象，攻占了祖父萨姆未能拿下的潘德山寨。在马赞得朗，他勇闯七关，斩杀凶恶无比的蟒蛇、女妖以及白妖，救出了卡乌斯国王。在战场上，鲁斯塔姆英姿飒爽，骁勇善战，以一敌百。他以狮子般的身躯，手持大棒和套索，转瞬间便斩杀侵略伊朗的各类妖魔鬼怪。他总是出现在至关重要的关节点上，每当伊朗陷入危难，鲁斯塔姆就骑马上阵，救伊朗脱离苦难，击退异族的侵略与攻击。

鲁斯塔姆忠君爱国，忠诚是他身上最闪耀的品质之一。鲁斯塔姆远上厄尔布尔士山，突破土兰国王阿夫拉西亚伯的层层阻碍，寻找哥巴德当伊朗国王。他前后两次救卡乌斯国王于险境当中，当得知国王被哈瓦马兰国王囚禁，阿夫拉西亚伯举兵入侵伊朗时，他“怒不可遏，英雄的双眼热泪滚滚涌流”，“心中如烈火在燃烧，起动的大军似卷地的狂飙。”① 他虽然忠诚护主，但也不是毫无自己的原则与判断。当他不认同国王的所作所为时，便直言不讳，毫不虚伪做作。当夏沃什被卡乌斯国王的王后苏达贝陷害而远征土兰，最后尸裹沙场时，他没有禀明国王，直奔后宫，杀死苏达

① 菲尔多西：《列王纪——勇士鲁斯塔姆》，张泓年、宋丕方译，译林出版社 2000 年版，第 102 页。

贝，为夏沃什报仇。他不满古什塔斯帕的人格品质和治国理政的方法，便不再向古什塔斯帕请安进贡，维护了自己的尊严。

不过人无完人，鲁斯塔姆也有一些缺点。他性格暴躁和残忍。为了给夏沃什报仇，他举兵进攻土兰王国，斩杀受俘士兵，放火烧了土兰的土地。他狡诈奸猾。苏赫拉布把他打落马下，他说首次打倒对手后不可结束对方性命，然而当苏赫拉布被他打倒时，他直接在苏赫拉布身上划开伤口，致其死亡。

《列王纪——勇士鲁斯塔姆》也塑造了其他一些性格鲜明的人物形象。王子夏沃什与埃斯凡迪亚尔都曾立下赫赫军功，却惨遭杀害。不过两人却具有完全不同的性格。夏沃什心系家国，为了保卫国王与伊朗人民出征土兰王国，战胜土兰后签订合约，约定双方彼此不再互犯。但是，夏沃什的父亲命令他追杀土兰的士兵，以绝后患。夏沃什是一个重信义的英雄，他拒绝了卡乌斯国王的命令，并投奔土兰，不料土兰的国王听信谗言杀死了夏沃什。埃斯凡迪亚尔是非不分，为了继承王位，出征锡斯坦，攻打鲁斯塔姆。鲁斯塔姆好言相劝，却反遭他侮辱，最终他不敌鲁斯塔姆而战死沙场。夏沃什始终以诚待人的高尚的道德情操赢得了伊朗人民世世代代的喜爱与尊重，而埃斯凡迪亚尔的骄傲无礼则受到伊朗人民的谴责。

《列王纪》中的诸多国王大多是正义的化身，但是《列王纪——勇士鲁斯塔姆》中的卡乌斯国王是一个反面人物，他愚钝笨拙，心胸狭窄。他异想天开，受魔鬼的教唆而妄想飞上天空，受妖怪诱骗妄图占据景色秀美的马赞得朗，却反遭苦果。为了迎娶哈马瓦兰国王的女儿苏达贝出使哈瓦马兰，却惨遭囚禁。他连番惹祸上身，每次都是鲁斯塔姆舍命相救。然而当鲁斯塔姆为了救儿子苏赫拉布向卡乌斯求药时，他却心胸狭窄，怀疑鲁斯塔姆的忠心，唯恐他们父子二人联手夺取他的王位，从而致使苏赫拉布惨死。埃斯凡迪亚尔的父亲古什塔斯帕心肠歹毒，言而无信。他答应埃斯凡迪亚尔击退土兰之后就把王位传给他，可不守承诺，又以抓住鲁斯塔姆作为他传位于埃斯凡迪亚尔的条件，这直接促成了埃斯凡迪亚尔的悲剧。

史诗还刻画了许多各具魅力的女性形象。玛尼日的重情重义，使人无法忘怀。阿夫拉西亚伯的小女儿玛尼日与伊朗小将比让一见钟情，还把他藏在自己的后宫里，后来被父亲发现。比让被囚在深井之中，而她被逐出王宫。看着受难的比让，公主玛尼日向四方求救，面对鲁斯塔姆的试验，她的决心也毫不动摇。古尔德法驰骋沙场，英姿飒爽，是一位女中豪杰。她面对勇猛的苏赫拉布毫不惧怕，表现出不输于苏赫拉布的武艺与气势。苏达贝无耻下流，诡计多端。看见夏沃什的美貌后，她几次三番挑逗却都被夏沃什拒绝，因此怀恨在心，并向卡乌斯国王诬陷夏沃什意图对她图谋不轨，使他们父子关系出现裂痕。

《列王纪——勇士鲁斯塔姆》的结构精妙。它描述了鲁斯塔姆勇闯七关救卡乌斯国王、征战土兰王国、乔装入土兰救比让等许多故事，其中令人印象最为深刻的是鲁斯塔姆与苏赫拉布的故事。鲁斯塔姆与苏赫拉布在打斗前因许多缘由而未能父子相认。土兰国王阿夫拉西亚伯暗中策划鲁斯塔姆与苏赫拉布相认，但伊朗将军哈瓦尔为了鲁斯塔姆的安危而没有如实相告。鲁斯塔姆深夜入苏赫拉布军营误杀塔赫米娜的兄弟，他是唯一认识鲁斯塔姆的人。在与苏赫拉布对战时，鲁斯塔姆没有报出自己的姓名，塔赫米娜把鲁斯塔姆的信物交给苏赫拉布，可苏赫拉布将它深藏衣服里面，鲁斯塔姆未能辨认。所有这些巧合，无论是人为的，或者是纯属意外，都导致苏赫拉布命丧父亲鲁斯塔姆之手。菲尔多西没有把这些巧合全部安排在一个情节之中，而是利用一环套一环的方法连接这些巧合。如苏赫拉布问哈瓦尔伊朗军营中的这几位将军都是何人时，哈瓦尔缓缓说出古尔古兹，比让等将军的名字，可唯独没有向苏赫拉布说出鲁斯塔姆的姓名。苏赫拉布利用各种方式希望能够问出谁是鲁斯塔姆，可一系列偶然的因素却阻碍他们父子相认。鲁斯塔姆误杀苏赫拉布，鲁斯塔姆请卡乌斯赐药救苏赫拉布，但卡乌斯国王担心他们父子会联手抢夺自己的王位，从而拒绝鲁斯塔姆的请求。一次又一次的巧合导致苏赫拉布被鲁斯塔姆杀害，而卡乌斯国王则直接断绝了苏赫拉布最后一次求生的机会。菲尔多西是一个讲故事的能手，精湛地安排故事情节，以突出人物的性格，表达善恶二元对立的中心思想。他组织的故事结构在最深层的方面是为了塑造鲁斯塔姆高尚的人格品质，另一方面则是为了表明险恶阴毒的国王执政的危害。

《列王纪》的语言质朴洗练，明白晓畅。伊朗小将比让对玛尼日说："姑娘啊，你为我尝尽人间辛酸，你对我以身心相许，情意缠绵。你为我终日道出奔波劳碌，你默默忍受我给你带来的痛苦。你为我舍弃了宝库财产和凤冠，你为我断绝了父母亲朋的情缘。"[①]诗人使用简单易懂的，充满诚意的语言描述比让对玛尼日充满爱意的表白。

菲尔多西大量地使用对话、交谈和规劝，又夹杂着自己的议论。在苏赫拉布向哈瓦尔试问鲁斯塔姆而无果时，诗人说："命运早已把一切般般铸定，铸就的命运无人能减无人能增，命运好坏本系上苍安排决定，世人只能俯首帖耳一切遵从。"[②]诗人认为苏赫拉布与鲁斯塔姆的悲剧是上天注定的，是造物主命定的吉凶祸福。当鲁斯塔姆落入沙卡德设下的陷阱，诗人评价道："人若是遇事不深思熟虑，不幸的命运就无可逃避。回转的世界从来就很离奇，它不向我们公开这层秘密。"[③]

《列王纪——勇士鲁斯塔姆》使用程式化的语言表示英雄的力量与武艺、女人的美貌、勇士整装或战斗时的场景。形容鲁斯塔姆或苏赫拉布等勇士时经常使用"雄狮般的力量"或者"身形魁梧膀大腰圆，膂力过人"，或者在战场上发出"狮子般的吼声"。形容美女时常使用"松柏般"的身体、

① 菲尔多西：《列王纪——勇士鲁斯塔姆》，张泓年、宋丕方译，译林出版社2000年版，第331页。

② 菲尔多西：《列王纪——勇士鲁斯塔姆》，张泓年、宋丕方译，译林出版社2000年版，第200页。

③ 菲尔多西：《列王纪——勇士鲁斯塔姆》，张泓年、宋丕方译，译林出版社2000年版，第484页。

“如月的”面貌等。《列王纪——勇士鲁斯塔姆》经常出现一种典型场景，即当有英雄战死沙场后，其他人就会撕碎衣裳，在头上撒黄土。如鲁斯塔姆误杀苏赫拉布后，“顿时悔恨交加撕碎自己的衣服”，“悲痛得乱扯自己的头发，血泪合流抓土往头上抛撒”[①]；苏赫拉布的母亲也“一把撕掉自己的上衣”，“抓把沙土撒上自己的头。”[②] 埃斯凡迪亚尔去世后，鲁斯塔姆“痛苦得撕碎了衣衫，灰尘与黄土撒了自己满头满脸。”[③] 当扎尔、夏沃什和鲁斯塔姆等众勇士去世，相关的人物也都撕碎战衣，将黄土撒向头顶。这可能是一种表示哀悼与悲痛的习俗，也是菲尔多西使用口头创作叙事技巧的表征。

《列王纪——勇士鲁斯塔姆》包含了伊朗民族的许多风俗习惯。卡乌斯国王的王后苏达贝冤枉夏沃什对自己图谋不轨，而夏沃什为了证明自己的清白，骑马穿过火堆。这是一种古老的伊朗习俗，如果一个人可以安然无恙地穿过火堆，那么他便是清白无罪的。在沙卡德设计陷害鲁斯塔姆得逞后，鲁斯塔姆说出了自己的一个心愿，即给他一把弓箭以防蛇虫走兽的攻击，而沙卡德也答应了他的请求。这也是伊朗的传统习俗，即受害人的临终遗言不应该拒绝。

《列王纪——勇士鲁斯塔姆》经常出现“七”这个数字。勇士战场得胜后，要庆祝七天。卡乌斯国王登上王位后，欢宴七天，赞颂救世主七天。哥巴德登上王位，众臣商讨七天。勇士死亡，治丧用了七天的时光。勇士鲁斯塔姆和埃斯凡迪亚尔都连闯七关，建功立业。数字“七”对伊朗民族来说是吉祥的象征。比如伊朗妇女化妆品有七种颜色，结婚时给新娘

---

① 菲尔多西:《列王纪——勇士鲁斯塔姆》，张泓年、宋丕方译，译林出版社 2000 年版，第 235 页。

② 菲尔多西:《列王纪——勇士鲁斯塔姆》，张泓年、宋丕方译，译林出版社 2000 年版，第 252—253 页。

③ 菲尔多西:《列王纪——勇士鲁斯塔姆》，张泓年、宋丕方译，译林出版社 2000 年版，第 470 页。

的腰带上打七个结，快乐的星期三要点燃七堆火等。数字“七”已经渗入伊朗人民生活的方方面面中。

《列王纪》是一部在世界文坛上具有广泛影响力的著作，将思想与艺术完美地结合在一起。它是伊朗人在阿拉伯入侵伊朗后创作的作品，记载了伊朗民族抵抗异族侵略的故事，充分地表达了伊朗人民的民族主义与爱国主义思想，始终鼓励伊朗人民团结一致，反抗敌人的侵略。另一方面，它集合了伊朗的神话传说、民间故事和民歌等各种文学样式。它被誉为支持伊朗民族精神的“四根支柱”之一，对伊朗周边地区和民族的文学也产生了明显影响，如高加索地区的亚美尼亚和格鲁吉亚文学有《列王纪》的情节和人物的影子。

十一、埃达

《埃达》是创作于冰岛中古时期的神话和英雄史诗的汇编，记述了“北欧海盗时代”的社会生活，体现了海盗神灵和英雄尚武善战的性格特质以及积极进取的精神风貌。[①] 中古时期的冰岛为北大西洋沿岸的一个自然灾害频发、资源匮乏的海岛。公元 9 世纪挪威人率先发现冰岛，并来到此地定居，他们除了带来了斯堪的纳维亚地区的政治制度、社会结构、法律等内容之外，还带来了北欧神话和英雄传说的诗篇。这些诗作在冰岛地区流传了几百年后，于公元 13 世纪前后由行吟诗人集成，形成了现在所谓的诗体《埃达》，而散文体《埃达》相传为冰岛诗人斯诺里 · 斯图鲁松创作的文学作品。本文讨论的埃达是诗体《埃达》，全诗共 38 首，按题材可分为神话和英雄诗，按内容可分为叙事诗和教谕诗。

① 《埃达》，石琴娥译，译林出版社 2000 年版。

神话诗篇主要描述了天地初始、神祇初生、人类诞生以及世界的毁灭与重生的故事。远古时期，天地一片混沌，仅有火焰和极寒两个区域。巨人伊米尔在两个区域中间的裂缝中产生，并养育了巨人布里和布尔。巨人布尔与女巨人贝斯塔拉结合成夫妻，生下了主神奥丁、维利和威三兄弟，他们开天辟地并建造了米德加尔德。巨人伊米尔死后的躯体化作日月星辰、崇山峻岭以及江河湖海，由此一个崭新的世界诞生了。世界的中央有一棵古梣皮树，将世间划分为上中下三界，分别连通巨人家园、众神祇和人类的家园以及阴曹地府。众神祇将一天的时间划分为早晨、中午、下午和傍晚四个时段，明确了月份和年份。阿西尔部落的诸神盖起了祭坛，制作出了钳子等工具。主神奥丁、洛基以及汉尼尔用岸边的两块浮木创造了人类。众神祇在阿斯加尔德乐园中过着纸醉金迷般的生活，在光明神被射杀后全然不顾厄运的降临。奥丁在得知命运女神的预言后，整日惶惶不安。终有一天，末日来临，火巨人苏尔特以及恶狼芬里尔、米德加尔德巨蟒等猛兽全部都来进攻众神祇。旧的世界被毁灭了，主神奥丁被恶狼吞噬，只留下了罗纳文字在人间。光明之神巴德尔重返人间后，一个新的人类的世界诞生了。

英雄诗主要叙述了伏尔松家族、海尔吉家族和伏尔隆德家族的英雄故事，其中以屠龙英雄西古尔德和古德隆恩的故事最为突出。西古尔德英勇善战、足智多谋，在寻得宝藏后抛弃了原先海誓山盟的女子布隆希尔德，转而与古德隆恩结为夫妻，最终惨遭布隆希尔德报复，被古德隆恩的兄弟贡纳尔和霍格纳卑鄙地暗杀了。在西古尔德被害之后，古德隆恩改嫁匈奴国王艾特礼，贡纳尔和霍格纳两兄弟被艾特礼处死，古德隆恩为他们复仇先杀掉了艾特礼的两个儿子，然后再杀了艾特礼，并纵火焚毁了殿堂和整个王宫。古德隆恩杀掉艾特礼之后便直奔大海以求得解脱，可惜事与愿违，她求死而不得，在海水的簇拥下她到了尤纳克尔国王的地界，国王伊昂纳尔一见钟情并娶她为妻，她由此又遭遇到了另一场血亲仇杀。

教谕诗《高人的箴言》为北欧地区人民在日常生产生活过程中形成的生活经验以及至理名言，强调了学习罗纳文字的重要性。在为人处事方面，诗篇指出主人在陌生客人来访时应将其领到火塘旁，切不可冷面相待。在与人应酬时，应学会察言观色，饮食节制，饮酒不贪杯，时刻保持头脑的清醒。在外出办事时，应谨言慎行，遇事随机应变，进入厅堂时一定要注意门后，切不可粗心大意。在与朋友交往时，应重情重义、以诚相待，礼尚往来是人之常情。在遇到穷困潦倒之人时，应慷慨相助，切不可吝惜钱财。做人才智宜适中，切不可太过聪明而心力交瘁。做事应勤奋上进，切不可贪图懒觉而浪费时光。在面对爱情时，不可轻信蜜语甜言，也不可委曲求全。若两人心心相印、彼此投契，方可厮守终生。

诗体《埃达》塑造了许多骁勇善战、剽悍勇猛的武士形象。雷神托尔为主神奥丁的长子，骁勇善战、正气凛然、孔武有力，曾与冰霜巨人伦格尼尔、蒂阿兹展开激烈的搏斗，并取得了最终的胜利。他誓死保卫众神祇以及人类的家园不受巨人的侵犯，常常以保护神的身份出现。雷神托尔手举米奥尔尼尔魔锤，所向披靡，无人能敌。在与巨人希米尔比试时，雷神托尔将米德加尔德巨蟒从海中钓出，用魔锤给予其重击，巨人希米尔被吓得魂消魄散。托尔乘坐的由两只公羊拉着的战车拥有着风驰电掣般的速度，而且两只公羊在托尔饥饿时还可以用来充饥，次日将骨骸重新放置便能复活。

英雄海尔吉勇敢坚毅、足智多谋，被誉为“匈丁的屠夫”。在战场上厮杀时，他不惜以性命相搏，总是冲锋在最前线，直到耗尽自己的全部气力来赢得战争的胜利。在战场之外，他运用锦囊妙计，不费吹灰之力杀死了匈丁。西古尔德凭借着独自斩杀恶龙的事迹年少成名，而后又找到了恶龙法弗尼尔留下的巨额宝藏，一时间声名大噪，被称为最勇敢的战士。

诗体《埃达》塑造的人物形象较为复杂，没有绝对的善恶之分，通过将人物放置于不同的环境中来展现人物的性格特征，突出了人物性格的立体性、复杂性。主神奥丁虽贵为众神之首，但他却自私自利，为了巩固自身的统治不择手段。奥丁为了能将最英勇的战士留在英灵殿来保卫自己的家园，不顾及战争的正义性，按照自己的意愿来决定战争的胜负，往往使得邪恶战胜了正义。他让英雄海尔吉枉死，变成英灵后替他卖命。奥丁老谋深算，经常通过幻变为各种各样形象来试探他人的真心以及惩罚无恶不作的人。国王基罗德自私吝啬，颠倒黑白，将奥丁化作的格里姆尼尔严刑拷打并绑在篝火旁，只有他的儿子阿格纳给了奥丁一牛角蜜酒解渴。最终基罗德丢掉了性命，阿格纳顺利继承了王位。

丰饶之神弗雷个性化色彩浓郁，追求个人的自由以及个人的爱情。弗雷虽为丰饶之神，掌管着收成与情爱，却不顾众神祇和精灵的反对坚决要与冰霜巨人之女吉尔德在一起。弗雷还将锋利无比、可以在片刻间取人首级的利剑送给了吉尔德，导致其在灾难降临时没有可以防身的武器。火神洛基在远古时期与奥丁结为兄弟，并协助其创造世界和人类。在世界毁灭之时，他带领凶猛的野兽攻击众神祇，最终导致旧世界的毁灭。火神洛基在性格上桀骜不驯，不愿意受到任何人的约束；在行为上放荡不羁，追求自由放纵的生活。洛基与女巨人奥尔布达偷情生下了恶狼芬里尔，米德加尔德巨蟒也是由他所生。在世界毁灭之时，正是洛基生下的这群怪物吞噬了众神祇。火神洛基经常教唆他人干坏事，他怂恿埃吉尔的儿子将雷神托尔公羊的骨髓取出，导致公羊跛瘸无法继续拉车。洛基不满众神对他的嘲讽与奚落，故意在酒宴上引起争吵。洛基肆无忌惮地揭露众神祇的短处，并对诸神进行肆意的诋毁和谩骂。

众神祇并非无所不能，在世界毁灭之时同样难以逃脱死亡的厄运，智慧女神曾预言道："须知战无不胜亦枉然，众神祇岂能逃脱劫难。"[①]奥丁即便提前预知了自己以及诸神的命运，为此事殚精竭虑、耗尽心血，还是没能阻挡厄运的降临。奥丁虽然贵为众神之神，却没能使自己的儿子光明之

① 《埃达》，石琴娥译，译林出版社 2000 年版，第 17 页。

神巴德尔免遭陷害。奥丁曾经下令，世间万物都不可伤害巴德尔。火神洛基却用最柔弱无力的树苗槲寄生制成了利箭，最终置巴德尔于死地。在灾难降临后，众神祇顾此失彼、自顾不暇。奥丁不仅没能保护好众神，还殒命于恶狼芬里尔。奥丁的儿子维达骁勇无比，接连斩杀了恶狼和巨蟒，最终却中了蛇毒，与蟒蛇同归于尽。众神祇在这场战役中并没有扮演战无不胜的角色，反倒横遭杀戮。

诗体《埃达》中的每一首诗既具有独立性，可作为单独的成篇出现，又具有整体性，可统一于整部史诗之中。史诗中的每一首诗在内容上都具有联系性，互相作用、互相补充。例如，《埃达》神话部分的诗篇，都是围绕史诗中涉及的北欧神话而展开，彼此勾连，联系紧密。《女占卜者的预言》是对旧世界的毁灭和新世界的诞生的一个总体的概述，而后的诗篇则对众神祇及其相关的诸多故事展开逐一地描述。

冰岛独特的地理位置、自然景观为诗体《埃达》提供了原始的活力、想象力与创造力。《埃达》凭借着奇特而瑰丽的想象为我们展现了一个众神祇创造的欢愉的、自由的、浪漫的黄金时代。众神祇建造的阿斯加尔德乐园应有尽有，收罗了世间各类珍宝，富丽堂皇，宛若玉楼金阁，众神祇在其中纵情欢歌，过着安乐逍遥的生活。它提倡个人情感的表达与宣泄，个性的释放与展现，带有浓郁的浪漫主义色彩。

十二、萨逊的大卫

《萨逊的大卫》是亚美尼亚民间说唱艺人代代口头传诵的英雄史诗，是亚美尼亚的文学瑰宝，共有11000余行，产生于公元8世纪至10世纪，讲述了萨逊的四代英雄建立功业的故事，其主题内涵丰富，体现了亚美尼亚先民对生命的渴望、对善良正义的推崇以及对和平美好生活的热切向往。

《萨逊的大卫》以骁勇善战的大卫为中心，叙述了萨逊家族四代英雄抗击外敌、保卫家园的丰功伟业，由《萨纳萨尔和巴格达萨尔》《大姆格尔》《大卫》《小姆格尔》四个篇章组成。这四个篇章的叙事结构呈现以人物为中心的特征，它们之间紧密相连，人物和事件都具有内在的延续性。每一篇章都围绕一个主人公的成长、征战以及婚姻而展开，可以单独成篇。

《萨纳萨尔和巴格达萨尔》讲述了史诗中的第一代勇士萨纳萨尔和巴格达萨尔孪生兄弟海边诞生、建立萨逊城并领导人民反抗阿拉伯统治者的故事。亚美尼亚国王加基克的独生女儿措维娜—哈图生的美貌动人、国色天香，却被阿拉伯巴格达的哈里发看中，要强娶为妻。国王加基克舍不得将女儿嫁给哈里发，却受到哈里发的发兵攻打。无奈之下加基克只得将女儿献出。措维娜临行前来到大海边，因口渴难忍喝下神水，受孕生下双胞胎兄弟。哥哥萨纳萨尔力大无穷，弟弟巴格达萨尔虽不及哥哥力气大，但对萨纳萨尔忠心不二，兄弟二人一起创下了许多丰功伟绩。兄弟二人随母亲艰难地生活在巴格达，不得不随时面对哈里发的迫害。十年后，长成巨人的两兄弟面临被哈里发作为祭品的威胁，不得不逃出巴格达，踏上漫漫征途。兄弟二人决定建一座城，将它取名为萨逊城，意为“狂暴的巨石”。为反抗巴格达哈里发的统治，萨纳萨尔与巴格达萨尔带领萨逊城的人民进行了艰苦卓绝的斗争，最终赢得了胜利，并分别娶了卡扎日国王的女儿德黑珠和德黑珠的妹妹为妻。巴格达萨尔没有子嗣，萨纳萨尔生了三个儿子，名为维尔戈、奥瓦—戈尔兰与姆格尔。姆格尔极具天赋，成为了萨逊城的新一代英雄。

《大姆格尔》叙述了力大无穷的英雄大姆格尔只身与狮子搏斗、大战妖魔并娶阿尔玛加为妻、打败入侵者阿拉伯统治者姆斯拉—梅利克的故事。忠厚善良的大姆格尔在打败梅利克之后，不但没有杀死他，反而不顾众人反对跟梅利克结拜为兄弟，缔结盟约互不侵犯，并承诺其中一方死后另一方会照顾其妻儿。梅利克死后，大姆格尔按照约定照顾其妻子伊斯米尔—哈努姆，却受到哈努姆的诱惑，生下了儿子姆斯拉—梅利克。伊斯米尔—哈努姆给大姆格尔饮了七年的美酒佳酿，不让他清醒过来。一天，大姆格尔清醒的时候听到伊斯米尔—哈努姆要求儿子姆斯拉—梅利克摧毁萨逊家园，巩固姆瑟尔的江山。大姆格尔追悔莫及，怀着懊悔的心情重新回到了自己的萨逊城。归来的大姆格尔求得了妻子阿尔玛加的原谅，并生下儿子大卫。由于夫妻二人都违背了自己的誓言，双双去世，留下了孤苦无依的大卫和沉浸在悲痛中的萨逊城。

《大卫》是史诗中篇幅最长也是最精彩的一部分，讲述了萨逊的第三代英雄大卫的故事。刚出生的大卫谁的奶都不吃，无奈的奥瓦—戈尔兰只好将他送去姆瑟尔，让曾经做过大姆格尔妻子的伊斯米尔—哈努姆来喂养。哈努姆的儿子小姆斯拉—梅利克心胸狭窄，处处提防和欺凌小大卫。逐日长大的大卫越来越显示出超凡的能力，变得力大无穷。小姆斯拉—梅利克忌惮大卫的能力，想方设法迫害大卫。大卫只好返回已经败落的萨逊城。逃回萨逊的大卫开始学习放牧。他把小羊赶到山上，自己却呼呼大睡。睡醒后的大卫发现小羊都不见了踪影，便到处抓狐狸和兔子，和小羊聚在一起。放羊不成的大卫又去学习放牛，同样因为睡觉让牛全都跑了。他只好将所有野兽赶回来，把他们塞满所有牧场。从小就非同凡响的大卫虽然放牧不成，却打败了恶魔，带领萨逊人民找回了恶魔大肆掠夺的全部财宝。“萨逊的库仓里堆满了财宝，萨逊富庶得财大气粗。”[①] 杀死恶魔的大卫又当了猎人，并带领萨逊人民修筑了马鲁塔神庙。在放牧打猎，为民除害的过程中，大卫逐渐认识到自己的责任，成长为萨逊的又一位英雄。姆斯拉—梅利克听说了大卫的事迹后勃然大怒，开始出兵攻打萨逊。大卫为避免战争对人民造成的伤害，要求与梅利克单独决战。大卫深陷诡计多端的梅利克的陷阱之中，逃脱之后与梅利克约定双方分别可以有三次机会

---

① 《萨逊的大卫》，寒青译，译林出版社 2002 年版，第 281 页。

攻击对方。大卫念及小时候曾吃过梅伊斯米尔—哈努姆的奶，答应哈努姆放弃第一次和第二次攻击的机会。在第三次进攻中，大卫将藏身于磨盘山下的小姆斯拉—梅利克劈成两半，击退了进攻者，赢得了人民的爱戴。而后，大卫娶了罕黛特—哈图为妻，并生下了儿子小姆格尔。后来，因为违背了自己的誓言，大卫在洗澡的时候被自己的女儿用毒箭射死。

《小姆格尔》讲述了萨逊第四代英雄小姆格尔替父报仇的故事，是史诗中篇幅最短的一篇。为了给父亲报仇，小姆格尔杀了所有守城官兵，又破坏城市，使它变为废墟。小姆格尔是一个性格复杂的人物，他作恶，但也为善，他身上体现了善与恶的结合。在经历了妻子的死亡之后，小姆格尔双腿深陷泥土中，伏在父母的墓上哭泣。在父母亡灵指引下，小姆格尔隐居于沃龙悬崖上。

水作为一个常见的象征意象，在《萨逊的大卫》中频繁出现，被赋予了深刻的思想内涵。水象征着生命之源，力量之源，赋予万物以生命，给予生命以力量。水亦代表着毁灭与消亡，在创造生命的同时也能毁灭生命。措维娜公主在饮用了清莹澄澈的泉水后神奇受孕，生下了具有神力的萨纳萨尔和巴格达萨尔。萨纳萨尔在海底宫殿的池塘浸泡后，变成了比之前身型和力量强壮七倍的巨人，如愿以偿地穿上了坚固无比的铠甲，系上了钢制腰带，戴上了精致的头盔，还获得了锋利的青虹宝剑。萨纳萨尔之子大姆格尔在饮用了高山之巅的泉水后，体力大增，猎杀了黑公牛，战胜了白妖魔。水还有着神奇的治愈功效。宝马贾拉利在饮了牛奶泉的水后伤势即刻痊愈，长鬃飞扬、神采奕奕。一座城市如果没有了水，也就失去了生命之源。绿城实则为一个干旱缺水、没有生命力的城市。在孪生兄弟战胜巨鱼重获水源后，城市的人民才重获新生。人与巨鱼的抗争在一定程度上体现了亚美尼亚人民对于生命的渴望。

《萨逊的大卫》对英雄人物的刻画和描写不是千人一面，而是性格各异。同时，英雄人物的性格也十分丰满。史诗中四代英雄虽然都天赋秉异，非同凡响，但他们的性格却各不相同，每一个英雄身上都体现了人性的复杂多变。第一代英雄萨纳萨尔英勇无畏，有担当，有气魄，他的弟弟巴格达萨尔虽然有时意气用事，但始终对兄长忠贞不二，兄弟二人在建立萨逊伟业的同时也表现出了深厚的兄弟情义。第二代英雄大姆格尔虽然骁勇善战，所向披靡，但性格中却缺乏果断。他对敌人梅利克的手下留情、对敌人妻子伊斯米尔—哈努姆的不忍拒绝，最终造成了自己对妻子的辜负，并为儿子大卫和萨逊城埋下了被侵犯的巨大隐患。第三代英雄大卫是史诗着重刻画的一位英雄形象，性格也最为丰满。大卫童年的桀骜不驯、少年的率性纯真、青年的英勇果敢和责任担当以及老年的英雄迟暮都无不体现了他与众不同的复杂个性。第四代英雄小姆格尔的性格最为复杂，体现了人性中善与恶的矛盾与交织。孩童时期的小姆格尔在表现出淘气和顽皮的同时，性格中就隐藏着矛盾和复杂性。成年后的小姆格尔更突出地体现了这种性格特征。他保卫人民的同时又滥杀无辜，捍卫城池的同时又毁灭破坏城池。这种性格的复杂性直接导致了他在爱情、事业和人生中的悲剧结局。不过，史诗在刻画四代英雄人物时，都强调了他们不善阴谋诡计，稚气诚实、纯真无邪的特点，他们往往不善于判断复杂的事件，甚至有时无法在正义与非正义中作出正确决断。这种描写和刻画并非要表现英雄们的愚钝和鲁莽，而是要强调史诗英雄的为人之道就是坚持正义、英勇无畏，阴谋诡计和背信弃义只会为他们所不齿。

《萨逊的大卫》塑造的人物形象蕴含典型的悲剧色彩，以英雄人物命运的悲剧来凸显其自身的正义与崇高。尽管英雄的结局是悲剧的，但他们以不屈的意志和对生命的渴望建立了不朽的功绩。大卫是史诗中极具悲剧色彩的英雄人物。大卫一出生便成为了孤儿，他的父母因为违背了誓言而双双离世。大卫被送给了姆瑟尔的伊斯米尔收养。伊斯米尔的儿子小姆斯拉—梅利克三番五次的刁难童年时期的大卫，想置其于死地，以绝后患。七岁的大卫历经艰险终于回到了故乡萨逊，但却因为自身的力量对萨逊人民造成了威胁而被排挤。大卫被萨逊人民安排去放牧，误将猛兽赶回了城里，由此遭到了人民的驱逐。大卫的童年是孤独的、不被理解的，但童年时期的不幸遭遇铸就了他钢铁般的意志和坚强不屈的品格，为其日后建立功业和外出征战打下了坚实的基础。姆瑟尔的小姆斯拉—梅利克组织大量的军队入侵萨逊，年仅十四岁的大卫一马当先，披甲上阵。在战场之上，昔日养育大卫的伊斯米尔为小姆斯拉—梅利克求情，大卫放弃了两次可以杀死小姆斯拉—梅利克的机会，还差点落入小姆斯拉—梅利克的圈套而殒命，最终还是杀死了自己同父异母的小姆斯拉—梅利克。这也是大卫家庭的悲剧性的一个体现。大卫的悲剧从出生就已经注定，被敌人的家庭收养了七年，在战场之上兄弟定会兵戎相见。大卫之死是命中注定的悲剧。他与奇姆什金卡苏丹立下七日之约，要与其进行决斗。可大卫忘记自己立下的誓言，为其悲惨的结局埋下了隐患。七年后，大卫阴错阳差般被自己的亲生女儿一箭射中而死去，受到了命运的惩罚。这种悲剧的宿命也降临在其他英雄身上。萨纳萨尔和巴格达萨尔英雄从一出生起就受到命运的摆布，诞生于母亲未出嫁前，是天选之子，与敌人阿拉伯君主哈里发非父非子，承受着痛苦的童年。大姆格尔和妻子阿尔玛加因违背誓言双双去世，小姆格尔同样逃脱不了命运的掌控，最终栖身悬崖之中。在不可抗拒的命运前，英雄们视死如归，生动地诠释着生命的真谛。

除了对英雄的成功刻画，史诗中的女性形象同样丰富而深刻。《萨逊的大卫》描写了多位性格鲜明、各具特色的女性形象。措维娜—哈图的舍身救国、德黑珠的聪慧机敏、阿尔玛加的坚贞隐忍、伊斯米尔—哈努姆工于心计，史诗能将众多性格复杂的女性刻画得如此细腻真实，足见其高超的叙事技巧和精湛的艺术手法。但是，《萨逊的大卫》中的女性是作为男性的战利品和附属品的形象而存在的，没有独立的精神与人格，一旦丈夫的生命走向终结，自己的生命随即也失去了价值。德黑珠在萨纳萨尔去世之后，将自己的全部精力全部投入到大姆格尔身上。而当大姆格尔不幸离世之后，她立马把自己与世隔绝，“要深居在七间内室后面”，“要反锁在七重门扉后面，在自己的内室里闭门不出。”[①]伊斯米尔在丈夫梅利克去世之后，自觉承担起生育子嗣、守护王位的职责。她不惜引诱大姆格尔，诞下子嗣来保卫自己的国家。罕黛特在得知大卫去世的消息后，认为自己也就失去了存在的价值，毅然从塔楼上纵身跃下，结束了自己的生命。

英雄成长和比武择配是《萨逊的大卫》常见的母题。英雄的超凡成长经历主要由英雄具备奇异能力、英雄经历苦难童年以及英雄挑选坐骑三个亚母题构成。萨纳萨尔和巴格达萨尔为大海之子，在措维娜饮下具有神力的水后降临人世，他们十岁的时候就可一举击退君王哈里发的整支军队。萨纳萨尔和巴格达萨尔兄弟俩以及大卫都经历了苦难的童年。孪生兄弟俩为了躲避哈里发的追捕，在童年时期开始了四处流浪的生活。大卫在孩童时期便展现出了超凡的力量，可轻易扯断摇篮上的牛筋绳索。他是一出生就成为了孤儿，经历了痛苦的童年时期。在英雄成长的过程中，英雄坐骑发挥了不可或缺的作用，英雄驯马是史诗的一个重要的情节。马儿驮着萨纳萨尔向高处跃起，他便藏身于马腹之下；马儿驮着萨纳萨尔向低处奔驰，他便凌跃于马背之上。就这样，萨纳萨尔终于驯服了宝马贾拉利。贾拉利兼具神性与人性，不仅具有日行千里的超凡本领，还可以在战场上为其出谋划策。在宝马贾拉利的加持下，萨纳萨尔和巴格达萨尔以摧枯拉朽之势横扫千军，顺利逃脱君王哈里发的围剿。

比武择配是《萨逊的大卫》中常见的婚姻方式。英雄凭借着自身的勇气和智慧，经历重重考验，战胜对手，最终如愿迎娶心仪的女子。萨纳萨尔骑着宝马贾拉利凌空跃起，不仅顺利拿到了宫门之上的金苹果，还够到了塔顶之上的木槌。疾驰的骏马载着他潜入海底取走了巨鱼口中的宝石。至此，德黑珠的黑魔法终于被破解。萨纳萨尔在独身大战四十勇士和绿城

---

① 《萨逊的大卫》，寒青译，译林出版社 2002 年版，第 196 页。

的巨鱼后完成了国王对他设下的多重考验，娶国王之女德黑珠为妻。姆格尔与魔力无边的黑公牛以及白妖魔展开了激烈的斗争，成功解救了被白妖魔困在高山之巅的公主阿尔玛加，而后与其成亲。大卫骑着骏马驰骋疆场，孤身一人迎战了众多抢夺罕黛特的军队，迎娶罕黛特为妻。

亚美尼亚一直饱受外敌入侵的苦痛，对和平美好怀有最真挚的向往，对战争杀戮有着天然的厌恶与抗拒。《萨逊的大卫》宣扬了英雄身上正义的善良的力量，贬斥了侵略者的恶劣行径。它是一部描写战争的史诗，战争中的阴谋权术、兵戎相见与血雨腥风被刻画得淋漓尽致，生动逼真，展现了古代战争残酷又气势磅礴的宏大场面。但是，史诗并不是完全描写战争的残酷和毁灭力量，而是强调了古代亚美尼亚社会在有破有立的互动过程中发展壮大的历史进程。史诗中的几代英雄在抗击外敌入侵的过程中没有中断过对萨逊城的建设。第一代英雄萨纳萨尔和巴格达萨尔建立的萨逊城，大姆格尔回到萨逊建立了御花园和马鲁塔神庙，大卫成人之后不仅重建了被战争摧毁的马鲁塔神庙，而且在萨逊河与马鲁塔山之间架起了一座桥。英雄们用自己的双手建设萨逊城，正体现了他们对战争与和平的态度。战争不是目的，而是保卫家园的手段。史诗中的英雄们不仅是战争中无畏的英雄，更是为捍卫自己家园和美好生活的建设者。

总而言之，《萨逊的大卫》表现了亚美尼亚人民面对列强瓜分和侵略英勇无畏、不屈不挠的斗争精神。坚强勇敢的亚美尼亚人民生命不息，斗争不止，在高山连绵、地势险峻的土地上顽强生存并发展繁荣。史诗并没有直接描写历史事件，而是将历史融入古老的神话、悠久的传说、壮阔的战争和动人的爱情之中，以精湛的艺术手法描绘了亚美尼亚人捍卫家乡的勇气和对美好生活的追求。史诗规模宏大，情节跌宕起伏，人物性格复杂多样，思想内涵丰富，具有极高的艺术价值，是亚美尼亚文学艺术中的瑰宝。

第三编　中国各民族史诗的阅读与欣赏

中国是一个统一的多民族国家，中华各民族在悠久的生产生活实践中，创造了具有本民族特色的史诗，包括突厥语族的柯尔克孜族史诗、维吾尔史诗、哈萨克族史诗、乌孜别克族史诗，蒙古语族史诗，满—通古斯语族的赫哲族史诗、鄂伦春族史诗、达斡尔族史诗、满族史诗，藏缅语族的藏族史诗、景颇族史诗、彝族史诗、哈尼族史诗、纳西族史诗、土家族史诗、怒族史诗、白族史诗、拉祜族史诗、傈僳族史诗、普米族史诗、独龙族史诗、羌族史诗、阿昌族史诗、基诺族史诗、苦聪族史诗、门巴族史诗、珞巴族史诗，苗瑶语族的苗族史诗、瑶族史诗、畲族史诗，壮侗语族的壮族史诗、傣族史诗、仫佬族史诗、侗族史诗、水族史诗、毛南族史诗、黎族史诗、布依族史诗，孟高棉语族的佤族史诗、德昂族史诗、布朗族史诗等，这些史诗共同构成了多姿多彩的中国史诗。中国史诗是中华各民族史诗的集合，是中华各民族祖祖辈辈流传下来的重要文化资源和精神财富。中华人文精神以其丰富博大的内容和生命力存在于中国各民族史诗中。中国各民族史诗作为一种语言形式和文化形态，不仅凝聚了中国各民族的智慧，也是中华传统文化和地方文化的精神载体。它们既是世界文化多样性的体现，也是一个民族、一个地区文化渊源和文化魅力的鲜活标本。

一、格萨尔

《格萨尔》是目前世界上最长的一部英雄史诗，是关于英雄格萨尔一生业绩的神圣而宏大的叙事，描述了格萨尔投身下界、赛马称王、降伏妖魔、抑强扶弱、安置三界以及完成人间使命返回天国的英雄故事。他的结构宏伟，内容丰富，以极高的学术价值和美学价值在国内外享有着崇高的声誉，被誉为“东方的伊利亚特”。

《格萨尔》由不同时代、不同地区、不同文化层次结构的无数说唱艺人共同完成了传承。在漫长的流布和演化过程中，《格萨尔》消化了藏族古老的神话、传说、故事、歌谣、谚语等诸多其他口头文学样式，形成了规模宏大的史诗样式，约于11世纪基本定型。11世纪以后，《格萨尔》以口传和抄本及刻本等多种形式传承，但是以说唱艺人的口头传播为主。《格萨尔》传播的地域非常广阔，除了在藏族和蒙古族聚居地区广为传唱之外，《格萨尔》还在土族、裕固族、纳西族、普米族、白族等聚居地区流传。此外，《格萨尔》还以口头或书面的形式流传于不丹、尼泊尔、锡金、印度、巴基斯坦、蒙古、俄罗斯等国家的不同地区。

《格萨尔》由诞生、征战降魔以及安定三界和返回天界构成，呈圆形结构或串珠型结构。格萨尔从天界接受使命，降生人间，在人间经历了无数的战争和考验，完成了天界赋予他的重任，最后升天而去，这是一个封闭式的圆形，有始有终，收尾相连。

史诗开篇讲述了藏区陷入混乱，妖魔入侵，刀兵四起，烽烟弥漫。天界为解民间苦难，决定派神子推巴葛瓦（格萨尔在天界的名字）下界拯救生灵，诸神为他授予四种灌顶[①]。莲花生大师勾连天地两界，为推巴葛瓦

① 四种灌顶：即宝瓶灌、密灌、智灌、句灌，是佛法中的一种仪式。

择定岭地为诞生之地，择定森伦王为父，龙女梅朵纳泽为母。推巴葛瓦带着“降服妖魔、抑强扶弱、救护生灵，使善良百姓能过太平安宁生活”的使命投胎诞生。一出生他便具有神力，异母同父的哥哥嘉察为其取名为“觉如”（格萨尔幼年时的名字）。

格萨尔的叔父晁通意图篡夺王位，在格萨尔小的时候，晁通多次谋害他，都被他识破。五岁时，他和他的母亲遭到叔父陷害，被驱逐到最边远贫穷的玛麦之地。即使生活困苦，格萨尔也默默为人们除魔去疫，并施展巫术，使岭噶布的百姓迁徙至水草丰美的黄河畔牧场。十二岁时，格萨尔从放逐地回到岭噶布参加赛马比赛，在母亲和珠牡帮助下获得千里驹，胜过晁通，一举夺冠，取得岭国王位，并娶了女神化身的珠牡。

登上王位之后，格萨尔开始了降伏妖魔、拯救众生之路，一心为民谋利益。以人肉为食的黑魔王鲁赞是格萨尔第一个征讨对象，随后格萨尔又先后降服了白帐王、萨丹王、辛赤王，征服了十多个敌国。他南征北战，除暴安良，保卫了岭噶布的国土，使藏族人民过上衣食无忧的幸福生活。每次征战的叙事模式大多是格萨尔得到天神启示或预言、魔国入侵或挑衅、战争爆发、格萨尔取得胜利等要素构成。

最后，格萨尔赴地狱解救了被抓走的母亲和阿达娜姆，超度了岭国将士的英灵。格萨尔完成了降伏妖魔和安定三界的使命，带着母亲和妃子回到了天界。这是格萨尔能征善战、辉煌一生的归宿，也是《格萨尔王传》故事的结局。可见，《格萨尔》的终端和开端相接，确如圆圈。

如此磅礴浩瀚的一部史诗，它所塑造的人物各式各色，包括神佛、英雄人物、女性形象、奸诈小人、魔王等，从天界到人间，龙宫到地狱，众多艺术形象构成了一幅宏伟的人物画卷。神佛的形象，往往披着神圣的光环，庄严而神秘，无所不知，无所不晓，主宰着人类的命运。这是神佛形象的共性特征，也是神佛形象模式化的表征。魔王的形象大多外貌张牙舞爪，带有“魔”的属性，性格残暴凶狠、烧杀抢掠。但人物塑造最为突出和成功的是格萨尔，他是恢复人间秩序、铲妖除魔的正义英雄。

格萨尔王一出生就带有神性，是带着天界赋予的使命下凡的。他生下来是一个像羊肚子的圆肉蛋，尕提闷用箭头划开圆肉蛋，格萨尔从其中走出来。他出生时与普通人也不一样，生下来便做出拉弓射箭的姿势，放射出一缕夺目的红光。他具有无边的力量和智慧，可以呼风唤雨，变幻形体，但是他也不是全知全能的完全神化的英雄，他也会失算，也曾打败仗。因此，作为天神之子的格萨尔并不像其他神佛形象那样落入模式化的囿限，而是增加了作为人的复杂性，给予他人的气质，有喜怒哀乐，是神人相结合的英雄。格萨尔形象也代表了藏族人民心中一切美好、公正和善良的希望。他作为“善道”的代表，与“魔道”势不两立。他作为一国之主，带领人民走向幸福。每一次攻克魔国后，他都将财宝一分为二,一部分留给当地的人，一部分带回岭国，这彰显了格萨尔在部落掠夺的战争时期平等对待所有民众的高尚情怀。

绒察查根是岭噶布的长老和总管，属于智慧型英雄。他大公无私，阅历丰富，足智多谋，深受百姓爱戴。作为智慧化身的绒察查根，一心为公和公正是他一生的行为准则。当他的儿子被郭部落杀害后，为了让无辜百姓免受涂炭，他甚至劝阻嘉察不要去报仇。他一心秉承正义，为了不让晁通在赛马比赛中阴谋得逞，他拖延时间，派珠牡去请格萨尔回来赛马。霍尔大军兵临城下，格萨尔不在岭国之时，面对自己幼子阵亡的现实，绒察查根理性判断，耐心劝阻，不让岭国将士冲动行事。德高望重的绒察查根不仅能运筹帷幄，同时也具备上阵杀敌的本领。

珠牡是格萨尔的妻子，善良贤惠。格萨尔代表了力量，绒察查根代表了智慧，而珠牡则代表了美丽，他们向世人展示了人类美好高尚的品质。珠牡自小便以才貌闻名于岭国，具备了一切女性最理想的品德——美丽、善良、坚贞、能干、智慧。面对大是大非，面对霍尔大军趁格萨尔远征北国来偷袭，她以大局为重，团结岭国的英雄奋起反抗。虽然最终被白帐王掠去，失了贞洁，却始终心怀故土，盼着归期。最终格萨尔将她接回，依旧辅佐格萨尔治理岭国。她是史诗中塑造的最为丰富的一个女性人物，史诗刻画了她的美好心灵，描写了她被掠后的痛苦心境，展现了女性在婚姻中的挣扎。

《格萨尔》代代相传，历经沧桑而弥久不衰，至今仍然在艺人们口头传唱着。许多艺人可以唱上几十部、甚至几百部。扎巴、玉梅和桑珠等“神授”艺人一般可以流利地说一二十部，即十万诗行的篇幅。他们都声称各自的说唱技艺源自梦中神授。雪域国宝扎巴老人说，有一天，他梦见菩萨把他的肚子剖开，将五脏六腑全部掏干净，装进了《格萨尔》的书，告诉他今后要不辞辛苦，到处传唱《格萨尔》，让雪域西藏的僧俗百姓以及六道众生都能听见佛祖的声音，知道雄狮大王格萨尔的英雄业绩。浪迹草原的说唱艺人玉珠说，他经常做梦，梦见格萨尔打仗的种种故事。不久他得了一场重病，肩背部疼痛难忍。他的父亲请来达隆寺（现当雄附近）的喇嘛玛居仁波切，为玉珠祈祷念经，开启说唱《格萨尔》的智门。这位喇嘛还赠送玉珠一顶说唱《格萨尔》时戴的帽子（仲夏）。说唱艺人桑珠说，他梦见格萨尔后，得了一场大病，父亲把他送到终互日寺院。病痊愈后，在回家途中，他在一棵大树下休息，不知不觉地进入梦乡，梦中他不知道自己到了什么地方，也不知道坐在什么东西上，大声地读着《格萨尔》。

说唱艺人们的这些神灵附体的非实证之说很难科学地解释他们如何创作几十万诗行的奥秘，相反给他们的说唱增添了传奇的色彩和神秘的面纱。说唱艺人召请鬼神附身而进入幻境时，所有这些幻觉都是他曾经经历的、学习的以及领会的东西，应该将史诗说唱与艺人的记忆和经历结合起来考虑“神授”的观点。无论扎巴、玉珠，还是桑珠，在“神授”之前，他们都有深厚的说唱《格萨尔》的基本功。扎巴老人从小就爱听说唱艺人说唱《格萨尔》，一听就像着了魔似的，把吃饭、干活等都忘得一干二净。到十一二岁时，他就能说唱一些有关格萨尔的故事。玉珠从小听他父亲班觉普日说唱《格萨尔》，并模仿仲肯说唱。桑珠是在祖父罗桑格来怀抱中聆听着《格萨尔》长大的，而且他对《格萨尔》非常痴迷，一有人说唱《格萨尔》，便不管手里有多少活，总要去听。在“神授”之后，说唱艺人也并不是固步自封，而是积极吸纳其他艺人的说唱技艺和内容。扎巴经常到巴边寺参与说唱《格萨尔》，并聆听一些优秀艺人的说唱，这对他说唱水平的提高具有很大的启发和影响。桑珠也是如此，其中在绒布日丹寺遇见的那位艺人（著名的女艺人玉梅的父亲，在1984年拉萨艺人会上，桑珠才得知）对他影响最大。如此优美的语言，如此之多的诗行，一个人对《格萨尔》说唱没有积淀而在一夜之间通过“神授”就可以无碍地说唱，这种解释难以让人信服。说唱艺人们的说唱经历至少告诉我们他们在“神授”之前多少都具有一点关于《格萨尔》说唱的基本知识，都有过聆听的阶段。没有一个从来没有听过《格萨尔》三言两语的人，可以经过一个梦而能说唱数部《格萨尔》。其次，“神授”之后，说唱艺人要不断训练，提高自己的技艺，形成自己的说唱风格。如此，他才能成为一个受到民众喜爱的说唱艺人。

许多艺人自称在童年或少年时期做过梦，梦见《格萨尔》中的若干情节，或者是史诗中的某位神、某位英雄指示他们终身说唱《格萨尔》，那么他们为何要说“神授”呢？在西藏，说唱艺人一般分为三个等级：一为“曲仲”，意为佛传授的；二为“包仲”，意为神传授的；三为“退仲”，意为学来的。“退仲”艺人演唱的部数较少，而且说唱形式和方法比较平淡，不大受人尊重的。“曲仲”和“包仲”说唱部数多，语言丰富，而且还有自己特殊的说唱方法，得到听众极大的认同。听众认为他们如此精湛的说唱功能和技艺非神灵授予是不可能达到的，也认为神授中学会《格萨尔》的人是唯一会精彩说唱的人。另外，说唱艺人们的“神授说”一方面使他们与格萨尔大王、与史诗《格萨尔》的渊源神圣化，使史诗的传承具有了神圣性，也更加神秘化。[①]另一方面，也抬高了自己说唱的地位，增强了自己说唱的话语权，这也是为什么许多说唱艺人否认自己是向前辈学会说唱《格萨尔》的原因之一。

是否师承家传可以解答说唱艺人创作上万行史诗之谜呢？确实，一些著名的说唱艺人有着良好的家学渊源，如桑珠的祖父罗桑格来是一位富有传奇色彩的《格萨尔》说唱艺人，玉珠的父亲是一位经常为牧民演唱《格萨尔》的说唱艺人，玉梅的父亲是一位经常为活佛说唱《格萨尔》的著名艺人。但是也有一些著名艺人没有家传关系，扎巴老人就是如此。这样看来，依靠它也不能找到谜底。特异功能之说更是虚幻。口头诗学或许能为我们揭开《格萨尔》说唱艺人如何说唱几十万行史诗之谜提供一把钥匙。

由于地域不同、传承方式各异，说唱艺人的说唱形式也呈现出多样性。通过对活跃在中国境内140多位《格萨尔》说唱艺人的考察，角巴东主将他们分为神授说艺人、撰写艺人、圆光说艺人、吟诵艺人、闻知说艺人、传承说艺人、掘藏说艺人、艺人帽说和唐卡说艺人。[②]帽子（仲夏）是《格萨尔》说唱艺人特有的一种道具。它是一个说唱艺人获得人们认同的标志之一。这个帽子经常是活佛赐予的。扎巴和才让旺堆手中都有一顶喇嘛活佛赐予的艺人帽。达隆寺（现当雄附近）的喇嘛玛居仁波切曾为艺人玉珠开启说唱《格萨尔》的“智门”，并送给他一个帽子。而且在说唱仪式上，帽子经常是必不可少的。说唱艺人在演述之前，先沐浴净身，同时要焚烧香料，尤其是刺柏枝。随后，戴上招请格萨尔所必不可缺的帽子，呈上对格萨尔的一种净化供品。桑珠在《格萨尔》演唱时，曾经为了招引人们的注意，有一段时间用过一顶“仲夏”，但是他对“仲夏”不像

---

① 周爱明：《〈格萨尔〉神授艺人说唱传统中的认同表达——兼谈〈格萨尔〉精选本的社会认同》，《格萨尔研究研究集刊》第六辑，民族出版社2003年版。

② 角巴东主：《〈格萨尔〉说唱艺人研究》，《青海社会科学》2006年第1期。

别的艺人那么爱惜。在说唱时，除了他那串宝贝念珠之外，不需要任何道具。提到桑珠，他还有一个与别的神授艺人不同之处：别的神授艺人讲授时会兴奋得狂舞，或者变颜变色，出现一种痉挛的表情，全身颤抖，而桑珠在说唱时手和身子的动作很小，微闭双眼，重在意念上。

艺人说唱《格萨尔》具有一定的时间限制。秋季和冬季不能诵读，否则会引起风暴和雪暴。又有一说，在蒙古说唱一段《格萨尔》的做法只能是于夜间和冬季或在昴星团明显可见时举行。① 另外，《格萨尔》经常在狩猎和战争时说唱，以保证获得丰厚的报酬和战争的胜利。有一传说，如果说唱艺人能准确无误地说唱《格萨尔》，那么天神会送一匹白马给艺人，或通过烟囱把两只野山羊抛到说唱房间。

随着现代化的发展，书写和大众传媒的普及，说唱艺人的传承受到了严峻的挑战。近年来，一批著名的老艺人相继去世，年轻的艺人后继无力，说唱艺人的传承已经出现了青黄不接的局面。究起因，在于四点：一是生活环境的改变、外来文化的冲击、生活节奏的加快等对史诗说唱传统的延续均产生影响。二是游牧生活方式转为定居或半定居状态，使史诗说唱环境发生了改变。三是标准化教育在年轻人中逐步普及，他们对于传统文化的兴趣逐渐淡漠。四是旅游业的兴起对传统文化造成冲击。② 近年来，旅游产业也在藏区悄然而起，越来越多的外来人进入西藏，使过去相对封闭的社会敞开大门。内地人及外国人的到来促进了当地经济活跃，同时也带来了外来文化，这对于年轻人是极大的诱惑。那种慢节奏的闲散式欣赏的古老韵律——史诗的说唱——正在失去年轻的受众。因此，我们不仅要抢救和保护现有的说唱艺人，还要挖掘和培养年轻的说唱艺人，保证薪火

① ［法］石泰安：《西藏史诗与说唱艺人的研究》，耿昇译，西藏人民出版社 2005 年版，第 352—353 页。

② 杨恩洪：《史诗〈格萨尔〉说唱艺人的抢救与保护》，《西北民族研究》2005 年第 2 期。

相传。其次，我们要保护独特的口头传统以及说唱艺人，必须要保证一个良性的口头传统生态环境。

二、江格尔

《江格尔》是蒙古族民众集体口头创作的英雄史诗，既是蒙古族宝贵的文化遗产，也是我国具有重要历史文化意义的文学遗产。数个世纪以来，无数蒙古族民间歌手以口耳相传的方式在辽阔的草原上传唱着这部民族史诗。它描述了以江格尔为首的六千又十二位勇士与凶残的敌人进行英勇而不屈不挠斗争的故事，塑造了江格尔、洪古尔、阿拉谭策吉、古恩拜、萨布尔、萨纳拉、明彦等英雄群像。《江格尔》的每个诗章都有一批共同的英雄人物形象，但情节相对独立，互不连贯，它们是整个《江格尔》史诗传统的有机部分，共同构成了《江格尔》史诗集群。国内学界已经习惯于将这种结构的史诗称作“并列复合型英雄史诗”。① 在这种叙事结构中，江格尔并非每个诗章的核心人物，许多诗章的核心人物是江格尔手下的某位英雄，如洪古尔、阿拉谭策吉、古恩拜、萨布尔、萨纳拉、明彦等。虽然在许多诗章中江格尔不是核心人物，但是作为宝木巴汗国的灵魂人物，他会出现在每个诗章中，将各个诗章平行地链接贯穿在一起。

《江格尔》之所以能在千百年的传承中光辉不变，熠熠如昨，始终流淌在蒙古族民众心中是因为它所传递的为保护宝木巴而殊死斗争的精神。宝木巴有圣地、乐园的涵义，是史诗中无数英雄为之捍卫终身的国土，更是蒙古族人民向往美好生活的体现。那里“是幸福的人间天堂。那里的人

① 仁钦道尔吉:《〈江格尔〉论》，内蒙古大学出版社 1999 年版。

们永葆青春，永远象二十五岁的青年，不会衰老，不会死亡”，那里“四季如春，没有炙人的酷暑，没有刺骨的严寒，清风飒飒吟唱，宝雨纷下降，百花烂熳，百草芬芳”①。

《江格尔》塑造了一批性格鲜明、忠肝义胆的英雄形象，他们都具备超凡的勇气和力量，往往孤身作战，以一抵众。江格尔是宝木巴的圣主，命定的伟大英雄。江格尔出生时则脚踏女妖，盘腿坐在恶魔的胸脯上，两肩之间长着一颗发亮的紫色痣斑，身着洁白的丝衣。② 两岁时，蟒古思袭击了江格尔的家园，使他成为孤儿。五岁时，江格尔被摔跤手蒙根·西克锡力克活捉，认识了洪古尔，两人结为兄弟。六岁时，江格尔降服了显赫的阿拉谭策吉，阿拉谭策吉预言江格尔将成为蒙古族民众的伟大可汗。七岁时，江格尔打败东方七个国家，威震四方。自此，在洪古尔和阿拉谭策吉等英雄的辅佐之下，江格尔陆续收服了众多英雄，拥有六千又十二名勇士，娶了“永远像十六岁少女般的”阿盖，远征各国，扩张属地。

洪古尔是宝木巴的擎天柱，武艺高超。他“把那高大的香檀连根倒拔，捋了枝杈扛在肩上，猛力一击，把五十名好汉打得肢体断碎，信手扫去，把五、六名勇士打得血肉飞迸。”③ 甚至“六千枝枪尖向他刺来，他纵身一跳，四肢不碰枪尖，象火星一样跃到高山顶上。”④ 他临危不惧，在最险要的关头敢于站出来承担自己的责任，用自己的斗争精神激励了宝木巴的所有将士。芒乃可汗派遣使者向江格尔索要阿盖、阿兰扎尔、洪古尔等，恫吓江格尔等勇士如果不把他们交出来，便要出动十三万大军，填平宝木巴汗国。江格尔和阿拉坦策屈服于芒乃可汗的勇武，不敢抵抗，想要答应了

① 《江格尔》，色道尔吉译，人民文学出版社 1983 年版，第 4 页。

② 乌日古木勒：《蒙古—突厥史诗人生仪礼原型》，民族出版社 2007 年版，第 90 页。

③ 《江格尔》，色道尔吉译，人民文学出版社 1983 年版，第 55 页。

④ 《江格尔》，色道尔吉译，人民文学出版社 1983 年版，第 55 页。

这些屈辱的条件。此时，洪古尔挺身而出，坚决反对，当着使者的面大声宣告：“谁愿意做牛马，谁愿意做奴隶，到异乡为魔鬼拾粪砍柴，不如抛头颅洒热血，为国捐躯。我，洪古尔刀斧不惧，到泉边草地战斗到底！”① 面对侵略者的挑衅和威胁，洪古尔表现出了勇敢无畏，而不是妥协退让。正是在洪古尔的鼓舞和鞭策下，江格尔、洪古尔、萨布尔等英雄一起消灭了芒乃可汗。

洪古尔非常重视自己的名誉和尊严，不畏惧别人的挑衅，勇猛地向前，忠实地维护着江格尔的荣誉和宝木巴的尊严。当江格尔要与六千又十二名勇士一起和洪古尔去消灭厚和查干时，洪古尔非常珍惜自己的名声和荣耀，他说道：“不能这样，千万不能这样！这会给我带来世人的诽谤，会说洪古尔惧怕厚和查干，出征应战还拉上江格尔可汗，六千又十二名勇士陪他上沙场。这不光采的名声一旦传扬，我就无颜活在卫拉特家乡。”② 对荣誉的追求让洪古尔在这次征战中付出了生命。洪古尔勇猛善战，有斗争至死的勇士精神，从来不会退缩，从来不会屈服：“他单枪匹马抵挡过六千多个好汉，金柄长枪都被打断，他连根倒拔一棵香檀，折断枝杈，徒步应战。他挥舞高大的香檀，好象举起阿尔泰山投向敌顽。他在枪林刀雨中横冲直撞，没有一个敌人敢把他阻拦。他和凶恶的魔王厮杀了七个月，不吃不喝，不睡不歇，战马疲惫得不能动弹，旃檀似的腰背比弓还弯，明亮的眼睛无力睁开，皓月般的面孔失去了光彩，遍体鳞伤，鲜血流淌，铠甲被鲜血腐蚀得百孔千疮。”③

在打斗中，洪古尔经常呼唤、祈祷和祭祀父母扎雅神、圣主江格尔扎雅神、故乡扎雅神等，希望得到他们的帮助和保护。在驯服巨大的野犬时，洪古尔向圣主江格尔和父母扎雅神祈祷，才把它制服。在与二十五个

---

① 《江格尔》，色道尔吉译，人民文学出版社 1983 年版，第 181 页。

② 《江格尔》，色道尔吉译，人民文学出版社 1983 年版，第 318 页。

③ 《江格尔》，色道尔吉译，人民文学出版社 1983 年版，第 303 页。

头的蟒古思打斗时，洪古尔高呼圣主江格尔的神灵和故乡扎雅神，才力气倍增，把蟒古思抛出老远，并用宝刀结果了他的性命。① 在蒙古史诗传统中，英雄是永远不死的。阿拉坦策吉用利箭射穿了江格尔前胸，江格尔昏死过去了。洪古尔的母亲娜丹夫人给江格尔敷上神药，施展神术，让江格尔复活过来。西拉·胡鲁库把洪古尔杀害，扔进红海的海底。江格尔深入海底，把洪古尔的尸骨拉上海岸，依次放在一起，用香檀神树的宝叶救活洪古尔。② 江格尔还从大黑鱼的肚子里找到洪古尔的躯体，把神丹妙药撒进洪古尔的口鼻，不一会儿洪古尔重新有了生命。③

史诗还塑造了许多其他性格鲜明独特的英雄形象，如阿拉谭策吉、萨布尔、萨纳拉等，他们为《江格尔》增添了独具特色的艺术魅力。

《江格尔》的口头艺术特征是程式化，江格尔奇运用程式化的语词完成对史诗诗行和故事的构筑。史诗经常使用夸张和比喻的手法渲染了宝木巴圣地的美丽、英雄们的英勇无敌、战马的骁勇俊美等。它的语言生动形象又富有想象，往往寥寥几笔就能勾勒出英雄形象，显现出了英雄们的气概。同时，史诗的语言具有优美与壮美的特征。在描述交战打斗的场景时，史诗语言激昂壮烈，突显战争的残酷性。在描述富丽的宝木巴、娇妍的美女、盛大的宴会时，史诗语言和谐流畅，如美妙乐章般优美婉约。《江格尔》在结构上采用既独立又统一的篇章。史诗采用自然时间顺序叙述英雄的诞生、成长、征战与成功，以英雄征战为单元，每一次战役形成一个独立的诗章。每一个诗章以酒宴开始，以战斗为过程，最后又以胜利的酒宴结束。而这些相对独立的诗章又通过江格尔、洪古尔等主要英雄人物连贯在一起，形成不可分离的整体。

---

① 斯钦巴图：《江格尔与蒙古族宗教文化》，内蒙古大学出版社 1999 年版，第 219 页。

② 《江格尔》，色道尔吉译，人民文学出版社 1983 年版，第 285—286 页。

③ 《江格尔》，色道尔吉译，人民文学出版社 1983 年版，第 366 页。

江格尔奇是《江格尔》的创造者和传承者，其中最为学界知晓和提及的江格尔奇是坡·冉皮勒（P. Arimpil 1923—1994）。他是 20 世纪 90 年代确切知道能唱最多《江格尔》诗章的文盲歌手，是当代最伟大的史诗歌手之一。

冉皮勒七八岁时受胡里巴尔·巴雅尔影响，对他的技艺非常敬重，常在窗外聆听他的演唱，并开始复诵一些史诗片段。随后，胡里巴尔·巴雅尔知道了冉皮勒想成为江格尔奇的愿望，了解他记忆力很强的特点，正式收他为徒，传授《江格尔》。在学艺过程中，冉皮勒不断地学习，从呼和衮真那里学会了《阿里亚·芒霍来之部》《铁臂萨布尔》《残暴的哈尔·萨纳拉之部》等短篇史诗，又从伊吉尔·阿里亚那学会《洪古尔娶亲之部》。从 18 岁开始，冉皮勒就在孩子们聚集的地方和邻居家演唱《江格尔》。[①] 可以推定，冉皮勒学艺过程或许可从鲍·雅·符拉基米尔佐夫对青年江格尔奇学艺过程的描述中找到答案。[②] 一般而言，江格尔奇的学习有两种途径：一是家传。如著名的老江格尔奇加甫·朱乃继承了祖父——有名的江格尔奇额尔赫太的《江格尔》演唱传统；再如，博尔塔拉蒙古自治州的江格尔奇巴岱从小跟父亲——著名的江格尔奇普尔布加甫学习《江格尔》，模仿父亲演唱。二是从家庭以外的成员那里学习演唱的。如冉皮勒，他不但师从胡里巴尔·巴雅尔，而且通过聆听其他的江格尔奇演唱学习《江格尔》；再如，江格尔奇钟高洛甫是从洪古尔那里学会演唱《江格尔》的。当然其中不排除有一些是从背诵印刷文本开始其演唱实践的。与玛纳斯奇和《格萨尔》说唱艺人不同，在江格尔奇中，“神灵梦授”的说法不是很多，甚至没有。江格尔奇钟高洛甫便说江格尔奇不具有治病、占卜的神力，也

① 朝戈金：《千年绝唱英雄歌——卫拉特蒙古史诗传统田野散记》，广西人民出版社 2004 年版，第 47—48 页。

② 转引朝戈金：《口传史诗诗学：冉皮勒〈江格尔〉程式句法研究》，广西人民出版社 2000 年版，第 38—39 页。

没有神灵在梦中传诵史诗的经历，学艺过程没有充满那种神秘的色彩。[①]

根据对新疆的《江格尔》的田野调查，现今的江格尔奇基本上是不使用任何乐器的，如冉皮勒、朝勒坦、钟高洛甫都是唱着讲的。[②] 一般而言，江格尔奇中有些用乐器陶卜舒尔，有些用弦琴、四胡，也有些用马头琴。但是也有不用任何乐器的，例如，鄂利扬·奥夫拉演唱《江格尔》也不用任何乐器伴奏。[③] 在塞尔维亚—克罗地亚地区穆斯林史诗传统中歌手使用古斯莱伴奏，“很多人离开了古斯莱的伴奏就不能背诵歌词，即使是来自维索科的托多尔·弗拉科维奇，他在没有古斯莱时也说不上两行诗；离开乐器他就会迷失。”[④] 但是也有不使用古斯莱的特例，弗朗尼耶·武克维奇（Franje Vuković）在大火烧了自己的古斯莱之后，就再也没有用古斯莱伴奏演唱。[⑤] 还有柯尔克孜的玛纳斯奇从来也不用任何乐器伴奏演唱。

史诗传统是否发展得比较成熟，应通过两个显著的标志来判断，一个是看作品的篇幅是否比较宏大，一个是看是否有一批出色的、极富创造力的歌手。[⑥] 以新疆为例，在整个 20 世纪的前半叶，江格尔奇较多，演唱的诗章数量也多，而且经常有演唱《江格尔》的活动。但通过 1979 年开

① 朝戈金：《口传史诗诗学：冉皮勒〈江格尔〉程式句法研究》，广西人民出版社 2000 年版，第 309 页。

② 朝戈金：《千年绝唱英雄歌——卫拉特蒙古史诗传统田野散记》，广西人民出版社 2004 年版，第 48—82 页。

③ 中国社会科学院少数民族文学研究所编：《民族文学译丛》第二集（史诗专集），1984 年版，第 157 页。

④ ［美］阿尔伯特·贝茨·洛德：《故事的歌手》，尹虎彬译，中华书局 2004 年版，第 183 页。

⑤ ［美］阿尔伯特·贝茨·洛德：《故事的歌手》，尹虎彬译，中华书局 2004 年版，第 31—32 页。

⑥ 朝戈金：《口传史诗诗学：冉皮勒〈江格尔〉程式句法研究》，广西人民出版社 2000 年版，第 46 页。

始到20世纪90年代的艺人跟踪调查，我们将会发现情况很不乐观。《江格尔》传承人数量锐减，累计发现并记录在案的江格尔奇——会演唱一个或一个以上完整《江格尔》诗章的艺人——总共有106位。《江格尔》传承出现了断层现象，一部分江格尔奇已经谢世，绝大部分江格尔奇都已经步入老年，年轻的江格尔奇寥寥无几，《江格尔》传统濒临消亡的威胁。《江格尔》传播和流传的情况有所不同，江格尔奇分布很不均匀。真正的《江格尔》演唱好手，只占会演唱《江格尔》的人中很小的一部分，绝大多数的《江格尔》演唱者，还停留在业余爱好者的水平上。①

就《江格尔》而言，江格尔奇的状况决定了它的命运。《江格尔》史诗传统正在走向衰落，或许从歌手自身的立场出发能找出一些答案。

其一，听《江格尔》演唱的人多，但希望学演唱的人极少。而且个别人即使学会了一点也没有经常演唱的机会。这是史诗传统式微的原因之一。而且许多江格尔奇经常在家里唱给家人和孩子听，很少外出演唱和参加大型演唱会。这在一定程度上不利于史诗传统的传承，使得史诗传承具有了一定的封闭性。②

其二，随着书写和大众传媒的普及，《江格尔》的演唱越来越受到冲击。演唱活动与从前相比大大减少，甚至没有。③听众是史诗传统的生命，没有了听众，传统就失去了生命。随着电视、影像、网络媒体等的出现，人们的娱乐变得更加丰富多彩，可以不必单一地依靠聆听《江格尔》度过漫漫长夜，更不必辛苦地站着聆听演唱，人们可以舒适地通过影视媒介享受各种文艺娱乐节目。因此，让《江格尔》的演唱与人们的日常生活联系

---

① 朝戈金：《口传史诗诗学：冉皮勒〈江格尔〉程式句法研究》，广西人民出版社2000年版，第47—48页。

② 朝戈金：《千年绝唱英雄歌——卫拉特蒙古史诗传统田野散记》，广西人民出版社2004年版，第60页。

③ 朝戈金：《千年绝唱英雄歌——卫拉特蒙古史诗传统田野散记》，广西人民出版社2004年版，第72页。

起来，让它的演唱成为人们社会生活中的重要节日和活动中必不可少的节目，进而保证《江格尔》的演唱具有一定的听众，这是《江格尔》史诗传统传承下去的重要条件。

其三，《江格尔》史诗传统要世代永传，必然要保证薪火相传。但是在传承人的环节上，有些江格尔奇囿于家传的偏见，不授他人。[①] 另外，有些江格尔奇还没有想过收徒传艺，如老江格尔奇钟高洛甫。同时，我们不应该把传承的责任完全放在江格尔奇身上。还有两个因素需要考虑：一是可能因为《江格尔》演唱具有一定的难度，特别是用陶卜尔舒伴奏，导致一些年轻人不愿学；二是具有很强记忆力而又有学习《江格尔》演唱强烈愿望的年轻人比较难觅。当下，保护非物质文化遗产的呼声日益高涨，各地政府也纷纷出台各种保护当地非物质文化遗产的政策和措施，新疆卫拉特史诗传统的保护也在其中。新疆博尔塔拉蒙古自治州举办史诗演唱各种培训班，并安排各种演出活动；和布克赛尔蒙古自治县把《江格尔》作为当地的一项标志性文化项目，并成立“中国社会科学院民族文学研究所和布克赛尔《江格尔》田野研究基地”。这些举措在一定程度上为当下《江格尔》史诗传统的传承提供了一个良好的生态环境。

江格尔奇演唱《江格尔》也有一些禁忌，而且同样的禁忌，在民间可能出现不同的解释，出于不同的理由。例如，一般而言，演唱《江格尔》在晚上，而不在黑夜。博州江格尔奇相信《江格尔》具有某种法力，而且神灵们也喜欢听演唱。因此他们的解释是，神灵们白天都要各司其职，没空儿听演唱，他们不能听到歌手的演唱会不高兴，就会给演唱者带来麻烦。所以，不能在白天演唱。但是老江格尔奇钟高洛甫却说白天演唱《江

① 朝戈金：《千年绝唱英雄歌——卫拉特蒙古史诗传统田野散记》，广西人民出版社 2004 年版，第 97 页。

格尔》的人会变穷。[①] 也就是说，禁忌的建立关键是在那个禁忌的本身，至于遵守它的理由，有时候反倒可以是多种多样。[②] 但是也有遵守禁忌的理由是同一的，例如，每一次演唱《江格尔》都必须唱完一个完整的部分，不能半途而废，否则演唱人会折寿。

除此之外，一些时候是不能演唱的《江格尔》的。在祭祀敖包、祭火或其他祭祀的时候，不能演唱《江格尔》。演唱《江格尔》不能太多，否则对子女不好，这类说法在和布克赛尔地区较为流行。另外，演唱《江格尔》也有不须忌讳的地方，如女性也可以演唱《江格尔》。虽然《江格尔》传承没有性别方面的禁忌，但是还是主要以男性传承为主。[③] 对演唱的季节和天气没有什么禁忌，也不因有人去世或出生而忌讳。

三、玛纳斯

《玛纳斯》是享誉世界的柯尔克孜族史诗，是柯尔克孜族民族精神的象征。它描述了英雄玛纳斯及其子孙们抗击外来侵略者的英雄业绩，展示了柯尔克孜族人民尚武善战、抵御外侮、保家卫民、不畏强暴的英雄主义精神，涉及古代柯尔克孜族的政治、经济、文化、军事、宗教、历史、哲学以及社会生活的各个方面。它是柯尔克孜族民众的集体创作，自产生至今，在数个世纪的传播中，经过一代又一代的演唱者口耳相传，并不断增添加工，形成了今天的恢宏巨制。《玛纳斯》的主人公并非玛纳斯一人，

---

① 朝戈金：《口传史诗诗学：冉皮勒〈江格尔〉程式句法研究》，广西人民出版社 2000 年版，第 306 页。

② 朝戈金：《千年绝唱英雄歌——卫拉特蒙古史诗传统田野散记》，广西人民出版社 2004 年版，第 91 页。

③ 朝戈金：《口传史诗诗学：冉皮勒〈江格尔〉程式句法研究》，广西人民出版社 2000 年版，第 49 页。

而是玛纳斯及其7代子孙，其由《玛纳斯》《赛麦台依》《赛依铁克》《凯耐尼木》《赛依特》《阿斯勒巴恰与别克巴恰》《索木碧莱克》《奇格台》8部构成，主要流传于新疆柯尔克孜族地区，以及吉尔吉斯斯坦、阿富汗、哈萨克斯坦等国家的柯尔克孜人聚居地区。

《玛纳斯》（第一部）讲述了民族英雄玛纳斯从诞生、成长到带领柯尔克孜人反抗卡里玛克人的压迫，走向民族独立的过程，赞颂了他的英雄业绩。它的开篇描绘了柯尔克孜族的来历和雄狮玛纳斯的奇异诞生。宽广的叶尼赛河和巍峨的阿尔泰山孕育了神秘而伟大的柯尔克孜族，他们汇聚在美丽的阿尔泰山脚下，建设家园、繁衍子孙，过着幸福的生活。但是卡里玛克人阿牢开带领着卡里玛克军队入侵柯尔克孜人的领地，统治着柯尔克孜人的卡里玛克汗阿牢开十分残暴，欺凌辱虐，做尽恶事，柯尔克孜人受尽剥削，苦不堪言，纷纷背井离乡逃往各地。阿牢开的占卜师预言柯尔克孜人将出现一位带给卡里玛克人严重灾难的英雄玛纳斯，他会推翻卡里玛克人的统治。阿牢开十分担忧，整日惴惴不安。残忍的秦额什命人将柯尔克孜人的孕妇一一剖腹查看，企图将玛纳斯扼杀于摇篮。但是，在柯尔克孜人的保护之下，玛纳斯的母亲绮依尔迪靠着食虎心孕育腹中胎儿，九个月零九天之后，在上天神谕般的狂风暴雨里，诞下伟大的英雄玛纳斯。“手握鲜血”预示着玛纳斯将使敌人血流成河，“手握乳汁”预示着玛纳斯将使人民过上富裕的生活。他的出生就像一道耀眼的阳光，给柯尔克孜族黑暗的生活带来曙光和希望。在卡里玛克人的密切监控之下，人们将玛纳斯送入森林，隐姓埋名地将他抚育长大。玛纳斯的成长有神灵庇护，总能逢凶化吉，绝处现奇迹。他那伟岸的身躯日渐显形，不凡的力量逐日增加，苍狼般的胆量震撼世人，救世济民的心胸令族人爱戴。当他初次萌生战斗意识时，便获得了神驹和神枪，得到智慧老人巴卡依的衷心辅助。当少年玛纳斯举起反抗卡里玛克人的战旗时，四十勇士从四面八方赶来塔拉斯投奔他。

在杀死卡里玛克大将空托依和肖鲁克后，他声名远播，被柯尔克孜人推举为汗。于是，他骑上日行千里、通人性的阿克库拉神驹，开始了讨伐卡里玛克人的战斗生涯。经过萨尔阿尔卡之战、巴迪阔里之战、阿拉尼克之战、塔什干之战、秦阿恰之战等一系列征战，他逐渐统一了被分散的柯尔克孜各部落，击败了众多的敌手，不仅为柯尔克孜人带来了自由、富足、祥和、幸福的生活，也为其他弱势民族也带来了安定的生活。在阔克托依的祭奠上，诸汗王集聚，卡里玛克人再次现身，意图威慑柯尔克孜族人，不料却在比赛中被玛纳斯击败，颜面扫地。在玛纳斯的打击下，卡里玛克人狼狈逃窜，逃回他们的大本营别依京。玛纳斯决定远征卡里玛克人的大本营别依京。在别依京城下，玛纳斯终于将卡里玛克人击败。但是因一时麻痹大意，玛纳斯遭到空吾尔挖地道偷袭，被蘸过剧毒的巨斧砍入头颅。受伤的玛纳斯在勇士的护卫下连夜回乡，半路被空吾尔追上。双方展开恶战，四十勇士纷纷命丧敌手，阿里曼别特捐躯沙场。辗转回到塔拉斯后，重伤的玛纳斯在悲恸的情绪里匆匆告别人世。妻子卡尼凯在巴卡依老人的帮助下，抚育雄狮之子长大成人。

《玛纳斯》塑造的英雄形象鲜明独特，各具特长，而女性形象兼具柔情与刚强的双重品质，体现了柯尔克孜人坚强的民族性格。在这些纷纭林立的人物中，尤以玛纳斯和卡尼凯的形象最为鲜明突出。玛纳斯“有巨龙般的身姿，有饿狼般的毅力，有雄狮般的威仪”[①]，上天赐予玛纳斯与世无双的战斗力。他能征善战，战无不胜，在大大小小的战役中，只要玛纳斯披挂上阵，柯尔克孜人定能大获全胜，敌人总会被杀死。作为统帅，玛纳斯善于选人用贤，善于发掘每一个勇士的长处，在征战中充分发挥他们的特长。作为汗王，他优待俘虏，体恤民情，每一次都将战利品毫无保留地

① 居素普·玛玛依演唱:《柯尔克孜族英雄史诗〈玛纳斯〉》，刘发俊、朱玛拉依、尚锡静翻译整理，新疆人民出版社 1991 年版，第 72—73 页。

全部分发给民众。史诗在塑造玛纳斯非凡英雄形象的同时，也刻画了其性格的多面性。首先，他易怒。包克木龙事先未邀请玛纳斯参加阔克托依祭奠，派使者来请求援助时，玛纳斯愤而不闻，幸得卡尼凯劝解才平息了怒火。其次，玛纳斯并不是总能明辨是非，也会受表象迷惑。他听信两个侍妾的诽谤，将自己的妻子卡尼凯赶走。最后，作为胜利者，玛纳斯有时也麻痹大意。在别依京，他将爱妻卡妮凯的忠告置于脑后，乐而忘返，因一时大意遭空吾尔的偷袭，损兵折将，自己也身负重伤。

卡尼凯是卡腊汗的女儿，玛纳斯的妻子，一生钟情于玛纳斯。在玛纳斯途经阿拉阔里湖时，卡尼凯遇到了玛纳斯，对他一见钟情，暗许终身之约。玛纳斯离去后，卡尼凯便一直等待玛纳斯前来求亲。征战凯旋的玛纳斯果然派来了求亲使者阿吉巴依，并按照卡腊汗要求去准备聘礼。但是，玛纳斯却迟迟没有来迎娶卡尼凯，只因为在求娶卡妮凯时，玛纳斯擅自闯入卡尼凯的毡房，对她行不轨之事，被她刺伤。之后，玛纳斯六年不去迎娶卡尼凯，而后又强行娶走卡妮凯。其间，卡尼凯一直恪守人妻之道，对玛纳斯忠贞不二，无怨无悔，矢志不渝。卡尼凯还善良识大体，总能顾全大局。当玛纳斯听信谗言，将她逐走，卡尼凯亦是毫无怨言，也不辩解，只是静静等待真相拨云见日。在玛纳斯率军远征之前，她运筹帷幄，拨款训练士兵。当玛纳斯遭空吾尔谋害时，她为丈夫疗伤。

程式化是《玛纳斯》作为口头文学的重要艺术特征。在演唱《玛纳斯》之前，玛纳斯奇对《玛纳斯》的叙事结构和整体框架要了如指掌，对史诗中的英雄人物的肖像、性格、武装、坐骑等谙熟于心，对战争场景、打斗场景等各种各样的典型场景要如数家珍，对史诗中反复出现的程式化语词要一清二楚。这样，玛纳斯奇才能在演唱中快速建构诗行，灵活调配语词以组织故事的结构，流畅地完成演唱活动。史诗的语言似鼙鼓般激昂振奋，将热烈的情感态度有节奏地表达出来，呈现粗犷壮丽的音乐美。而且它的语言朴素又不失凝练，通俗又不失乐感，大量使用准确而形象的比喻，以自然万物为喻体，塑造了各色英雄形象。

《玛纳斯》主要依靠玛纳斯奇群体的口头创作，代代相传。当今世界上最为优秀的玛纳斯奇居素普·玛玛依生活在中国新疆阿合奇县，他是世界上唯一一位能够完整演唱《玛纳斯》的玛纳斯奇，被誉为“当代的荷马”。

要真正解读居素普·玛玛依的演唱奥秘，我们首先要知道柯尔克孜族的玛纳斯奇们的学艺过程。“玛纳斯奇”是指能够演唱八部《玛纳斯》史诗中的一部或某一诗章的歌手群体的总称。他们的学艺过程都有一个循序渐进的过程，大抵可以分为两个阶段。第一个阶段是聆听阶段，终于首次面对听众演唱自己记忆和背诵的史诗。这个学艺过程的时限因人而异，一般而言需要三到四年。通常情况下，学歌的人会找一位有名气的玛纳斯奇为师，因为跟谁学艺，学些什么，对初学者的未来发展至关重要。很多时候我们会发现初学者的师傅是他的父亲、叔叔、哥哥或家族的其他成员。在他们的指导下，初学者开始熟悉故事情节，掌握史诗的一些演唱技巧和规律。最后，初学者以演唱自己比较喜爱以及熟练掌握的诗章而结束。这个过程被称为“学习过程中的玛纳斯奇”的阶段。第二阶段始于首次在听众面前演唱史诗，终于学歌者能完整地掌握史诗的内容，并形成自己特色的演唱风格。这个阶段是学歌者创作自己的“歌”的过程，它决定了学歌者是否能成为真正的玛纳斯奇。一些学歌者虽然掌握了许多传统诗章并能运用演唱技艺，但是对演唱史诗不能收放自如，不能脱离师傅授予的蓝本，只能循规蹈矩地依靠记忆，进行背诵式的演唱。这类学歌者被称为“不完整的玛纳斯奇”。一些人具有一定的音乐天分和悟性，他们在继承传统的基础上，在不断的演唱中融合百家之长形成自己的演唱风格，成为“真正的玛纳斯奇”。如果一个玛纳斯奇能够熟练地驾驭各种程式、主题和故事范型，加上自己的艺术才气，那么他就可能成为“大玛纳斯奇”。居素普·玛玛依就是“大玛纳斯奇”代表之一，他不仅创造出独具艺术魅力的史诗唱本，而且还以其罕见的艺术才能和传奇经历征服听众，成为一个划时代的神圣艺术符号，永驻在人们心中。他的唱本成为史诗的经典范例，对柯尔克孜民众意识产生深远的影响。① 但是随着书写文化的普及，在学艺过程中，一些初学者不但聆听和观摩玛纳斯奇的现场演唱，而且通过书写文本记忆和背诵史诗内容。特别是 20 世纪中叶以后出现的玛纳斯奇，他们绝大部分都是根据手抄本学唱史诗。② 但是他们并不是停滞于文本，而是用熟练的技艺演唱文本，把史诗文本的内容重新复原到活形态的史诗传统中，阿合奇县的居素普・玛玛依和曼别特阿勒・阿勒曼就是如此。

另外，"神灵梦授"的观念与玛纳斯奇的学艺过程密切地联系在一起，很多著名的玛纳斯奇都把自己的演唱以及才能归于神灵的启示。大玛纳斯奇居素普・玛玛依在 10 岁时就梦到《玛纳斯》史诗中的人物额尔奇吾勒领着他学唱《玛纳斯》史诗。③ 大玛纳斯奇特尼别克也有此经历，18 岁那年，他梦见《玛纳斯》史诗中的一个勇士，告诉他要演唱《玛纳斯》，否则就会变成残废。后来，当他要给主人演唱《托亚那》时，总觉得背后有一个看不见的身影似乎挥着大刀逼迫他演唱《玛纳斯》。在这种情况下，他只得演唱自己从来没有唱过的，也不会唱的《玛纳斯》。没想到，一唱起来，他口中自然地发出诗歌旋律。唱了数小时后，他就昏厥过去。从那以后，特尼别克就成了远近闻名的玛纳斯奇了。④

"神灵梦授"是玛纳斯奇的一种传统观念，但是玛纳斯奇获得神启的方式各异，综合起来大致有两种。第一，传授史诗的神灵一般是《玛纳

---

① 阿地里・居玛吐尔地：《〈玛纳斯〉史诗歌手研究》，民族出版社 2006 年版，第 34 页。

② 阿地里・居玛吐尔地：《〈玛纳斯〉史诗歌手研究》，民族出版社 2006 年版，第 113 页。

③ 郎樱：《〈玛纳斯〉论》，内蒙古大学出版社 1999 年版，第 153—154 页。

④ 阿地里・居玛吐尔地：《〈玛纳斯〉史诗歌手研究》，民族出版社 2006 年版，第 45 页。

斯》史诗中的英雄人物或柯尔克孜族神话中经常出现的白胡子老人。居素普·玛玛依和特尼别克都梦见额尔奇吾勒，朱素普阿昆·阿帕伊、萨特瓦勒德和吉尔吉斯斯坦著名玛纳斯奇乔尤凯都梦见一位神秘的白胡子老人。其中一些获得神灵青睐的人，由从来没有当众演唱《玛纳斯》史诗的少年一夜之间成为玛纳斯奇，比如特尼别克；一些则经过长期的演唱，不断揣摩和练习而成为玛纳斯奇，比如居素普·玛玛依。第二，吃了神灵赐予的小米、糜子或喝神灵赐予的马奶、蜂蜜，如加尼拜·阔介考夫。但是，不论是神灵的点化还是吃过神灵赐予的食物，获得"神启"之后的绝大多数玛纳斯奇都会得一场大病，最后是通过演唱《玛纳斯》慢慢痊愈。

"神灵梦授"的观念在很大程度上与柯尔克孜族的原始萨满文化密切相关。这种"梦授"方式与萨满的"神启"有着相同的背景和相似之处，许多玛纳斯奇既是歌手又是萨满。传说居素普·玛玛依收藏有求雨用的"贾达"石，又传说他演唱《玛纳斯》医治好了一个失魂落魄的病人。阿合奇的另外一位著名的玛纳斯奇满别特阿勒·阿拉曼（Manbetale Alaman）使用他专门用来占卜的41块石头预测天气状况。[①] 由此看来，"梦授"也如同萨满一样，赋予玛纳斯奇演唱史诗的话语权和一种被全社会普遍承认的现实权力，增加其演唱的神圣性。对史诗演唱而言，"梦授"可以唤起未来玛纳斯奇学习《玛纳斯》的激情，促使他们更好地掌握史诗的演唱技艺。同时，"梦授"也无疑告诉玛纳斯奇要遵守传统，要保持史诗的原始风格，不得无限度地去改编史诗，这样有利于史诗故事主干和传统章节的保存和传承。

现在我们可以解读"当代荷马"居素普·玛玛依成为大玛纳斯奇的必备条件。第一，对史诗有浓厚的兴趣。据传居素普·玛玛依在放牧时，因

---

① 朝戈金主编：《中国西部的文化多样性与族群认同——沿丝绸之路的少数民族口头传统现状报告》，社会科学文献出版社2008年版，第83页。

为专心阅读和记忆《玛纳斯》，连羊羔被河水冲走都没有注意到，甚至导致母马踩死新生小马驹的意外事件发生。第二，具有超常的记忆力。他从 8 岁开始记忆和背诵《玛纳斯》，到了 18 岁时就能背诵并演唱 20 多万行的《玛纳斯》。第三，很强的演唱才能和即兴创编能力。第四，得益于家传。居素普·玛玛依父亲和母亲都是史诗的爱好者和热心听众；他的哥哥巴勒瓦依则是当时著名的玛纳斯奇。巴勒瓦依不仅教他在演唱时如何调用字、词、句以及使用音节、音律、母题、程式、主题的技巧，而且告诉他手势的动作、表情的变化以及演唱的语调要根据不同的情况做出相应的调整。第五，他也无例外地将自己的学艺过程同某种超自然的干预联系在一起。事实上，这些特征在绝大多数玛纳斯奇身上都可以发现。值得一提的是，在无文字时代以及印刷和电子传媒没有普及之前，玛纳斯奇的地位在民众中占有显赫的位置，他们被视为神的代言人或人神之间的中介，在柯尔克孜族社会具有神圣不可侵犯的地位以及不可动摇的话语权。但是，随着大众传媒的到来，他们的神圣性越来越受到冲击，不断被边缘化和世俗化，许多职业化的玛纳斯奇也慢慢走向半职业化的道路。可是，这并没有阻碍年轻人学唱《玛纳斯》的热情。在柯尔克孜族社会，学《玛纳斯》已经成为一种时尚，后起之秀层出不穷。①

玛纳斯奇最主要的演唱空间是毡房，听众围成一个圆形，玛纳斯奇坐在圆心，听众会腾出足够的空间让歌手自由演唱。在户外演唱时，玛纳斯奇常坐在一个凸起的地方或者是坡地上进行演唱，以便让观众看得更清楚。如果在露天平原上，听众也席地而坐，构建圆形的场域聆听玛纳斯奇声情并茂的演唱。《玛纳斯》可以任何时候演唱，没有什么禁忌。但是演唱的内容和规模受到歌手、听众、时间、地点等因素的限制。比如歌手的

---

① 朝戈金主编：《中国西部的文化多样性与族群认同——沿丝绸之路的少数民族口头传统现状报告》，社会科学文献出版社 2008 年版，第 81—91 页。

体力和能力决定了他不可能一次把所有的史诗从头至尾全部唱完。在小型的家庭聚会以及冬天的漫漫长夜里，玛纳斯奇演唱的时间一般在一个晚上或大半夜。在夏季比较闲暇的季节里，如果史诗的演唱在白天举办，那么通常情况下是从晌午延续到傍晚。如果在一些专门安排的大型史诗演唱比赛上，参加比赛的玛纳斯奇们轮流进行演唱，演唱活动要延续数天时间。另外，在一些比较大型的正式场合，玛纳斯奇演唱的篇目要由听众指定。在一般的非正式的小型场合，如果听众没有特殊要求，那么玛纳斯奇需要演唱什么内容可以由自己来决定。①

在世界许多民族的口头史诗演唱传统中，史诗歌手在演唱时往往有一些乐器伴奏，但是玛纳斯奇在演唱史诗时基本不用任何乐器伴奏。只有 19 世纪末 20 世纪初生活在吉尔吉斯斯坦境内的玛纳斯奇坎杰·卡拉（Kenje Kara）是一个特例，他在演唱《玛纳斯》时用柯尔克孜族传统民族乐器“克雅克”琴伴奏进行演唱。玛纳斯奇不仅不用乐器伴奏，而且对于演唱时的服装也没有过多的讲究，只要穿上平时稍微干净整洁的衣服，或者穿上柯尔克孜族妇女用手工编制的驼绒大衣，头戴平时的白色高顶毡帽，腰部配上腰带就可以了。过去是这样，在生活水平改善的今天依然是这样。② 但是玛纳斯奇的非语言因素非常丰富，他们从来不是简单地用韵律演唱史诗，他们在演唱时会使用大量的身体动作，面部表情以及传神的声调传达史诗的传统信息。此外，玛纳斯奇演唱也有一定的限制和禁忌。男女情爱的内容在异性或隔代听众在场时，玛纳斯奇不能演唱；少年玛纳斯奇不能演唱玛纳斯之死、一些比较惨烈的战斗和生离死别的场景；一般而言，柯尔克孜族社会反对女性学《玛纳斯》，即使有

① 阿地里·居玛吐尔地：《〈玛纳斯〉史诗歌手研究》，民族出版社 2006 年版，第 70—74 页。

② 阿地里·居玛吐尔地：《〈玛纳斯〉史诗歌手研究》，民族出版社 2006 年版，第 98 页。

也极少，而且她们不能演唱激烈战斗场面的情节，只能演唱一些比较平和的情节。

四、达斡尔族史诗

《阿勒坦噶乐布尔特》和《绰凯莫日根》是达斡尔族优秀的英雄史诗①，主要流传于内蒙古自治区莫力达瓦达斡尔族自治旗。“莫日根”在达斡尔语中是“神箭手”的意思。“莫日根”一般具有矢不虚发的高强本领，具有骁勇善战、勇往直前的精神品质。在大多数情况下，“莫日根”都是正义的、积极的英雄形象。他们不仅是英雄，也是部落首领，维系着部落的安定团结，保卫着部落人民的财产安全。他们体现了达斡尔族勤劳勇敢、奋发图强的性格特征，是达斡尔族民族精神的象征。

达斡尔族英雄史诗通过英雄的神奇诞生经历以及在成长的过程中用神力降服怪兽的经历，塑造了强健有力的“莫日根”形象，体现了“莫日根”的英雄气概和精湛的骑射本领。英雄阿勒坦噶乐布尔特是在神的指示下降生的，预示了他一出生就具有异于常人的超凡本领。在他五岁的时候，阿勒坦噶乐布尔特就可以独自用弓箭射中天上的大雁、地上的黄羊。这预示了他日后会成为一名出色的神箭手。不仅如此，年幼的阿勒坦噶乐布尔特凭借着自己强健有力的体魄，将猖獗一时的花公野猪的心拽了出来，依靠自己的力量战胜了大野兽。在他十岁的时候，身手敏捷的阿勒坦噶乐布尔特射中了天上的凤凰。在凤凰应弦而倒时，金马驹诞生了，由此阿勒坦噶乐布尔特拥有了具有神力的坐骑。在十八岁时，阿勒坦噶乐布尔特已经成

① 吴刚、孟志东、那音太搜集整理译注：《达斡尔英雄叙事》，民族出版社2013年版。

为了一名勇武有力的青年，一顿饭就可以吃下一斗米、一头牛。此时的阿勒坦噶乐布尔特已经可以去山遥路远的西海猎取宝物了，而且凭借着自身的力量成功地战胜了西海的大蟒蛇。绰凯莫日根也是部落的神箭手，具有卓越的骑射本领。绰凯莫日根精于骑射，箭无虚发，弓箭的响翎一出，三只大雁应声而落。可见，其技艺精湛。

达斡尔族英雄史诗中的“莫日根”个个都是有勇有谋、骁勇善战的。他们不仅可以战胜九个脑袋或十二个脑袋的恶魔莽盖，还在部落战争中发挥了自身卓著的军事才能。绰凯莫日根征服了刁恶的耶勒登给尔莽盖以及凶猛的狮子。恶魔耶勒登给尔莽盖用尽全身气力将绰凯莫日根吞噬到肚中，准备伺机消灭绰凯莫日根。然而绰凯莫日根无所畏惧，凭借着自身的英勇胆略，在莽盖的肚中大显身手。绰凯莫日根身形矫健，用弓箭急速刺穿了莽盖的心脏，最终取得了胜利。绰凯莫日根不仅勇猛善战，而且善良，富有怜悯之心。绰凯莫日根在战胜了邪恶的莽盖后并没有直接杀掉他，而是留下他的性命，让其改邪归正。由此可见，绰凯莫日根具有平常人的恻隐之心，是有血有肉、有情有义的英雄。阿勒坦噶乐布尔特在部落战争中不畏牺牲、勇往直前，凭着自身的勇气以及智慧与莽盖们进行着一次次的激烈战斗。阿勒坦噶乐布尔特首先在部落中发表了铿锵有力、团结一致的战争宣言，召集了众各部落中的勇士，同仇敌忾地对付莽盖。其次，阿勒坦噶乐布尔特着手建立了自己的队伍，带领着勇士们与敌人展开了英勇的战斗，成功地消灭了莽盖。人们由此过上了幸福安宁的生活。

通过对除恶扬善、匡扶正义的“莫日根”形象的刻画，史诗体现了达斡尔族先民追求安定美好生活的强烈愿望，追求正义、自由、公平的理想以及弘扬正义、铲除邪恶的民族精神。《绰凯莫日根》描述了绰凯莫日根与管家巴格尔吉、岳父纳日勒托莫日根之间的正义与邪恶这两股力量的斗争，揭示了正义终将会战胜邪恶的真理。绰凯莫日根是一个心系部落民众、慷慨正义、乐善好施的英雄。他有着高度的责任感，在部落的财产丢失后，第一时间带着管家巴格尔吉不远万里去西方寻找丢失的七十匹白马。管家巴格尔吉觊觎主人的财产，将其在睡梦中杀害，冒名顶替绰凯莫日根去比武相亲。他的诡计终究还是被识破了。绰凯莫日根在斑马以及未婚妻安金卡托的帮助下死而复生，严惩了谲诈多端的管家巴格尔吉。纳日勒托莫日根不仅抢夺了绰凯莫日根的马匹，还多次陷害绰凯莫日根，代表着非正义的、邪恶的势力，终究也落得个坏下场。纳日勒托莫日根想借助九个脑袋的耶勒登给尔莽盖以及狮子除掉绰凯莫日根，以此侵吞他的财产。绰凯莫日根凭借着自身的勇气以及力量取得了胜利。绰凯莫日根与妻子安金卡托将纳日勒托莫日根非法掠夺的财产分给了善良无辜的人民，人民从此安居乐业，过上了更加幸福的生活。

马是达斡尔族英雄史诗中的一个尤为重要形象，每个英雄都拥有属于自己的坐骑。阿勒坦噶乐布尔特的坐骑是金马驹，具有繁荣兴旺的意思。绰凯莫日根的坐骑斑马身型俊美，体态轻盈，有着漂亮的鬃毛，每块肌肉都显示出力量，集健美与力量于一身。达斡尔族英雄史诗中马形象的兽性象征着英雄外在的财富地位。英雄绰凯莫日根坐拥七十万马群、七万马驹以及七十匹白马，这意味着他拥有大量的财富，还代表了他在部落中崇高的地位。马还是英雄生产生活、部落间战争的重要工具。绰凯莫日根骑着斑马日夜兼程地前往遥远的西方找寻纳日勒托莫日根，英雄阿勒坦噶乐布尔特骑着金马驹到西海取木。斑马还是英雄绰凯莫日根在围猎中战胜纳日勒托莫日根的法宝，它带着绰凯莫日根风驰电掣般在猎场中成功猎杀了绝大多数的野兽。

达斡尔族英雄史诗中马形象的人性象征着英雄内在的性格特征。《阿勒坦噶乐布尔特》和《绰凯莫日根》中的马都被赋予了英雄的英勇忠诚的性格特征，具有人性化色彩。马可以和英雄进行对话，为英雄出谋划策，是英勇亲密无间的忠实伙伴。与此同时，在英雄遇到困难时，马不惜牺牲自己挽救主人于危难之中，体现了马无私奉献的忠诚品质。

在《绰凯莫日根》中，英雄绰凯莫日根的坐骑斑马是为其出谋划策的得力助手。斑马常常通过长嘶或者对话的方式给绰凯莫日根暗示。在绰凯莫日根战胜九个脑袋的耶勒登给尔莽盖的路途中遇到了无边无际的大海，斑马让主人在二十里外的地方拉满弓向大海射去，通过飞驰在箭筈上的方式成功到达了对岸。在征服耶勒登给尔莽盖的过程中，绰凯莫日根听从了斑马的建议，把手中的箭横握，恰好将莽盖的嘴顶住，没有被莽盖生吞掉。在《阿勒坦噶乐布尔特》中，阿勒坦噶乐布尔特听取金马驹的建议，借助弓箭顺利取回神木。

达斡尔族英雄史诗中的马具有无私奉献的忠诚品质。当绰凯莫日根在路途中被管家巴格乐吉无情地杀害时，斑马心系自己的主人，不惜伤着自己的颈骨，奋不顾身地从钢圈中挣脱，向着日出的方向去寻找英雄绰凯莫日根。在得到安金卡托的指示后，斑马用自己生平最快的速度寻来了可以复活主人的黑绫头巾和丹药。这时它的皮肉已经由于极速的飞驰而开裂，然而它却没有丝毫怨言。绰凯莫日根被岳父纳日勒托莫日根谋害了，被装进棺材扔进了波涛汹涌大海中。斑马带着女主人安金卡托跨越道道海湾，奋力追赶着漂浮的棺材，最终不幸地陷入红泥地中，献出了自己的性命。

达斡尔族英雄史诗中马形象的神性象征着英雄超凡的神奇力量。金马驹的降生具有神奇色彩。在乌云密布、凤凰降临的那一刻，阿勒坦噶乐布尔特在父亲的指示下成功射中了凤凰，金马驹由此诞生了。金马驹在降生后和英雄阿勒坦噶乐布尔特说的第一句话是“我把主人找到了”，暗示着金马驹具有寻找主人的使命。金马驹是在神谕的指示下而降生的，暗示其具有超凡的神奇力量，也象征着英雄超凡的神奇力量。在出生时，阿勒坦噶乐布尔特的后背和前胸都长了金光闪闪的痣子，他的名字阿勒坦噶乐布尔特有光芒四射的意思。阿勒坦噶乐布尔特和金马驹的神奇降生体现了达斡尔族先民原始的朴素的萨满教信仰。

在达斡尔英雄史诗中，马不仅会说话具有人性，还具有预卜吉凶的神奇功能。《阿勒坦噶乐布尔特》的金马驹就具有预知未来的功能。在阿勒坦噶乐布尔特不幸被蟒蛇的毒液击中去世后，金马驹不仅没有离开尸体半步，反而日夜守护着主人的尸体，寸步不离。金马驹为了防止尸体腐烂，把自己的身体变做一堵墙来阻挡热量。由此可以看出，金马驹预知有神灵将会到来救活它的主人，而英雄尸身的完整则是其复活的必要条件。在绰凯莫日根征服耶勒登给尔莽盖和狮子的过程中，斑马两次提前预言到英雄将会被猛兽吞掉，让其通过横握弓箭的方式成功地化解了难题。凭借着自身的智慧以及预卜吉凶的功能，斑马在绰凯莫日根征服莽盖的过程中发挥了举足轻重的作用。

达斡尔英雄史诗中的马不仅有日行千里的神奇能力，还有跨越山川湖海的超凡本领。金马驹克服了时间和空间上的囿限，使英雄顺利拿到做弓箭的木头。在时间上，金马驹具有独特的飞行本领，可以承载主人在转瞬之间到达远隔千里的西海。在空间上，金马驹通过站立在弓箭之上的方式，使得阿勒坦噶乐布尔特在双脚没有支撑的海面上顺利取走了神木。绰凯莫日根的坐骑斑马，体态轻盈、身形矫健，在速度上远胜于纳日勒托莫日根的青云马，在围猎中帮助绰凯莫日根取得胜利。斑马还可以巧妙地躲避纳日勒托莫日根的箭簇，使自己免受伤害。

简而言之，达斡尔族英雄史诗塑造了勇武有力、英勇善战、慷慨正义的“莫日根”形象，体现了达斡尔族先民对于美好安定生活的向往以及对于正义、真理的不懈追求。达斡尔族英雄史诗中的骏马不仅具有马的自然属性，还被赋予了人性和神性的特征。马为英雄出谋划策，在关键时刻救英雄于危难之中，是英勇的忠实战友，具有非凡的智慧和勇气，是英雄外在形象和内在性格形象的象征，也体现了达斡尔族对英雄的崇拜以及对美好生活的向往。

五、苗族史诗

《苗族史诗》是流传于贵州黔东南苗族聚居地区的创世史诗，是苗族文学宝库中的瑰宝。全诗长达6000余行，由《金银歌》《古枫歌》《蝴蝶歌》《洪水滔天》《溯河西迁》构成，记叙了天地开辟、万物兴起和人类起源的古老故事以及苗族先民迁徙等重大事件，全面展现了古代苗族先民的生产生活，是苗族远古文化的结晶。

《金银歌》讲述了天地开辟、日月形成的故事。天由远古造天的公公制造，地由太初制地的婆婆制造。但此时的天地还是连着的，后来央友使用金银制造的柱子将天支撑起来，天地便分开。天地造好，但世界一片漆黑。人们齐心合力用金银铸造了十二个太阳和十二个月亮，将它们分开，悬挂在天空。有一天，十二个太阳一起出来，晒得土地都融化了。于是，昌扎射落了十一个太阳和十一个月亮，人间由此正常寒来暑往。

《古枫歌》讲述了万物兴起的故事。完成了开天辟地与铸星造月之后，苗族先民们开始了寻找树种。他们筛选树种、购买耕牛、制作犁耙等生产工具，培植出了枫树。而后香两在塘里放鱼，鱼不见了，枫树被诬陷，遭砍伐，枫树锯末变鱼子，木屑变蜜蜂，树心孕蝴蝶，树桠变飞蛾，树疙瘩变成猫头鹰，树叶变燕子，一对长树梢变成继尾鸟，它来抱蝴蝶的蛋。这体现了苗族先民对枫树的图腾崇拜意识。

《蝴蝶歌》讲述了人类起源的故事。妹榜（即蝴蝶妈妈）与泡沫成亲，生下十二个蛋，孵出尕哈、姜央、雷公、水龙、老虎、长虫等众兄弟。之后兄弟分居，水龙分到了深水潭、老虎分得了山林、蛇分得石树林、蜈蚣分得仓库脚、姜央分得祖传的田园、雷公分得西天。勤快的姜央天天去开荒，不小心挖到了蜈蚣坟，被蜈蚣咬了三口，用虱子水清洗后，够保和够秀将蜈蚣捉住。《蝴蝶歌》的另一个主题是祭祀祖先。在生活有了一定的物质储备之后，苗族先民决定祭祀祖先，以求得生活的富足和子嗣的兴旺。木鼓是祖先灵魂安息之处，所以祭祖必须首先制作木鼓。姜央和他的姑爹开始寻找木鼓，经过了重重筛选，姜央在山找到了合意的鼓木。姜央把它砍回，割成了长长的木鼓。接着，他们寻找牯牛，来到榜香妈妈家，画了四个旋，得了一对角，把牯牛找回来。姜央又去汉人家找到礼服和礼帽，并在勇通的指点下用拳头将山羊打倒，用它制作祭鼓。最后，他们举行了丰富多彩的祭祖仪式。

《洪水滔天》讲述了雷公降下洪水以及洪水过后人类繁衍的故事。雷公对姜央得到屋基和晒谷场不服，想要降下冰雹和大雨，淹死姜央。姜央犁地向雷公借牛，犁地结束后将牛吃了，把牛尾巴插在水口。雷公发怒，准备立刻发洪水淹死姜央，姜央劝说他三天后再发洪水。在三天时间里，姜央种好了葫芦。发洪水时，大地变成了汪洋大海，房屋庄稼毁为一旦，花草树木全都死光。洪水过后，地上的人类只剩姜央和他的妹妹。为了使人类绵延不绝，姜央和他的妹妹结婚。

《溯河西迁》叙述苗族先民西迁途中跋山涉水、艰苦卓绝的斗争。随着时间的流逝和子嗣的繁衍，苗族先民生活的东方越来越拥挤，生活条件变得越来越差，于是他们决定西迁。在寅公、卯公、辰公等人的带领下，苗族先民经过了江西果、槽子岭、碎石山、党耶蒙、展巴山、南萝、南泽、展该坪、深水潭、镰刀滩、断崖脚、荆棘林、贡雄汪等地，一路上跋山涉水，经历了各种艰难险阻和重重考验，终于到达了土地肥沃、气候温良的宜居之地方尼，幸福地繁衍生息。

姜央是苗族祖先，勤劳能干，有着超人的智慧和顽强的斗争精神。姜央和雷公、水龙、虎、蛇等都是蝴蝶妈妈生的孩子。长大后，兄弟们个个都想当兄长，于是大家约定去过桥，谁最沉谁就是兄长，雷公、水龙、老虎过桥静悄悄，只有聪明的姜央带着咯鸟过桥，于是他成为了大哥。兄弟分家后，姜央分得了祖传的田园，勤劳的他天天开荒。“姜央开的田，田里边插秧，田坎上栽麻，麻长三庹高”，“田坎脚种竹，竹笋就有三庹长”①。但雷公对姜央分得祖传的田园不服气。后来姜央借雷公的牛犁地，杀牛祭祖，还设计戏要雷公。于是雷公便降下洪水淹没人间，但聪颖的姜央种好了葫芦躲过一劫。姜央依赖自己的聪明才智战胜了自己所有的对手，而且在战胜对手的过程中，使自己的超人技能、非凡本领得到了充分的展示。他让我们了解，一个聪明的人在与其他人对决的过程中，虽然他本身并不占有体重上的优势，但是他却可以凭借四两拨千斤来取胜；一个聪明的人在与其他人对决的过程中，虽然他没有对手那样的凶猛，但凭借才智他往往可以达到惩恶扬善的目的。姜央通过与自然的抗争以及自身的勤劳能干为民众打造出一个适合生活的环境，他根据生活的需要创造了世界万物，为苗族人民创造了田地和鼓社。他充分体现了古代苗族人民的智慧和力量。高尔基曾说过：“人民塑造了史诗的人物，就把集体精神的一切能力都赋予这人物，使他能够与神对抗，甚或把他看作与神同等。”②姜央身上强烈的反抗精神、斗争精神正是古代苗族先民的民族精神和民族性格的集中体现。

幻想与现实相结合是苗族史诗的重要艺术特色。苗族史诗创造出了一个五彩斑斓的幻想世界。在这里，远古的公公和太初的婆婆架坩埚炼地冶天；养友用金柱子支天，顾禄犁地种金银；送公公、包公公造日月；太阳的皮膜掉下来变成了冰雹和冰雪；岳大娘用锤子敲开洞按月日，拿绣花针扎洞按星星，用扫帚扫天空，用黄牛犁平地，让日月星辰自由走；香两犁地、修塘、种枫树，枫树孕生出蜜蜂、蝴蝶、燕子、猫头鹰等；蝴蝶妈妈和泡沫结合生下十二个蛋，孵出了人类和万物。如此种种，形成了一部奇幻的交响曲。在这些充满创造力的想象中，大自然已经不是那样的神秘和

① 《苗族史诗》，马学良、今旦译注，中国民间文艺出版社 1983 年版，第 195 页。

② 中国民间文艺研究会编：《苏联民间文学论文集》，作家出版社 1958 年版，第 74 页。

让人恐惧，而是苗族先民可以任意支配的对象。苗族先民将健康、乐观和美好的理想蕴含于对大自然的艺术加工中，将自己独特的创世精神蕴含于对大自然的自由想象中。

苗族史诗中所描述的内容今天看来似乎很荒诞，不可理解，但它是古代苗族先民想象或幻想的结果，但在虚幻的世界里，却闪烁着耀眼的现实光芒。其实，对苗族先民来说，它并不是凭空的臆造，完全是有现实为基础的。没有山崩地裂、星辰陨落，就不会有开天辟地、打柱撑天的古歌；没有日蚀月蚀，就不会有运金运银、铸造日月的古歌；没有洪水泛滥，就不会有洪水滔天的古歌；没有原始社会群婚制到一夫一妻制的过渡，就不会有兄妹结婚的古歌。所以，《苗族史诗》包含着现实的因素，体现了苗族先民对自然的理解，在幻想与现实的交织中呈现了浪漫而纯真的美学特征。

苗族史诗不仅讲天地、人类、万物的起源，充满了浓厚的幻想色彩，还或详或略地记载了苗族先民早期信仰崇拜。在苗族史诗中，苗族最原始的祖先是枫树。枫树生妹榜，妹榜生十二个蛋，从蛋里才生出姜央、雷公等十二个兄弟。因此，枫树成为苗族地区的神树，与苗族人民的生产生活出现了一种神圣的联系。在黔东南地区的苗族地区，传说住在枫木搭建的房屋的人的子孙会兴旺发达，故而这一地区的苗族民众为了图个吉利会在搭盖房屋时用枫木作为中柱。一些苗族地区甚至还保留了敬枫树神的古老风习。苗族史诗还体现了苗族先民的祖先崇拜意识。基于古代苗族民众的万物有灵观念，苗族把蝴蝶妈妈当作最早的原始祖先加以崇拜。因为姜央、昌扎等生前曾为本部族立下了赫赫功勋，所以苗族民众将姜央、昌扎等作为本部族的早期首领和杰出人物加以崇拜。通过对祖先和英雄们展开的祭祀活动，苗族先民表达对他们的怀念和崇敬，也希望得到他们的庇佑。

对比叙事是苗族史诗重要的叙事特色。对比叙事在纵向上表现为古今对比，在横向上表现为物物对比。物物对比包括神人对比、人人对比、人物对比。神人对比在《犁耙大地》中最具代表性，它把神人香两和人类姜央进行对比，叙述了姜央、香两如何购买耕牛，如何制作犁耙等工具的整个过程。人人对比体现在《打猎祭祖》中，它将汉族过年与苗族过年的习俗进行了对比。人物对比在史诗中占了很大的篇幅，《运金运银》将人类的蚊帐与金银的蚊帐相对比，《寻找树种》将人类追野兽的狗和老天追种子的狗进行对比。

史诗使用自然质朴的口语和盘歌问答的方式，诗行的格律性很强，读来朗朗上口。《金银歌》对休纽描述道："辟山开河的体纽呢，身子象什么？脑袋象什么？四脚象什么？尾巴象什么？身子象水牛，脑袋象狮子，尾巴象棕叶，四脚象钉耙。"① 在这些数不胜数的一来一往的问答之中，苗族史诗涉及当时所能认识到的天上人间的各个方面，充分显示了苗族人民的探索创造精神。不论是日月星辰、冰雹霜雪，还是人类起源、民族迁徙等，史诗大多以拟人化的奇特想象，做出苗族先民处于童年时期的稚气回答。除了使用拟人的技巧，史诗还运用了比喻、夸张、烘托等手法，特别是比喻常以农牧业生产中的具体事物作为对象，让人更觉生动亲切。如用"云雾满天飘，白雾白如棉；白得象溅起的浪花"② 形容洁白的云雾，用"喙儿长长象火钳，爪子粗粗象钉耙，翅膀宽宽象晒席"③ 来形容岩鹰的巨大，用"嘴巴象个破箩筐"④ 相容蛤蟆的外貌等。这些比喻生动朴素，形象而通俗，将幻想中的神话世界和现实生活紧密联系起来，拟人比事，给人以无穷的联想和美的感受。

苗族史诗是宏大的创世史诗，不仅探索宇宙天地的形成、人类的起

① 《苗族史诗》，马学良、今旦译注，中国民间文艺出版社 1983 年版，第 20 页。
② 《苗族史诗》，马学良、今旦译注，中国民间文艺出版社 1983 年版，第 198 页。
③ 《苗族史诗》，马学良、今旦译注，中国民间文艺出版社 1983 年版，第 274 页。
④ 《苗族史诗》，马学良、今旦译注，中国民间文艺出版社 1983 年版，第 280 页。

源，以及与人们生产有密切关系的动植物的来源等，而且描述了古代苗族早期的历史、哲学、神话、宗教、农业、林业、畜牧业等诸多内容以及其他与文化密切相关的苗族的民族精神，是古代苗族的百科全书。

《亚鲁王》是至今口头相传的一部苗族长篇史诗，通常由歌师在苗族送灵仪式上唱诵。它是一部关于开天辟地、万物起源、迁徙征战的复合型史诗，主要流传在贵州麻山的西部苗族聚居地。它由远古英雄争霸和重建王国大业两个故事组成。远古英雄争霸的故事以波彤造天、博咚造地、耶炯造太阳、耶穹造月亮、丈瑟柔造星星、赛扬射日月等创世神话开篇，描述了铜鼓祭祀的由来以及洪水漫天后萤火虫找火种、乌利王造人、亚鲁祖源、亚鲁族谱、王子身世等。而后，亚鲁王意外获得了龙心宝贝，在龙心宝贝的庇护下兴旺发展，由此引来了亚鲁王的两位哥哥赛阳和赛霸的嫉妒，他们之间展开了抢夺龙心的战争。赛阳和赛霸设计从波丽莎和波丽露手中夺取龙心，亚鲁王大败，不得不带族人走上迁徙的道路。亚鲁王在迁徙途中射杀怪兽、发现盐井。赛阳和赛霸听闻以后，再次与亚鲁王展开争夺盐井的战争，亚鲁积极应战，赛阳和赛霸损失惨重。亚鲁继续迁徙，经历了富饶的平原地带与贫瘠的山地及凶险的峡谷之后到达了荷布朵疆域，亚鲁王使用计谋侵占荷布朵王国，废掉族亲荷布朵王并取而代之。

重建王国大业的故事叙述了亚鲁王派人回征故土，拓展疆域，其中穿插了亚鲁派人造日月和射日月的故事。最后，亚鲁王向王子托付王国大业，亚鲁王的十二个王子分别统治十二个疆域。

亚鲁王的形象始终贯穿于史诗的始终，但他的形象不是一成不变的，而是随着时间的推移发展变化，亚鲁王在不同的时期有不同的性格特征。幼年时期，亚鲁王充满奇遇。亚鲁王的出生充满各种异象，亚鲁王诞生前的形象是蟋蟀或油蚱："亚鲁像油蚱悄悄附到母亲身上，亚鲁像蟋蟀忽地钻进母亲下体”[1]。亚鲁王的母亲怀孕周期长达十二月，分娩用了七天七夜的时间。亚鲁王大叫三声呱呱坠地，伴随着大地震动、山岭摇晃、狂风翻卷、飞沙走石、天地昏暗等诸多异象。三岁时，亚鲁王开始读书和学本领，一年就学完了所有的知识。随后，他前往别的国家学习文化知识，学习狩猎本领和经营技巧，提升自身管辖疆域的能力。这些丰富了他自身的眼界与经历。在学成技艺回国的途中，亚鲁遭遇了猛兽雄狮的攻击，并凭借自身的智慧和勇气战胜了雄狮，成为人人敬仰的英雄。九岁时，亚鲁王开始领兵征战。继承王位后，他逐渐收复失地。他带领自己的子民开场坝，建集市。可以说，经历了多次坎坷与奇遇，战胜了重重困难，亚鲁王成为集勇气与智慧于一身的英雄。

中年时期，亚鲁王由青年时期的宽容仁厚变得智慧狡黠。青年时期的亚鲁王在征讨嶂经和坂经时，没有杀死战败的谷吉王和伊莱王，而是放他们离开。赛阳和赛霸以性命为赌注，在箭术上输给了亚鲁王。面对曾经把自己置于死地的对手，获胜的亚鲁王并没有因此杀死赛阳和赛霸。中年的亚鲁王带领族人迁徙到荷布朵时，发现那里的地形适合躲避战争，于是他使用计策博取荷布朵王的同情，谋得一块安身立命之处。进城后的亚鲁王并没有止步于此，他悄悄地把自己的士兵分批放进城内，并用计策霸占了荷布朵的王国。这时的亚鲁王，已经从一个规避战争的迁徙者变成了抢占别人土地的入侵者。亚鲁王还是一位足智多谋的智者。定都以后，他派自己的儿女们去收复故土，重新建立属于自己的家园。面对不能让庄稼苗壮成长的太阳和月亮，亚鲁王派人重造日月。一切都安定之后，他用鸡蛋占卜自己领地的大小，让自己的十二个儿子去开拓自己的领地。经过亚鲁王的不懈努力，亚鲁部族的领地不断扩大，族人发展越来越兴盛：“十二个

① 中国民间文艺家协会主编：《苗族英雄史诗亚鲁王（史诗部分）》，中华书局 2011 年版，第 66 页。

疆域世代继承亚鲁王血脉，十二方领地永远承继亚鲁王根脉。十二个疆域如茅草一般茂盛，十二方领地像棉花一样繁盛”。[①]

《亚鲁王》是苗族文学宝库中的璀璨明珠，呈现了苗族先民对宇宙天地和万物的认识，是一部描述苗族先民的创业史、迁徙史、征战史的宏大的史诗，塑造了融神性与人性于一身的民族英雄亚鲁王。亚鲁王既有英雄的典型特征，又有凡人的性格特点。他聪明智慧，但也多情狡黠。他一心为民，受到了世代苗族民众的颂扬，是苗族民众的精神领袖。

六、彝族史诗

彝族史诗是彝族先民创作的，以口头演述为主要传承方式的韵文体叙事诗，描述了彝族关于开天辟地、人类起源、民族迁徙等重大事件，至今仍然活在彝族民众口头的彝族史诗有二十余部，包括《梅葛》《勒俄特依》《阿细的先基》《查姆》等。

《梅葛》是彝族的一部长篇创世史诗，在云南姚安、大姚、盐丰等彝族民众聚居地区世代口耳相传，计有5770余行，由“创世”“造物”“婚事和恋歌”“丧葬”四部分组成。[②] 作为彝族的“根谱”，每逢年节，当地彝族民众都要诵唱《梅葛》。“梅葛”本为一种曲调名称，因为彝族民众使用梅葛调诵唱这部史诗，故而人们将这部史诗称为“梅葛”。梅葛调有“赤梅葛”和“辅梅葛”两种类型，“赤梅葛”的曲调较为悲伤低沉，“辅梅葛”婉转抒情，彝人诵唱“丧葬”时使用“赤梅葛”，诵唱“创世”“造物”“婚

---

① 中国民间文艺家协会主编：《苗族英雄史诗亚鲁王（史诗部分）》，中华书局2011年版，第290页。

② 云南省民族民间文学楚雄调查队搜集翻译整理：《梅葛》，云南人民出版社1978年版。

事和恋歌”时使用“辅梅葛”。《梅葛》的“创世”“造物”“婚事和恋歌”“丧葬”既有联系又有区别，每一部分都有各自的意义，可独立演唱。它们涉及的内容十分广泛，不仅生动地讲述天地的形成、人类的起源、自然生态和万事万物的形成，还详细地记载了彝族的原始游猎、农事活动、节令风俗习惯、婚丧习俗和宗教信仰等，反映了彝族先民对世界万物的丰富想象，也折射出了彝族先民对世界的独特认知，可以称之为彝族古代社会生活的“百科全书”。

“创世”包括“开天辟地”和“人类起源”两部分内容。远古时期没有天地，格滋天神要造天，放下九个金果，变成九个儿子，其中阿赌、庶顽、贪闹、顽连、朵闹来造天。他放下七个银果，变成七个姑娘，扎则、戳则、慈则、勤则来造地。儿女们拿伞做造天的模子，拿轿做造地的模子，用蜘蛛网做天的底子，以蕨菜根做地的底子。但是造天的儿子们喜欢玩乐，造地的姑娘细致勤劳，以至于地比天大，所以格滋天神叫阿夫的三个儿子把天拉大，同时放三对麻蛇、三对蚂蚁、三对野猪、三对大象缩地。之后打雷地震把天地震裂，格滋天神的五个儿子和四个姑娘补天地。天地补好后，他们用鱼撑地，用老虎撑天，老虎身体的各个部分化为山川河流和万事万物。因为虎肉没有分给老鹰，于是它飞上天遮住日月，绿头苍蝇和蚂蚁各自使用各自的方法分出了昼夜。

天地始成，万物有了，昼夜分开了，但是世间还没有人类。格滋天神撒下一把雪，造出第一代人，这一代人被晒死了。格滋天神撒下第二把雪，造出第二代人，这一代人又被晒死了。格滋天神撒下第三把雪，造成第三代人，这一代人好吃懒做，糟蹋粮食。于是，格滋天神想把这一代人换一换，派遣武姆勒娃在洪水来临前寻找好人种。武姆勒娃变化成老熊，在学博若的五个儿子的田地捣乱，他们设计将变化成熊的武姆勒娃捉住，五儿子放了武姆勒娃，得知即将发洪水。五儿子按照武姆勒娃的吩咐，种出葫芦。在洪水来临时，五儿子和他的妹妹用它逃生。天神让兄妹二人成亲传人烟，兄妹二人不情愿，于是用妹妹喝上游哥哥洗澡的河水的方式传人烟。妹妹怀孕生下葫芦，葫芦里出来了汉族、傣族、彝族、傈僳族、苗族、藏族、白族、回族。

“造物”描述了“盖房子”“狩猎和畜牧”“农事”“造工具”“盐”“蚕丝”等彝族先民早期的生产生活。帕颇盖房子，向东方山坡小姑娘要树种和草种，他的九个儿子养树，七个姑娘养草。之后用各种树木在不同的地方盖房让不同民族的人、各种动物有了居所。开天的阿赌带着猎狗跋山涉水去撵麂，打死麂子后，麂子皮做衣裳，麂子肉分给大家吃。打的猎物不够吃，就需要种地和畜牧，特勒么的女人找牛盘田，彝族男人则用赶羊鞭在大箐沟放羊。彝族先民砍树开拓耕地，正月初一忙庄稼，二月十七放火烧荞地，三月二十日开地撒荞子。男人犁地，妇女撒种，分工明确。俄考在牟定城用铜铁铸锅、犁头、镰刀、锯、剪刀，用马鹿的各个部位做砧、锥、钳子、风箱。消失了三十三天的大绵羊带着放羊老人找到了白咸井，彝族先民成功找到了优质盐水。

“婚事和恋歌”诵唱了“相配”“说亲”“请客”“抢棚”“撒种”“芦笙”“安家”等与彝族先民婚姻爱情有关的内容。草木鸟兽人类都开花，开花结果要相配，万事万物都相配，男女也要相配，人间才成对。男女相配要有“说亲”，正月初二请媒人，二月初八讨红庚，腊月腊八去讨亲，邀请客人吃定酒，最后架起十二道桥，用赶亲棍送走新亲。说亲成功后，就需要“请客”，两家认了亲，在好酒好肉的宴席中欢庆婚礼。在新娘即将进门时，村里的青年男女聚在一起跳舞，表示庆贺和欢乐。新婚后第二天，用二人扮演耕牛，在子棚里犁地撒种。这是“抢棚”与“撒种”的习俗。此后，二人情投意合，盖房安家，耕种畜牧，割麻织布，幸福地生活着。“丧葬”以质朴的情感吟唱出万物生死的奥秘，并表达了对亲人逝去的伤心与怀念。彝人认为天王撒下死种，所以万事万物都有一死。“怀亲”则是缅怀故人，祈祷家乡五谷丰登，人畜两旺。

彝族先民因其独特的生态环境、文化历史等因素将“虎”视为万物之源，将“虎”作为本民族的图腾。在史诗中，老虎身体的各个部分化为世界上的万事万物，凸显了“虎”在彝族文化中的重要地位。时至今日，这种对虎图腾的崇拜依旧留存在彝人的生活中，比如穿虎头鞋，戴虎头帽，热烈庆祝芦笙节等。彝族崇拜虎图腾的原因在于希望自己能够像虎一样强大，足以对抗恶劣的生存环境，在猛虎的庇佑下，整个民族可以繁荣昌盛，兴旺发达。

史诗语言自然质朴，朗朗上口，生动活泼，通过排比、比喻、反复等手法于朴素中显示真情，极富表现力和感染力。它采用了对歌问答的模式，根据主题的需要，大问题中包含着小问题，由一个问题衍生出许多问题。在数不胜数的一问一答中，彝人展示自己天马行空的想象，不断探索着事情发展的缘由与方向，呈现彝人社会生活的方方面面。

《梅葛》反映了彝族先民朴素的世界观和人生观。世界万物皆充满了灵性并可以相互转化。比如格滋天神放下的金果变成了造天的儿子，银果变成了造地的姑娘；老虎身体的各个部分化作太阳月亮、江河、各种动植物；天神撒下的雪变成了最原始的人。世间万物充满灵性，你中有我，我中有你，彼此转化，彼此相生，形成一幅万物和谐的唯美图画。而天地的创造不仅有神的功劳更离不开人与动植物的参与，这表达出彝族先民认为人与自然万物都处于平等的状态，对天地的形成都起到了重要的作用。

此外，格滋天神不仅撒下了活种籽，也撒下了死种籽，所以万事万物终有一死，人类也不会例外。彝族对待死亡的认识，有逝者已矣，往事如斯的涵义，正如“虎尸化万物”，它的死亡只是改变了已有的存在方式，以另一种方式将自己的生命延续。史诗蕴藏着彝人对宇宙万物起源、生存与死亡等哲学问题的思考，是彝族先民朴素的哲学观念的萌芽，千百年来影响着彝人的意识和行为，表现出了彝人积极生存、和谐相处、互助互爱和豁达乐观的内在文化内涵。

《勒俄特依》是流传于金沙江南北两岸川镇大小凉山彝族地区的彝族创世史诗。[①]“勒俄特依”是彝语的音译，“勒俄”译作“古史”，“特依”译作“书”，“勒俄特依”意为“古事纪”或“历史的书”。《勒俄特依》形成于原始社会末期，经历了数十个世纪的口头与书写的传承，构成了彝族创世史诗中的重要组成部分。它由天地演变史、万物起源史以及人类发展斗争史组成，是彝族文学宝库中的瑰宝。

天地演变史包括“天地演变史”和“开天辟地”。远古的时候，天、地、星、草、云都没有，天地反复变化，共经历了十代，万物遭到了毁灭。天地的变化并没有终止，麻子尔第家及其朋友要了两张镇妖牌和四根除魔棒，再用银弓、金箭和铁块将天地固定下来。此后又发生了一件奇事，天空中突然震了两声，雷电产生了。儒惹古达、署惹尔达、司惹低尼、阿俄署布四仙子为开天辟地献计，阿尔师傅把四把钢铁叉交给四仙子，让她们去开天地，她们在四方开了四个眼。阿尔师傅将四个铜铁球制成九把铜铁帚，交给九个仙姑娘，她们用九把铜铁帚把天扫上去，把地扫下来，用四根撑天柱撑在地四方，天地分开了。阿尔师傅铸造了九把铜铁斧头，交给九个小伙去造山河。

万物起源史包括“阿俄署布”“雪子十二支”“呼日唤月”“支格阿龙”“射日射月”“喊独日独月出”。阿俄署布仙到天上取了树、草、流水、石头，很多小动物出现了，大地生机勃勃。但此时的大地上还没有人类。天上掉下的泡桐树落到大地上，霉烂三年后，升起了三股雾，三股雾升到天空去，降下了三场红雪，融化变成了雪族的种类，雪族子孙十二种，有血与无血各六种。无血的六种是草、宽叶树、针叶树、水筋草、铁草灯、藤蔓，有血的六种是蛙、蛇、鹰、熊、居子、人类。司惹低尼派遣阿吕居子去呼喊日月，他喊出了六个太阳、七个月亮以及其他星宿。自从这时候

① 《勒俄特依》，冯元蔚译，中国国际广播出版社 2016 年版。

起，六个太阳白天一齐出，七个月亮晚上一齐出，万物生灵涂炭。蒲家的女儿蒲莫列衣生出了支格阿龙，支格阿龙射日月，一个病眼日和一个半残月存留下来了，支格阿龙将它们压在了黄色石板下。但是自从支格阿龙射了日月后，独日和独月都不敢出没，巴克阿扎去喊独日独月出来，拿了鸡冠当契约，用公鸡的叫声提醒日月，此后万象才正常。

人类发展斗争史包括“石尔俄特”“洪水漫天地”“兹的住地”“合侯赛变”“古侯主系”“曲涅主系”。远古的时候，人类经历了八代都不知有父亲的时代，石尔俄特准备去找父亲，石尔俄特在找父亲的路上结识了兹尼施色，并娶了兹尼施色，知晓如何才能见到和找到自己的父亲。石尔俄特和兹尼施色生下了三个儿子，其中只有俄勒却布生了三个儿子，俄勒却布的三个儿子中只有三儿子却布居木安了家。却布居木娶了美女俄池，也生了三个儿子。恩体谷兹派遣阿格叶库赶着野猪反复将却布居木三个儿子犁出的地翻成原来的模样，兄弟三人捉住阿格叶库。大哥说要杀死他，二哥称要狠狠揍他，只有小弟居木武吾性情温和地问他缘由。阿格叶库告诉他们恩体谷兹要放洪水淹没大地，居木武吾得到阿格叶库的神启，在漫天遍地的洪水中独自幸存下来了，其他人都在洪水中丧命。居木武吾娶了恩体谷兹的女儿兹俄尼拖，二人生了三个儿子，他们分别成了藏族、彝族和汉族的祖先。

二十一年后，兹俄尼拖生病回到天庭的娘家，居木武吾上天庭给妻子驱鬼，回来时仙女伙氏、洪氏、平影氏偷偷跟随着他来到人间，成了他的妻妾，各生了两个儿子，后来他们成为云南、贵州、四川各支彝族的祖先。为了更好地生存与发展，彝族先民们迁徙到了兹兹蒲武，在此繁衍生息。

支格阿龙在史诗中是一个具有传奇色彩的人物。首先他的出生就不平凡，龙鹰滴下三滴血在蒲莫列衣的身上，一滴血在中头上，一滴在中腰间，一滴在中尾部。蒲莫列衣由此怀孕。支格阿龙出生的早上漫天白雾，随之在中午降生。支格阿龙出生后，不吃母乳、不同母睡、不肯穿衣服，蒲莫列衣便将他丢下了山岩。山岩是龙的住处，支格阿龙听得懂龙话，饿时吃龙饭，渴时喝龙乳，冷时穿龙衣。更重要的是支格阿龙生在龙日，年庚属龙，阴阳逢时是在龙方，名字叫阿龙。他不到三岁便懂得了剑法与箭法，四五岁时可以射中久掩木姑（久掩木姑：地名，传说是地球的中心）。他肩负起射日射月的使命，在他的努力下，日月的运转恢复了正常。

幻想与现实相结合是《勒俄特依》的重要特征。它的幻想具有浪漫主义色彩，体现彝人丰富的想象力，如描写阿尔师傅将膝盖当砧磴，将口腔当风箱，将拳头当铁锤，将手指当火钳等。[①] 如对彝族先民的迁徙以及合侯两家斗争的描述接近现实生活。为了更好的生活，彝族先民们选择迁徙，经过层层筛选，最后选择了气候温良、土壤肥沃的兹兹蒲武。他们在兹兹蒲武辛勤劳作与祭祀祖先，建立基业，繁衍子孙。

《勒俄特依》对数词的使用也非常具有特色，常使用的数字有“三”“四”“九”等。如生孩子一般都是三个，长子、次子和幺子；又如支格阿龙扳着四张神仙弓，搭着四支神仙箭，穿着四套神铠甲，带着四只神猎犬，骑着四匹神仙马从东西两方和南北两方交叉射箭。再如，彝族先民运用九天呼日唤月，石俄特依带了九个随从者、九把银勺子、九把金匙子、九驮银粉末、九驮金粉末去寻找父亲。

《勒俄特依》歌颂了彝族先民不畏艰难、勇于拼搏、积极迁徙的精神，它对天地的演变、支格阿龙射日月等的描述是彝族先民对世界的认知，表现了朴素的唯物主义自然观。

《查姆》是彝族一部具有悠久历史的创世史诗，主要流传于双柏县、玉溪市等地区的彝族聚居区。[②]“查姆”意为万物起源，每一个事物的起

① 《勒俄特依》，冯元蔚译，中国国际广播出版社 2016 年版，第 9 页。

② 郭思九、陶学良整理：《查姆》，中国国际广播出版社 2016 年版。

源都可单独作为一个“查”来演述，如“托得查姆”“阿埃拉爹查”“阿埃拉拖查”“阿朴独姆查”“书树查”以及“波突赛查”等，据说《查姆》共有 120 多个“查”。

首先，它描述了天地的起源和人类的起源。远古的时候，上面没有天，下面没有地，神仙之王涅依倮佐颇召集仙王入黄炸当地、水王罗塔纪、龙王罗阿玛等众仙人商议造天造地的事宜。龙王罗阿玛和涅依倮佐颇的长子派撒赛萨若埃在太空中分别种植了娑罗树，造出了太阳和月亮，涅依倮佐颇的次子派涅依撒萨歇在太空中洒满星辰。在涅依倮佐颇的指点下，涅滨矮创造河川，龙王罗阿玛将种子播撒人间，造出平地、盆地和高山。由此，日月星辰、宇宙山川出现了。日复一日，年复一年，太阳不亮，月亮不明，罗塔纪姑娘挑来海水清洗日月上的灰尘，从此昼夜清晰，四季分明。

儿依得罗娃造出了第一代人，这代人只有一只眼睛，独眼睛长在脑门心。他们既不会说话，不会种田，也不分尊卑，不讲道理。涅依倮佐颇将这代人晒死，只有善良的做活人阿哥存活人间。仙王派出姑娘撒赛歇与他结为夫妻，他们生下了 120 个胖娃娃。这一代人两只眼睛直着生，他们经常吵嘴打架，心肠坏，涅依倮佐颇决定再换一代人。涅依倮佐颇发下洪水，直眼睛这代人都被淹死了，只有阿朴独姆和他的妹妹躲进葫芦里存活下来了。他们结为夫妻，生下三十六个小娃娃，两眼横着生。这三十六个好儿女分别成为了彝族、哈尼族、汉族、傣族等三十六个民族的祖先。

它还叙述了日常生活中麻布衣、棉布衣、丝织绸缎、金银铜铁锡、纸笔等各种事物的来历。生活在江边的彝人没有衣服穿，歇索的三个儿子播撒了大麻子，用麻线制成麻布衣。歇索的三个儿子从孔雀头、孔雀心、孔雀骨里取出九颗棉花籽，德白西纺纱染布，哈若西织布配画，白彝人由此身穿棉布衣，头包黑纱帕。黑泽子地区的满五月姑娘带领她的四个小伙伴缫丝织绸缎，歇索的三个儿子杀虎取血染绸缎。萨阿勒和西阿德两兄弟走遍了五座大山，找到了金银铜铁锡五种矿石。歇索的三个儿子用金箭射死了一头麡子，取出了麡头、麡心、麡骨中的三颗竹子种和三颗纸树籽，并用它们做成了纸和笔。龙王罗阿玛昼夜画图写文书，将彝族大大小小的事全部记录下来，并传到人间。彝家的一个名叫拉兵也欧的老阿妈被病魔缠身，她的儿子在西说阿墨勒姑娘的帮助下，获得了可以长生不老的仙草，治好了自己母亲的病，但是剩下的药被太阳和月亮偷取，彝族人失去了长生不老药，开始生老病死。

可以说，《查姆》的想象神奇而大胆，内容丰富，富有民族特色，是流传于彝族民众口耳之间的“百科全书”，是彝族人的“根谱”。

还需要提及《阿细的先基》，它是彝族支系阿细的一部创世史诗，流传于云南省弥勒市西山一带的阿细民众之间。[①]“先基”是阿细语“seiji”的音译，意为“歌”，是诗歌和曲调的总称。《阿细的先基》以“先基调”演唱而得名，全诗5500余行，以男女问答的形式呈现，以“引子”开场，以“尾声”结束，主体由“最古的时候”和“男女说合成一家”两大部分构成。

“最古的时候”讲述造天地、造人、万物的形成、人类早期的生活及其遭受的苦难等。最古的时候，没有天和地。轻的云彩飞上去变成了天，重的云彩落下来变成了地。刚刚形成的天还不稳，天上的阿底神在东南西北用金银铜铁的柱子抵住天，又用金宝、银宝、铜宝和铁宝压在天的四边，把天压稳了。地是铺在三个大鱼背上，大鱼跳起来了，地也跟着动，于是天上的银龙神把银链子放下来，阿托用它将鱼拴好了，鱼跳不起来，地也稳了。这时天上还没有太阳、月亮、星星和云彩，“最古的阿洛”在属虎的那年安上太阳，“最古的纳巴”在属免的那年安上月亮，“最古的阿耐”在属龙的那年安上星星，“最古的涅姐”在属蛇的那年安上云彩。但

① 云南省民族民间文学红河调查队搜集翻译整理：《阿细的先基》，云南人民出版社1978年版。

是太阳、月亮、星星不亮不明，云彩不平，于是天上的金龙男神与金龙女神、银龙男神与银龙女神、铜龙男神与铜龙女神、锡龙男神与锡龙女神把太阳、月亮、星星洗亮，把云彩洗平。男神阿热与女神阿咪用黄泥和白泥造出了人，白泥做女人，黄泥做男人。之后古时的人类经历了蚂蚁瞎子人、蚂蚱直眼睛人、蟋蟀横眼睛人。蚂蚁瞎子人被晒死了、蚂蚱直眼睛人被烧死了、蟋蟀横眼睛人被淹死了，这三代人每代只剩两人。蟋蟀横眼睛人中只有四儿子和四姑娘于洪水泛滥中躲在木柜子里幸存下来了，他们兄妹通过种种考验结婚了。他们把燕子衔来的瓜子种在地里，等瓜长大后，把瓜剖成四瓣，瓜里藏着许多人，这一代人便是筷子横眼睛人，动物、牲畜、花种、樱桃以及其他世界万物也都从他们种植的瓜里走出来了。人们开始分年月、盘庄稼、造房子、祭神，生儿育女，繁衍人类。“男女说合成一家”描述了阿细人的爱情、婚姻习俗、婚后的生活等，反映了阿细人对爱情和现实生活的各种看法与见解。

《阿细的先基》将幻想与现实结合，对宇宙万物的形成作出了自己极富想象力和极富美感的解释，叙述了阿细人在社会生活中特有的风俗习惯。它具有神话唯美的色彩和历史远古的气息，鲜明地展示了阿细人在原始社会中劳动生活的画面，劳动的思想不仅贯穿史诗始终，而且体现了阿细族人不畏困难的勇敢精神和积极向上的进取精神。

总之，彝族史诗是彝族先民对宇宙万物形成的独特理解，是对自身在与大自然共生共长过程中积累的丰富经验和知识的呈现，带有浓郁的民族特色，具有不朽的艺术生命力和较高的美学价值。

七、傣族史诗

国内的傣族史诗主要流播于云南省傣族聚居区，以口头和抄本的形式传承。傣族史诗较为丰富，既有创世史诗《巴塔麻嘎捧尚罗》，也有英雄史诗《厘俸》《兰嘎西贺》。它们是傣族文学的光荣与骄傲，也是中国文学的光荣与骄傲。

《巴塔麻嘎捧尚罗》是口头流传在傣族人民中的创世史诗，起初是解释天地形成和人类起源的宗教祭词，后演变成各自独立的单篇神话，以口耳相传的方式流传下来，多由传唱者在祭祀或典礼上演唱。[①] 它内容宏大，全诗长达 13000 多行，由开天辟地、天地形成、众天神诞生、绿蛇与人的传说、神火毁地球、捧尚罗、万物诞生、人类形成、葫芦人的传说、谷子诞生、神定制年月日、“贺掌”的由来、人类大兴旺、迁徙等故事情节构成。

在远古的时候，宇宙中没有天地万物，随着时间的推移，气浪孕育出了天神英叭。英叭创造了“罗宗补”，用汗水洒出江河湖池，在“罗宗补”上分出了四洲和五湖。他创造了无名神、捧麻甲、玛哈捧、捧腊哈、捧双拿、捧桑拿、捧戏拿等历代众神。

玛哈捧用污垢捏成了四个加都罗天神，派他们四人掌管天地万物。四个加都罗天神用神石上的泥垢共同创造了天神帝娃达。帝娃达闯入英叭的宫殿，对英叭口吐狂言，英叭用自己的神力赶走了帝娃达。

英叭在“罗宗补”上建造了一个美丽的果园，派两个贡曼神去看管果园，并一再嘱咐他们不能吃仙芒果。帝娃达使用法术变为一条大绿蛇潜进果园，使用计谋诱骗两个贡曼神吃下仙果，兄弟二人一个变男，一个变女，他们结为夫妻生下了古丽玛和古里曼。古丽玛和古里曼在森林中迷失，贡曼神便捏造三十对泥人去寻觅，古丽玛和古里曼、三十个男泥人与三十个女泥人结成配偶，繁衍后代。帝娃达嫉妒人类，哄骗人类吃下了疾病果，人类失去了仙气，开始生老病死。

---

① 岩温编译：《巴塔麻嘎捧尚罗》，云南人民出版社 1989 年版。

英叭发现在“罗宗补”上尸体遍野，臭气熏天，命火神去烧毁“罗宗补”。火神七兄弟各显神通，变成七个热太阳烤灼大地，“罗宗补”被烧毁十三层，只剩下薄薄的一片。英叭害怕“罗宗补”毁于一旦，派雨神熄灭神火，神水淹没“罗宗补”。在火灾与水灾的双重夹击下，“罗宗补”变得高低不平，七凸八凹。英叭叫来了射神，射神用神箭击落六个太阳，“裴忙罗”之灾由此过去。

英叭派遣桑嘎西和桑嘎赛补天补地。他们用身上的泥垢建造地盘，以七颗牙齿固定大地，用白、红、黄、绿四颗宝石照亮“罗宗补”。除此之外，桑嘎西和桑嘎赛从仙葫芦里取出亿万颗种子播散大地，从海里取出黄泥捏造动物，“罗宗补”上布满动植物，大地生机勃勃。

桑嘎西和桑嘎赛把人种果碾碎，捏造了召阿诺和萨丽捧，他们结为夫妇，一代传承一代。过了一万年，人类出现了黑心人，他们贪心造孽，激怒了天神。英叭派海神淹没大地，第二代人种毁于洪水中。天神挑选一对婴儿约相和宛纳放进葫芦中，他们在天神的照顾下躲过了洪灾。洪水过后，他们结为夫妻，以他们为始祖的第三代人从此主宰大地。

天神将谷子送到大地，制订年月日。马哈捧派嘎古纳去掌管人间，嘎古纳教会人类建造房屋、平分土地、饲养动物、制作瓷器铜器。此时的人间一片祥和，人们各司其职，创立了第一个大勐勐泐龙。为了谋求更好的生活，苏米答和雅罕冷带领族人迁徙。雅罕冷沿着江岸走，开创新寨“勐泐迈”。苏米答女王走山路，以山林为地盘，在山寨上创立新大勐，成为“枣豁芒”，变成洛支系。傣族先民由此分了家。

远古时期的傣族先民对变幻莫测的大自然充满了疑问，他们不知天地如何产生，不知日月为何要昼夜交换，试图用猜测获得让自身信服的解释，以慰藉心灵的恐惧。史诗描述天神英叭由气浪孕育而成，他用身上的泥垢创造了“罗宗补”与众天神。因为傣族先民认为人体是由泥构成的，物质是一切万物的本源，这也是傣族先民对宇宙世界朴素的唯物主义认知。史诗描述了傣族先民的婚姻制度、生产劳动、天文历法、手工制作等生产生活的方方面面，展现了傣族先民在各个历史时期的不同历史面貌。如傣族先民在帕雅桑木底的帮助下，学会建造房子，饲养家畜，结束了狩猎的生活。再如傣族先民学会制造陶瓷与铜器，由石器工具向金属工具发展，表明傣族的原始社会开始解体，向奴隶社会发展。

《巴塔麻嘎捧尚罗》内涵丰富，由一个个小故事串接而成，每个小故事可独立成篇，构思完整，层次清晰。神果园的故事、神火毁地球、洪水割大地、葫芦人的传说、贺掌的由来等都是傣族地区口耳相传的故事，它们按照时间的顺序依次排列，构成了这部规模宏大的史诗。《巴塔麻嘎捧尚罗》的人物众多，性格各异，如智慧绝伦、举世无双的最高天神英叭，知恩图报、神力卓绝的玛哈捧，勤劳勇敢、舍己为人的桑嘎西和桑嘎赛，吃苦耐劳、无私奉献的嘎古纳，目空一切、心思狠毒的帝娃达，性情火爆、妄自尊大的捧麻远冉，胆小怕事、善用阴谋的帕雅英等。

《巴塔麻嘎捧尚罗》囊括了傣族先民的经济、文化、民族、宗教、哲学等多方面内容，是傣族先民集体智慧的结晶，传递了傣族先民的精神内涵，是团结傣族人民的精神纽带。

《厘俸》叙述了海罕和俸改的身世、海罕与俸改结仇、海罕与俸改之间的战争等内容。其中最精彩、最受读者喜爱的是海罕与俸改之间的大战，它是整部《厘俸》的核心部分。俸改抢走了勐景哈国王海罕的妻子婻崩，海罕痛心疾首，决定发兵攻打俸改。海罕首先收复了勐老、勐哈、勐海、勐我、勐谷、勐远等周围的小国，接着又收复了冈老和冈桑，最后攻打到俸改的勐景罕。双方在勐景罕城下展开激战，势均力敌，冈晓战死。冈晓的儿子冈罕是一位年轻的勇将，身手矫捷且力大无比。他继承父业，杀死了俸改的大将卫达罕，抢回了父亲冈晓的尸体。海罕举行了盛大的祭典，重振军心，鼓舞士气。海罕决定亲自上阵，敲响了仙鼓。听到了仙鼓的声音，太阳神率领天兵天将前来助阵。经过了数次交战，海罕攻破了勐景罕城，救出了他的爱妻婻崩。俸改知道大势已去，带上珠宝，骑着飞马逃到了他姐姐所居住的魔鬼国。海罕派冈罕前去捉拿俸改，冈罕在勐巴瓦诺法将俸改捉住。海罕决定把俸改留下来当奴隶，替他割马草、砍烧柴。俸改坚决不从，海罕只得将他处死。而后，海罕请求天神布领暖赐予仙丹，用它将冈晓救回人间。海罕把战争取得的财富和美女分配给部下，委任冈罕为勐景罕的国王，自己则带着妻子和全体将士返回勐景哈。

《厘俸》是傣族奴隶制社会时期的史诗，成功地塑造了海罕和俸改的奴隶主形象。海罕的母亲是召勐（古代傣族的奴隶主）的女奴，名叫西腊，某天她在河边洗衣服的时候，看到从河上游漂下来了一个果实，她拾起来不假思索地吃掉了这个果实，食后怀孕并生下了海罕。海罕是天神下凡投胎，一出世就带着宝刀，并且能讲人的语言。他的母亲十分惧怕，怕别人妄加揣测，将海罕抛下了竹楼，想让竹楼下的牛群将他踩死。谁知，一只神牛将海罕含入嘴里，保护了海罕。当放牧人将牛赶到野外时，神牛才把海罕吐出来，因而海罕得“海罕”之名。[①] 后来，海罕成为了勐景哈的国王。他心地善良，一生钟爱自己的妻子，关爱自己的部下，他的美名天下颂扬。俸改是勐景罕国的国王，是史诗中的反面人物。他傲慢强横，贪婪荒淫，掠夺别国财富，四处抢夺美女。面对海罕的讨伐，他起初并不在意，依旧寻欢作乐，即使面对天神，俸改既不叩头，也不行礼。当天神要求俸改把土地和婻崩归还给海罕时，他的态度是强硬的，丝毫没有妥协的意思。他英勇善战，靠着自己的武力征服了很多将领，甚至连太阳神都不是他的对手。他也非常自信。在战争的关键时刻，婻崩设计偷走了他最重要的法宝魔笛，但他丝毫不畏惧。即使到最后兵败被俘，俸改也不愿苟且偷生，不愿当海罕的奴隶，没有失去自己应有的英雄气概。

① 海罕：傣族语音译，“海”即牛，“罕”即金，“海罕”即金牛的意思。

《厘俸》塑造了冈晓、冈罕、桑木、卫大罕等一群英雄形象，其中以冈晓最为突出。冈晓是海罕的大将，足智多谋，担任讨伐俸改大军的先锋。他率领八万大军，势如破竹，直接逼近勐景罕。他是海罕的大将中最为勇敢的英雄，也是武艺最为高强的英雄。在交战中，他杀死了俸改的大将达黄皆、雪达荒、桑稳等，成为海罕全军最为敬佩的英雄，也成为俸改全军最为惧怕和仇恨的人。海罕最为信服的英雄是冈晓，他向天神祈祷，请求天神佑护战斗中的冈晓，不要让他离开人世："神灵啊，千棵万棵树死了，请留下中间的那棵；千人万人死了，请把弟弟艾召生留在世上。"① 俸改用重金悬赏冈晓的头颅："我的众官啊！谁有胆量不怕死，饮下我手中这杯酒，砍下冈晓的头给我看？我就将最美丽而宽广的地方赏给他，送上漂亮的姑娘做妻子，还要再把黄金赏。"② 为了击杀冈晓，俸改派遣皆温、卫大罕等一批英雄率领大军像洪水一般地向冈晓扑来，将冈晓团团围住。海罕看到冈晓身处危境，派遣冈庄等二十个猛将和二十头大象去支援，但无济于事，冈晓身边的将士悉数战死，他自己也被卫大罕杀死。

《厘俸》是傣族从原始社会解体至奴隶制初期的英雄赞歌，力量、财富、女人是这个英雄时代的重要特征，海罕讨伐俸改的目的是获取财富和夺回美女。每次攻下一个勐，海罕都要将这个地方的土地、财产、女俘进行再分配。当海罕大军逼近勐景罕，海罕的大将桑本嚷道："我打头阵攻入城，俸改的小女儿就归我来要。"③ 听了阿巫嘎的言论，海罕回答："费心费力来攻城，夺不回婻崩，获不得大象，我怎么会空手回家乡？"④

① 刀永明、薛贤、周凤祥翻译整理：《厘俸》，云南民族出版社 1986 年版，第 139 页。

② 刀永明、薛贤、周凤祥翻译整理：《厘俸》，云南民族出版社 1986 年版，第 132—133 页。

③ 刀永明、薛贤、周凤祥翻译整理：《厘俸》，云南民族出版社 1986 年版，第 110 页。

④ 刀永明、薛贤、周凤祥翻译整理：《厘俸》，云南民族出版社 1986 年版，第 214 页。

当海罕和桑洛的联军包围了勐景罕时，俸改的妻妾们说：“海罕来攻勐景罕，要夺走占艾兰大象，还有山包样高大的英着节。还要夺走妻子和姑娘，决不会把我们一刀杀。”①这种掠夺在当时是英雄荣誉的象征，英雄在战场上厮杀，展现自身力量和勇敢是他们的光荣，也是他们追求的神圣事业。

《厘俸》详尽地描写了傣族象战的场景，艺术地呈现了傣族象战的历史。大象是傣族先民财富的象征，象队是他们实力与地位的象征。每位英雄都以战象为坐骑，骑着它征战四方。冈晓的战象占拜中豪气如山，四只脚上有花纹，背脊上也有花纹，尾毛雪白如丝线，见到火光往前扑，听到枪炮声往前闯。② 冈罕的坐骑占拜汉异常威武：“它大步走向石阶来，闪闪金舆罩身上。舆上饰有金丝线，长汉上点缀有飘带，长行上朵朵金星亮又亮。长永上颗颗宝石华光闪，两边飘带坠着金银链。晕汉上插着孔雀尾，五彩缤纷迎风展。”③ 史诗中战象组成的军队规模宏大。海罕按照天意先出兵，汇集的战象成群结队，络绎不绝，首尾相连，倾泻而出似山洪。史诗还描写道：“海法手拿囊皮罗，跃身跨上大象。十万头战象紧跟上，头头大象配金鞍。九个铃铛脖上挂，声如洪钟传四方。”④ 史诗对战象的训练、战象的选择、象营的设置、象阵的布置等都有叙述，而对象战场景的激烈悲壮、气势磅礴做了更为细致的呈现。象战的场景是《厘俸》的典型场景，反复出现数十次，以冈晓与勐我之间的象战、冈罕与卫大罕之间的象战最为悲壮惨烈。冈晓在勐我摆好象阵，勐我首领率领象队冲出寨门，列好象阵。两军象队厮杀在一起，场面壮观：“一声令下，两军象群格杀。你撞我踏横闯直冲，象吼人叫天翻地覆。一场混战

① 刀永明、薛贤、周凤祥翻译整理：《厘俸》，云南民族出版社 1986 年版，第 281 页。
② 刀永明、薛贤、周凤祥翻译整理：《厘俸》，云南民族出版社 1986 年版，第 59 页。
③ 刀永明、薛贤、周凤祥翻译整理：《厘俸》，云南民族出版社 1986 年版，第 160 页。
④ 刀永明、薛贤、周凤祥翻译整理：《厘俸》，云南民族出版社 1986 年版，第 16 页。

血肉横飞，尘土飞扬太阳灰曚。”[①] 为报父仇，冈罕冲到勐景罕城下，指挥象群杀敌：“冈罕把象脖用力按，占拜汉猛冲似发狂，后面群象紧紧跟，数来共有四百头。卷起狂风尘土扬，象牙尖上滴人血。俸改士卒心胆寒，畏缩不前向后退。”[②] 他与卫大罕交战时，两个人的战象牙绞牙，“响声如石坡下滚，吱吱嘎嘎似要断。”[③] 这些象战场景的描写是《厘俸》较为突出的艺术特征。

神话与现实的结合是《厘俸》的另一个重要艺术特征。海罕与俸改都是天神下凡，天神介入他们之间的战争。天神布领暖派遣布尚色、布尚勐到人间调解海罕和俸改之间的矛盾，要求俸改将婻崩送回给海罕，并赔偿黄金一百二十甩、大象二十头、银子一线。但是俸改拒绝了天神的调解。于是，天神主持公道，派遣天兵帮助海罕打败了俸改。这继承与发展傣族民间文学创作中神话与史诗相结合的创作手法，给史诗抹上丰富的神话色彩。而且，在海罕与俸改的战争中，神鼓、神笛、神丹、神药等发挥着超自然的力量，充满了浪漫主义色彩的幻想。

《兰嘎西贺》意为勐兰嘎地方的十头王，是流传于云南省西双版纳、德宏、思孝、临沧等傣族聚居区的一部神话叙事长诗。它取材于印度史诗《罗摩衍那》，经过傣族口头诗人的加工和再创作，不仅在语言、风俗习惯、自然环境、风光等方面傣族化，而且在人物、故事结构乃至主题思想等方面也都傣族化了，成为一部具有傣族本土特色的史诗，在傣族的民间文学中占有重要的地位。

勐兰嘎国国王老年得女南古蒂提拉，而她却不愿继承王位，只身前往森林修行。天神英叭担心勐兰嘎国王的王位无人继承，请天神玛哈捧下凡与南古蒂提拉结合。他们生下了捧玛加、衮纳帕、彼亚沙，三兄弟与南古

① 刀永明、薛贤、周凤祥翻译整理：《厘俸》，云南民族出版社 1986 年版，第 25 页。
② 刀永明、薛贤、周凤祥翻译整理：《厘俸》，云南民族出版社 1986 年版，第 188 页。
③ 刀永明、薛贤、周凤祥翻译整理：《厘俸》，云南民族出版社 1986 年版，第 195 页。

蒂提拉一同回到勐兰嘎国，其中十头王捧玛加继承了王位。起初，他认真治理国家，但逐渐变得骄奢淫逸，专横跋扈，致使百姓逃亡，国土荒芜。他好色淫荡，四处物色绝代佳人，调戏正在树下修行的南西拉，企图将她带回王宫，南西拉愤而跳进火中自焚。捧玛加的荒淫无道和恶行惹得天怒人怨，众天神决定惩罚他。

与此同时，勐沓达腊塔国的国王在打猎过程中结识了帕拉西，并向帕拉西求子，帕拉西赐予国王两根妇女吃了能生育孩子的香蕉。三位王后分吃了两根香蕉，大王妃生下了长子朗玛，二王后生下了双胞胎腊嘎纳与沙达鲁嘎，三王后生了帕腊达。四兄弟之中以召朗玛的武艺最为高强，为帕拉西制服了作恶多端的大乌鸦，跟帕拉西学艺三年，成为文武兼备的青年王子。春天来临，南西拉转世重生，鬼神将她带到十头王那里。十头王怕受报复，便把女婴放到棺材里随江水漂走，一直漂到勐甘纳嘎，勐甘纳嘎的国王将南西拉救起，将她收养为自己的女儿。南西拉长大以后，向她求亲的人太多。为避免纷争，国王求助于天神英叭，天神英叭赠给国王一张神弓阿沙尖，告诉国王谁能拉动神弓，谁便可以当南西拉的丈夫。召朗玛击败了所有的王子和捧玛加，轻松地拉开神弓，并射出三支神箭，成功地迎娶了南西拉。

为了履行曾经许下的诺言，勐沓达腊塔国国王将王位传给帕腊达。召朗玛决定去森林修行 12 年，南西拉和腊嘎纳与他一道远行。在茫茫的森林里，召朗玛和腊嘎纳射杀了妖婆妲里哈达的儿子，怀恨在心的妲里哈达与捧玛加掠走了南西拉。召朗玛和腊嘎纳四处寻找，从乌鸦口中得知南西拉被捧玛加劫到了勐兰嘎。二人决心要救出南西拉，走到勐基沙，结识了猴王巴力莫的弟弟嘎林。在嘎林与巴力莫打斗过程中，召朗玛射死了猴王巴力莫，嘎林成为了猴国之王。在嘎林、阿努曼、彼亚沙、摩米、嘎林、旺果等帮助下，召朗玛消灭了十头王捧玛加，救回了南西拉。

凯旋后，召朗玛返回故里，继承了王位。他对南西拉的忠贞产生了怀疑，南西拉用烈火烧身来证明自己的爱情纯洁无瑕。召朗玛因误会再次对南西拉产生怀疑，残忍地命令腊嘎纳将怀孕的南西拉杀死。腊嘎纳放走了南西拉，她生下了儿子洛玛、相娃。最后，召朗玛忏悔了自己的错误，接回南西拉，一家人重新团聚。

史诗塑造出许多栩栩如生的人物形象，如贪婪、荒淫、残暴的捧玛加，忠贞、坚毅、纯洁的南西拉，善良、忠厚、英勇的腊嘎纳，渊博、聪慧、正直的彼亚沙，正直、诚实、勇敢的猴王嘎林，英勇、机智、顽皮的猴将阿努曼，还有昏聩、愚蠢、粗野的衮纳帕等。召朗玛为人正直善良，同情弱者，主持正义，惩治残暴和强横。史诗将他塑造为孝顺的儿子、贤良的丈夫、忠厚的哥哥、真挚的朋友、善良的王子、贤明的君主的形象，他是傣族人民理想中的贤明君主，他的英雄行为、高尚的品德至今仍为傣族人民所传颂和景仰。南西拉是美丽坚毅的女性形象，忠于自己的丈夫，对丈夫的爱至死不渝。当召朗玛决定去林中修行，她坚决地跟随丈夫一起去往原始森林，就算“树枝挂乱了她的头发，荆棘勾破了她的衣裳，白嫩的脚杆划出了斑斑血迹”，[①]她也毫无怨尤。面对捧玛加的威逼利诱，她坚贞不屈，给人们留下了深刻的印象。但是从她对丈夫的绝对真诚中，我们能够感受到传统道德对妇女的束缚，以及妇女主体地位的缺失。捧玛加与召朗玛代表的贤明统治者的形象形成了鲜明的对比。他穷奢极欲，贪淫好色。“他比猛虎还凶残，他比恶魔还作恶多端，天神地祇也整日惶惶不安，百姓更处在水深火热之中。”[②]史诗对他的骄狂、虚伪、卑贱等品质进行了深刻的揭露、嘲讽和鞭挞，充分反映了傣族人民对荒淫无道的统治者的深恶痛绝。

---

① 刀兴平、岩温扁、高登智等翻译整理：《兰嘎西贺》，云南人民出版社 1981 年版，第 81 页。

② 刀兴平、岩温扁、高登智等翻译整理：《兰嘎西贺》，云南人民出版社 1981 年版，第 39 页。

《兰嘎西贺》以浩瀚的篇幅充分展现了傣族先民的社会生活，既呈现了傣族先民的宗教信仰，也描绘出傣族特有的景物风貌。各处都能看到的缅寺、佛塔，南古蒂提拉给天神献上的各类芒果，频频出现的大象、白猴、孔雀等动物，这些都生动形象地展示了傣族独有的民俗和风物。《兰嘎西贺》的内容庞大丰富，涉及人与人之间、人与妖魔之间、神与人之间的各种矛盾和斗争，还有忠贞而又缠绵悱恻的爱情。它的故事情节繁富复杂，构思巧妙，情节衔接得当合理，环环相扣。《兰嘎西贺》会在故事中穿插着一些小故事，但这些节外生枝的故事不会使人感到别扭，不会让人感到它们是诗人胡乱硬加的故事。史诗中宝角牛的故事，乍一看与史诗所叙述的主要故事情节并无太大关系，只是叙述了两代牛王皆因骄横跋扈而自取灭亡的故事。但是仔细阅读，可以发现老牛王死于自己的亲生儿子宝角牛之手，新牛王（宝角牛）死于猴王巴力莫之手，巴力莫又死于召朗玛之手。这样一个故事套一个故事，环环相扣之中把一个与勐兰嘎战争毫无关联的牛王故事，放进《兰嘎西贺》庞大的结构之中，从而引出召朗玛兄弟与猴子嘎林的故事。这既推动了故事情节的发展，丰富了史诗的故事情节，又曲折地影射十头王罪有应得的下场，更加有力地衬托捧玛加必然灭亡的命运。

《兰嘎西贺》将叙事与抒情相结合，在叙述故事中鲜明地展现出人物情感的变化。它将神话与现实相结合，塑造了拥有神力的人物形象，使用优美迷人、具有奇妙幻想色彩的语句创造出了一个五彩斑斓、生动传奇的幻想世界。史诗还运用比喻、夸张、拟人等手法，描绘了神、人、物的生活图景，用拟人化的手法，把动植物人格化，使其有血有肉、有声有色。

《兰嘎西贺》的内容广阔，结构精妙，主题鲜明，立意深刻，故事情节引人入胜，叙事描写充满了浪漫色彩，是根植在傣族人的现实生活土壤的长篇史诗，也是中印文化交流的结晶。

八、纳西族史诗

《创世纪》是纳西族的创世史诗，是东巴文学中最有影响的民间文学作品，通常会在东巴教的各种祭仪上由东巴用特定的乐调吟咏唱诵出来。它内容丰富，结构宏大，描述了宇宙万物的起源、开天辟地的场景和善与恶的斗争，呈现了纳西族先民的力量和智慧，歌颂了纳西族顽强坚韧的民族精神、坚贞的爱情以及劳动的伟大。

“创世纪”纳西语音译为“崇搬图”，又被译为“创世经”或“人类迁徙记”等，既有纳西族历史的缩影，又有纳西族文化的积淀。它由“开天辟地”“洪水翻天”“天上烽火”和“迁徙人间”构成，以宏伟的气魄和广阔的想象力描述了人类的起源、进化以及宇宙的形成，抒写了人类从无到有的造物成就感，叙述了纳西族人生存与繁衍的无尽艰辛与生活智慧，传达了人类生而为人所应肩负的责任与担当。从创世到与洪水和烽火的斗争，再到迁徙人间这个过程，是纳西人对自己民族信仰与精神核质的集中表达。

《创世纪》开篇便说混沌未开，天在摇晃，地在震荡：“很古很古的时候，天地混沌未分，东神、色神在布置万物，人类还没有诞生。石头在爆炸，树木在走动，混沌未分的天地，摇晃又震荡。”① 东神为米利东阿普，是男神。色神为勒金色阿仔，是女神。他们是一对阴阳善神，创造了万物。在东巴们感性的世界里，天地未分的时候，先有了三样天地、日月、山谷水渠的影子，三生九，九生万物，出现真假虚实。真与实相配变出太阳，虚与假相合变出月亮。日光变碧石，碧石变白气，白气变妙音，妙音

① 云南省民族民间文学丽江调查队搜集翻译整理：《创世纪》，云南人民出版社1978年版，第1页。

变善神依格窝格，善神变白露，白露变白蛋，白蛋变神鸡恩余恩曼，神鸡生下九对白蛋，孵出神与人。这是一个“善”与“好”的发展脉络。反之，月光依次变黑石、黑气、噪音，恶神依古丁那变出黑蛋，黑蛋孵出黑鸡负金安南，黑鸡生下九对黑蛋，孵出各种鬼怪。人类的善恶两极鲜明地表现出来了，纳西人从世界的本源问题上抽离出来善恶两端，是其朴素辩证法的最早体现。

于是，神的九兄弟开天，神的七姊妹辟地。最初，九兄弟开出的天是倒挂的，像要塌下来，七姊妹辟出的地，凸凹不平整，好像要陷裂。但是，他们没有灰心丧气。九兄弟用五根柱子撑起天：“东边竖起白螺柱，南边竖起碧玉柱，西边竖起墨珠柱，北边竖起黄金柱，中央竖起一根撑天大铁柱。”七姊妹用绿松石与黄金铺好了地：“天不圆满，用绿松石来补，地不平坦，用黄金来铺，把天补得圆圆满满的，把地铺得平平坦坦的。”[①]这体现了远古东巴人对自然世界的深刻领悟，以及对人与自然关系的认知。

白鸡的煞尾蛋生出牛状怪兽，使天地震晃，东神和色神杀了它，以祭天地日月、山川石木，所有的人来建造居那若倮神山，撑牢天穹。山上妙音与山下白气化生白露，露变海，海生海蛋，蛋里生出人祖恨矢恨忍，经过九代，传到从忍利恩和他的五个兄弟及六个姊妹。世上没有了其他人类，利恩兄弟姊妹只好互相通婚。利恩兄弟犁地犁进了天神的住地，天神子劳阿普非常愤怒，要发洪水淹没大地，让人类灭绝。东神和色神派来野猪把利恩兄弟犁好的地翻平，利恩兄弟捉了野猪。天神前来，也被利恩兄弟打伤，只有从忍利恩为东神和色神治伤。于是，东神授予从忍利恩皮囊逃生之计。因此，在洪水滔天之下，从忍利恩独自存

① 云南省民族民间文学丽江调查队搜集翻译整理：《创世纪》，云南人民出版社1978年版，第6页。

活下来了。①

东神使用木头造人，他做了九套木人，将它们放到人间。他让从忍利恩过了九天之后再去看这些木人，但是心急的从忍利恩在第四天就去看这些木人，打破了禁忌，东神使用木头造人的计划全部失败。后来，从忍利恩与天女衬红褒白相遇相爱。从忍利恩跟随衬红褒白来到天上，天神子劳阿普忌恨人类，准备杀掉从忍利恩，但是衬红褒白想尽办法保护了他。子劳阿普设置了过刀梯、一天砍完九十九座山的树林、一天烧完九十九座山的树、一天播种九十九座山的地、一天拣回九十九片山地上的种籽、找回被斑鸠和蚂蚁吃去的种籽、打岩羊、捕鱼、挤虎乳等诸多难关和考验，从忍利恩在衬红褒白帮助下一一趟过这些难关和考验，化险为夷，逼使子劳阿普把女儿嫁给了自己。从忍利恩和衬红褒白成婚后，双双回到人间。途中经历重重险关，战胜拦截的凶神可洛可兴，来到白沙定居创业。衬红褒白生了三个儿子，不会说话，派蝙蝠去问子劳阿普，蝙蝠用计偷听到了秘方。从忍利恩、衬红褒白照秘方祭天，三个儿子同时用不同语言说出一句话，长子说的是藏族话，次子说的是纳西话，幼子说的是白族话。他们成了藏族、纳西族、白族三个民族的祖先，他们的子孙后代都繁茂昌盛。

全诗以始祖英雄从忍利恩的活动为中心，渐次叙述洪水之灾、从忍利恩独存、天女相助、迁徙人间、繁衍后代等多个复杂的情节，在故事的起源、发生、发展、高潮和结束的过程中一波未平一波又起，扣人心弦，体现了作品艺术构思的成熟性。在人物形象的塑造上，《创世纪》采用了“神的人化和人的神化”的艺术表现手法。不论是天神形象，还是与自然斗争的始祖英雄形象，都具有明晰的人性色彩。子劳阿

① 犁田犁到天神居所纳西族对洪水出现的解释是兄妹婚触犯了乱伦禁忌，也就是说一场毁天灭地的大洪水既是对乱伦行为的一种净化，又给了兄妹婚或者人畜婚正当合法的理由。

普是天神，但他却“人气”十足：“阿普早上放猎狗，猎狗放出又回头，朝着屋里叫汪汪；晚上羊群吆回圈，羊群朝外闯。阿普白天在磨刀，阿普晚上在擦刀，刀口磨得快，刀面擦得亮，磨得衬红心着急，擦得衬红心发慌。”① 这是天神子劳阿普的日常生活，与人无两样。“天晴要搬粮晒谷”“天阴要理水清沟”，他会打鱼，会狩猎，会刀耕火种，俨然是一位原始牧猎和原始农耕时代的凡人。这或许是纳西族先民将生活中的人物经过想象加以神化而成为一个超现实的人物形象。东神和色神身为创世天神，被凡人金古、夸古兄弟的犁架和犁头打伤后，大喊大叫：“东神吼声惊天，色神叫声动地。利恩跑去问东神和色神：‘痛吗还是不痛？痛了，我帮你拔火罐，伤吗还是不伤？伤了，我替你针砭。’”② 天神接受凡人从忍利恩的“拔火罐”“针砭”等原始医术的治疗，足见他们神性也被赋予了人性化特征。

从忍利恩有非凡的勇气和超人的意志，是一位大智大勇、顶天立地的纳西族始祖英雄，他身上更多地集中了人性的特征。他在顺利挤回虎奶后向天神子劳阿普呐喊：“我是开九重天的九弟兄的后代，我是辟七层地的七姊妹的后代，我是白海螺狮的后代，我是金黄大象的后代，我是大力士久高那布的后代；是翻越九十九座大山气力更大的种族，是翻过九十九座大坡精神更旺盛的种族，我把居那若倮山放在肚里也不会饱，我喝完金沙江的水也不解渴，三根腿骨一口吞下鲠不住，三升炒面一口咽下也不会呛，是所有会杀的人来杀也杀不死的种族，是所有会敲人的人来敲也敲不碎的种族！”③ 这气势磅礴的“呐喊”清晰地反映了强烈的种族意识和强烈

① 云南省民族民间文学丽江调查队搜集翻译整理：《创世纪》，云南人民出版社1979年版，第34—35页。

② 云南省民族民间文学丽江调查队搜集翻译整理：《创世纪》，云南人民出版社1979年版，第18—19页。

③ 云南省民族民间文学丽江调查队搜集翻译整理：《创世纪》，云南人民出版社1979年版，第61—62页。

的人的意识。

衬红褒白是天神子劳阿普的女儿，与从忍利恩一见钟情，以身相许。但是子劳阿普已经把她许配给了天神可洛可兴，因此不同意女儿嫁给从忍利恩，并且再三给从忍利恩出难题。从忍利恩在衬红褒白的帮助下依次解决了这些危机。在这些体现神与人对立的考验中，弥合和化解神与人这对矛盾的中介要素是衬红褒白。在挤虎奶的考验中，从忍利恩最初没有和衬红褒白商量，而是自己行动，结果他就失败了，之后在衬红褒白的帮助下，他才成功挤到虎奶。在每一次考验中，衬红褒白都在其中进行指点和帮忙，让从忍利恩得以知道天神子劳阿普为其设置的种种陷阱及其解决方法，顺利渡过难关，并娶到了衬红褒白。最后，衬红褒白和从忍利恩带着农作物的种子从天上返回人间，成为纳西族的始祖神。

纳西族的《创世纪》呈现了纳西族的深层心理结构，以二元对立的思维方式认识和理解世界万物。他们认为，世界万物是在“阴—阳”“男—女”“真—假”“实—虚”“白—黑”“善—恶”等诸多二元对立的关系中创造出来的。其中最重要的一组二元对立是“神—人”之间的对立，其中洪水神话表现了神与人之间紧张的对立状态。在洪水神话中，人类触犯了天神，天神发怒降洪水，最终只有从忍利恩逃过了惩罚，活了下来。在世界上很多洪水神话中，大洪水过后，幸存者在与自己的姊妹或者动物化成的人结合之前，总是要再三地请求神的同意，神的旨意往往通过种种征兆体现出来，比如石头滚上山或者水倒流这种违反常理的事。但从本质上来说，这种情节的意义是考验，是要通过神的同意，兄妹婚这等触犯禁忌的事才允许出现。在与衬红褒白结合之前，从忍利恩接受天神的考验，这是弥合神与人或者说白鹤与人之间鸿沟的象征，也是跨越人与神之间界限的象征。衬红褒白是天上的女神，向往人类的生活，想要变成人类，而从忍利恩通过重重考验证明自己也是神的后代，具有着天神的神性。于是衬红褒白与从忍利恩顺利结合，这是人与神身份转化的呈现，也使神与人之间的矛盾得以消解。在迁徙的过程中，衬红褒白与从忍利恩合力击败了进犯的敌人，此时东神、色神等天神已经是人类的保护者，保护人类不受侵犯。在“神—人”的对立中，“神”代表的是一种自然的力量，是人类无法掌控的自然现象。对于人类而言，他所要实现的是人与自然的一种和谐。从自然对人类的灭绝，到人与自然在沟通中身份的转化，到最终人与自然和平共处，这是一个具有神圣力量的自然逐渐被人化的过程，是人类逐渐驯化自然的过程。同时，这个过程也是一个人类逐渐神化的过程，人类作为天神的后代，拥有了与自然平等的地位，与自然构成一种和谐的关系，而不是与自然的紧张对立。因此，人与自然的对立与调和是《创世纪》这部史诗的逻辑核心，是史诗所反映出的深层结构。进而言之，一个民族的史诗就是一个民族的心灵史，其中蕴涵着一个民族在漫长的发展过程中所积累的生存经验和智慧。《创世纪》所讲述的是一个关于人与自然的故事，其中蕴涵的人与自然和谐相处的生存智慧对当代的生活也具有很强的现实意义。

史诗还呈现了许多纳西族独特的文化，如反复出现的数字三与九，还有对白露、白气、白光等白色事物的喜爱等。它吸收和消化了许多解释万物的传说，如斑鸠颈部为何有花纹、蚂蚁为何细腰、蝙蝠为何三个爪和鼻子扁等。史诗较多地使用了比喻、比兴、夸张等艺术手法，语言清新优美、形象生动。如“纳西的后代，像星星一样繁多，像青叶一样茂密，像肯都一样滋长，像马鬃一样昌盛”①，使用比喻的手法表达对纳西人最美好的祝愿，祝愿纳西人的子孙万世茂密繁盛。

纳西族的《创世纪》以宏大的气魄歌唱了纳西族的发展史，体现了纳

---

① 云南省民族民间文学丽江调查队搜集翻译整理：《创世纪》，云南人民出版社1979年版，第94页。

西族先民对宇宙万物、人类起源发展的朴素认识，通过对从忍利恩经历洪水、天上烽火和回到人间的奋斗过程的形象化描述展现了纳西族先民艰苦卓绝的创世立业的光辉历程。它讴歌了纳西先民征服自然、抗击暴力的英勇斗争精神和坚韧不拔、勇往直前的英雄气概，赞美了劳动、爱情、智慧和力量，表达了纳西族先民憧憬幸福，追求光明，期冀民族繁荣昌盛的理想。它是纳西族人民智慧的光辉结晶，是纳西族先民社会生活的反映，具有独特的美学意义。它既是一种能够给予人们美的享受的文学作品，也是研究纳西族的历史、语言、神话、哲学、习俗、伦理的重要资料。

九、十二奴局

《十二奴局》是哈尼族民众集体创作的长篇创世史诗，以“哈巴”（传统歌）的演唱形式广泛流传于云南红河南岸哀牢山的元阳、红河、金平等地区的哈尼族聚居区。[①] 哈尼语“奴局”意为“篇”“章”，“十二奴局”即为“十二路歌”之意。《十二奴局》由开天辟地、天翻地覆、杀鱼取种、砍树计日、火的起源、三个能人、建寨定居、生儿育女、祖先迁徙、孝敬父母、觉车赶街、四季生产等十二个部分构成，反映了哈尼族先民对宇宙自然、人类起源、四时节令、生产生活等方面的认识和理解。这十二个部分没有严格的先后次序，每个部分既可独立存在，又可连接起来演唱，史诗歌手常常根据不同场合和需要选唱其中有关的部分。

远古时期，天地混沌不分，朱比阿龙造天，朱比拉沙造地，他们借来耙子和牛把天地耙平了。天地空荡荡，漆黑一团，于是他们用金子做成太阳，用玉石做成月亮，用银子做成星星，从此天地有了光亮。天上的俄求

① 张年朗等演唱，赵官禄等整理：《十二奴局》，云南人民出版社 1989 年版。

与地上的卑甲阿玛争斗，俄求呼出来的气成云雾，卑甲阿玛呼出的气成山风，他们的吼声变成雷鸣，他们的汗水变成雨点，刀碰撞出的火星变成闪电。莫米从天上派下依沙然哈和依莫然玛，他们只有一只独眼长在脑门中间。依沙然哈和依莫然玛结为夫妻，生下七十七种人。这代人只有一只大大的独眼睛，长在后脑壳上的，倒着走路。莫米将后脑独眼代人换成两只眼睛分开长在膝头的人。两只眼睛分开长在膝头的人顾脚不顾手，做起活来东倒西歪。莫米决定再次更换人种，历经了多代，创造出了两只眼睛齐齐长在鼻子上方的新人种。然后，在依沙然哈、依莫然玛、哈木、戛卡、欧卡、喝泽美膀、阿妣仰遮、欧巴、欧牛、遮依遮车、欧比吉莫、龙冲牛斗、可阿、可遮、收洛阿秋等始祖神的努力下，地上万物都齐全了，神人相安。

天地间没有柱子支撑，天塌下来了，地翻上来了，洪水淹没大地。莫鲁和沙崩两兄妹躲在葫芦里存活下来了，他们结为夫妻，生下了三个儿子和三个姑娘。大儿子和大姑娘配一对，在高山上安家。二儿子和二姑娘配一对，在半山腰生活。三儿子和三姑娘配一对，在平地安家。莫托库鲁舍派遣阿朗、阿汪两位天神在天地中间立起柱子，把天撑起来了，把地压下来了，并用大锁将天和地锁起来。从此天不会坍下来，地不会翻上来，人类开始一代一代地繁衍下去。

洪水将树木和草淹死了，将各种树木草种和五谷种子都冲走了，大地一片光秃秃，世上的人们祈求莫米给种子。莫米告诉人们五谷种子都被大鱼吃到肚子里。历经各种艰难曲折，人们捉住大鱼，一层一层地剥开它的肚子，分别取出各种各样的种子，撒在大地各处，世上有了谷子、荞子、高粱、棉花、苞谷、黄豆、南瓜、麻、树木和杂草。

在烘阿宗娘的地方，住着一家十兄妹，九个哥哥成了家，只剩下小妹尖收一人。九个哥哥是黑心人，他们让尖收做牛做马，还不给她饭吃。尖收不堪哥哥们的欺压，拿起讨饭棍，淌着眼泪离开家。当她达到阿姆山时，尖收倒在地，变成“哒嘟哒”鸟，它的柱棍变成一棵大青树。这棵大青树遮住了天，盖住了地，世间一片黑茫茫。世上的人们决定先后派出猴子、松鼠、野鸡、蝙蝠、燕子等到树顶上去寻找日月，但都失败了。最后，蜜蜂查明了原因，告诉了人们是树叶挡住了日月，用箭射穿树叶，日月的光辉便能照耀大地。神射手阿戛用最好的弩箭，射下了一张牛皮大的树叶，人们见到了一线阳光。人们聚拢在一起，商量砍倒大树，让大家重见日月。人们在刀口上抹上鸡屎，将遮天的大树砍倒了，阳光照到了大地上。大青树有十二枝杈，一年便定为十二个月；每一杈上长三十根树枝，一个月就定为三十天；每根树枝上长三百六十片叶子，一年便定为三百六十天。

人类的先祖冷天住在石洞里，热天住在树上，以扑杀马鹿麂子为生。马鹿麂子整天被人类撵得不停腿，便向莫米控诉人类的罪行。莫米被吵得发怒，立即丢下了几颗巨大的火雷，让无边的森林着了火。世上的人们将烧熟的麂鹿肉放在嘴里一嚼，觉得比生肉好吃和香脆。他们求莫米把火恩赐给人类，但是莫米不肯给人类一点火。后来，哈尼族先祖锐腿雷在深林中撵麂鹿时发现石头摩擦能起火，留下了火种。但是，生活在地上的人们忘记了将打得的猎物麂鹿祭献给莫米，莫米发了怒，把大水降到地上，浇灭了红通通的火种。人们向莫米献上麂子马鹿肉，向他认罪，求他赐予人类火种。莫米告诉人们今后要守规矩，下功夫去寻找火种。人们四处寻找火种，最后锐腿雷在一篷绒草上找到了莫米恩赐的火种，将火种代代相传。

遥远的天边有白、花、红三棵树，三棵树上相应地开着白、花、红三朵花，三朵花相应地有着白、花、红三个神蛋。太阳和月亮轮流抱着三个神蛋，过了九十天，三个神蛋裂壳了，头人从白蛋里出来，贝玛从花蛋里出来，工匠从红蛋里面出来。他们各司其职，使人们平平安安地过日子。

在远古的哈尼师厄，森林密得望不见天，一年四季云雾腾腾，野兽毒虫四处肆虐，人们无法安身。觉麻、觉车、觉冲三兄弟离开这个地方，去寻找传说中富饶的土地。经过两个九天九夜的跋涉，他们找到了一个安居乐业的寨址。挑选吉祥的日子，他们在山上砍倒了坚硬标直的栗木树，在山坡上割倒了黄生生的茅草，在箐沟里割倒了牢牢的藤子，在山坡上砍倒了俏生生的竹子，在山脚的洼地上找到打土基的红土，在一块朝阳的山坡上选好了牢固的地基，择了最好的日子立柱子，盖好了新房子，立起了三块石头做锅脚石。房子盖好了，他们找到了一眼清澈的龙潭，把它的四周砌起来，修出了水井。三个兄弟杀了只大红公鸡祭大地，求天神地神好好保护龙潭。他们在这里安了名字叫麻密的寨子，好的名声传到了遥远的地方。

天上有滴红通通的血撒落在寨子边的草坪上，粘在拱土的猪身上，狗冲出寨子咬猪时粘在狗毛上，女人打狗时又粘在女人的身上。这天上撒落的血是人要发展兴旺的血。血在女人们的身上开了花，她们的肚子里怀了娃娃，娃娃怀了九个月，便生了出来。生下孩子的人家要煮糯米饭，送给寨里的长老乡亲，要杀鸡给新生儿取名字。给男孩取的名字要同阿爸的名字连着叫，给女孩取的名字不兴同阿爸连着叫。孩子渐渐地长大，像竹子一节一节升高，会放鸭子，会放牛，会挖田了。

哈尼族先民最早居住在美丽富饶的诺玛阿美，因为异族的侵扰、自然灾害以及与异族人联姻后发生的土地与财富的争夺等原因，哈尼族人开始了大规模的迁徙。历尽千辛万险，经过了洪阿、窝你、勒昂、腊萨、额咪、南洼街、江外等地，最终来到了米尼坎，并在此地安寨。

史诗告诉世间的儿女要牢记父母养儿育女的恩情，要孝敬父母。它描述觉车离开麻密寨到各个地方赶街子，在世间建起了七十二个街子，世间一天一天热闹起来的故事。史诗也按照时间顺序从冬月、腊月一直到十月，介绍了哈尼族人相应的农事活动以及风俗礼仪。

《十二奴局》以诗体演唱的形式生动地记录了哈尼族先民的生产生活，

对建寨定居、祖先迁徙、觉车赶街、四季生产等的描述都是对哈尼族先民生活的真实记录。“四季生产”对何时播种、何时栽秧、何时薅秧、何时收获、何时祭神、何时耘田挖土等的叙述是哈尼族先民经过生产实践而总结出来的经验。哈尼族人最早在大渡河畔定居农耕，后被迫离开农耕定居地而迁徙，进入云南亚热带哀牢山等地。在迁徙途中，很多哈尼族先民自立门户，成为哈尼族各个支系，虽然迁徙万分艰难困苦，但他们保持着乐观的心态勇往直前，最终都成功地定居下来了。这些都在史诗中被吟唱着，一代一代传承下来。

除了详尽细腻的现实主义描写外，史诗还大量运用了浪漫主义情调来描述哈尼族的创世故事。哈尼族先民依据自己的认知创造了开天辟地、铸日造月等神话解释宇宙天地的形成，创造洪水滔天、兄妹结婚等神话解释人类的起源，创造杀鱼取种、砍树计日、起火等神话解释万物的起源，用跋山涉水、艰难迁徙的神话解释哈尼族人的生存和斗争。关于电闪雷鸣等自然现象，哈尼先民认为，俄求呼出来的气成云雾，卑甲阿玛呼出来的气成山风，它们的吼声变成雷鸣，它们的汗水变成雨点，它们的刀碰在一处，冒出的火星变成闪电。这些神话个个丰富奇幻、情节离奇，完整地体现了哈尼族先民对自然万物的起源、人类的起源、民族迁徙的原初认识。

《十二奴局》的结构通常由“衬词—正题—伴唱”三部分构成，即歌手演唱时首先唱出含有“萨”音的衬词，其次演唱正题的内容，经过一段时间，听众会加入伴唱“萨—萨”。史诗演唱的时间、地点都比较自由，有时几小时，有时则通宵达旦，所以《十二奴局》的诗节比较自由，不受拘束。《十二奴局》既有叙事又有抒情，叙事语言朴素，没有过多的技巧，以就事论事为主；抒情则采取排比、比喻、拟人等修辞手法，将感情淋漓尽致地表达出来。

《奥色密色》是哈尼族的创世史诗，为《十二奴局》的异文，主要流传于云南红河南岸哀牢山的元阳、红河、金平等地区的哈尼族聚居区。全诗由造天地、传人种、兄妹成亲、分家找新地、分年月日、安家等内容构成。很久以前，宇宙间茫茫一片，没有天和地。天王派了九个人造天，派了三个人造地。他们杀了一头龙牛，用牛腿做撑地的柱子，用牛皮来绷天，用牛骨做地梁地椽，用左眼做太阳，用右眼做月亮，用肋骨造梯田，用牛肉做土地，用牛角做打雷工具，用牛毛做树木花草，用牛舌做闪电，牛血变成江河，牛尾做成水坝，牛肝变成彩霞，牛肺变成雾露等。天地万物形成后，塔婆生百人，模米生千人，男女相配生儿女，成千上万的人发展起来，山上住满了人，坝子上住满了人。洪水泛滥，阿摩卓罗和阿摩卓索俩兄妹钻进大葫芦，幸存下来了，结为夫妻，养育子女。他们生了三男三女，互相配对成亲。长大后，兄弟分家。长子纳罗哈尼比热成为哈尼族的祖先，来到白合底麻；次子俄普比热成为彝族的祖先，来到组合底麻；三子叫卜尼阿达成为汉族的祖先，生活在奴马阿美。他们在各自的居住地重建家园，开拓土地。最先安家的哈尼族人泽佐根据树节、树杈、叶子分年月日，按照节令耕地播种。他们选好风水，找好地基，盖好房子。最后，史诗描述德波阿窝在天王姑娘的帮助下找到谷种。

总之，《十二奴局》由一个个小故事串接而成，每个小故事都构思完整，层次清晰，可独立成篇。这些故事依次排列，构成了这部规模宏大的史诗。它是描叙哈尼族先民生产生活、历史文化、宗教信仰等方面的百科全书。它不仅具有重要的文学欣赏价值，而且对了解和研究哈尼族的社会生活、思想文化、风俗习惯、宗教信仰、迁徙路线等具有重要的学术价值。

十、牡帕密帕

《牡帕密帕》是拉祜族使用“波阔嘎阔”（一种民间演唱叙事古歌的形

式）演唱的长篇创世史诗，主要流传于云南省澜沧江流域的思茅地区。“牡帕密帕”是拉祜语的译音，为“造天造地”的意思。它主要围绕“创世”“立业”展开，全诗共计2000余行，描述了天神厄莎造天造地、造物造人以及人类如何生产生活等内容，是一部涵盖拉祜族经济、文化、历史、宗教等内容的百科全书。

《牡帕密帕》开篇唱道：“兄弟姐妹们，听吧：响篾吹得多么清脆，芦笙吹得多么悠扬；看吧：舞步那么坚强有力，姿态那么爽朗豪放。我们和睦地坐在一起，紧紧围着温暖的火塘。我们唱支古老的山歌，欢欢畅畅玩一场。颂扬祖先的业绩，祝愿我们未来的美好时光。”① 它点明了将要歌唱族群的历史，赞颂祖先的丰功伟绩，表达对祖先的崇敬和景仰。

接下来，《牡帕密帕》描述了造天造地的故事。很久以前，没有天没有地，没有风没有雨，没有日夜星辰，天地混沌，日月不分。厄莎决定造天造地。厄莎搓下脚手汗，做了四条大鱼，又用金、银、铜、铁，做了四根大柱。四根大支柱，支在鱼背上，又架上四根天梁，还有四根地梁，天椽放在天梁上，地椽放在地梁上，从此天地分开。② 但是此时的天地是软的，随时都有塌陷的危机，为此厄莎用自己的骨头支撑天地。为了万无一失，厄莎派两只穿山甲去查看，懒惰的扎罗把天造小，勤快的娜罗把地造大，厄莎再一次将天重新撑大，将地收缩，天地终于建成。但天上缺日月，厄莎于是用左眼做太阳，用右眼做月亮。厄莎还设计赶走咬伤太阳的豹子，驱逐踏脏月亮的青蛙，由此太阳会发热，月亮会放光。厄莎告诉太阳十二个月是一年，告诉月亮十二天是一轮，从此太阳东升西落，月亮夜间照大地。

① 昆明师范学院中文系一九五七级部分学生搜集，刘辉豪整理：《牡帕密帕》，云南人民出版社1979年版，第1页。

② 昆明师范学院中文系一九五七级部分学生搜集，刘辉豪整理：《牡帕密帕》，云南人民出版社1979年版，第3页。

天地、日月、星辰造成后，厄莎产生了造万物的主意。他带领着扎罗和娜罗播撒种子，用汗水滋养种子，造出了花儿、果子、泉水等。厄莎从宝箱里找出了一颗葫芦籽儿，将它撒在地上。经过了七轮又七天，葫芦的藤子长出来了。历时了七个月，葫芦成熟了。但是野牛一不小心将葫芦藤子踩断了，葫芦滚跑了。厄莎费尽心思去追寻葫芦，最终在河里找到它。经过了七十七天，葫芦晒干了，里面发出了人的声音。老鼠耗费三天三夜将葫芦啃了两个洞，一男一女从洞里钻出来，男的叫扎笛，女的叫娜笛，他们一个结实，一个秀气，人类由此诞生。

为了繁衍子嗣，厄莎让扎笛与娜笛两人结为夫妻。冬去春来，娜笛怀上了身孕，生了九个男孩和九个女孩。为了抵抗风寒，这九对孩子纷纷长出了翅膀，用一只翅膀当篾笆，另一只当被子。天空中一声雷响，火星飞到了山坡上，各种动物都来争抢，老鼠抢到了火种，而后人类用力甫果与老鼠换得了火种。天上的飞禽与地上的走兽想吃掉扎笛与娜笛，他们必须想出法子赶走这些飞禽走兽。天神厄莎知道了扎笛与娜笛的心思，让飞禽走兽们做好网、做好扣、挖好坑等，并设计让它们钻进自己做的网里，碰上自己做的扣，掉进自己挖好的坑，人类从此学会了打猎，而且世代传承下去。九对孩子长大了，每对又生了九百个孩子。九百个人分成了九个民族，分别是拉祜族、佤族、爱尼族、汉族、老缅族、傣族等，各民族有了各自的住处，其中拉祜族跟着骆驼走，住在山梁子上。

扎倮与娜已两兄妹带领大家搞生产，把打猎来的食物进行分配，但是扎倮与娜已觉得分配不公平，产生矛盾，从此各走各的路。在行进的过程中，他们彼此想起对方的好，最终在杜拉洛拉卡密相遇和好了。为了更好的生活，扎倮与娜已在高山与坝子里建造房屋，在铁匠的帮助下制造出了犁头、芟刀等工具。他们取出斑鸠嘴里的种籽，将谷子种了出来。扎倮与娜已用棉花籽种出棉花，纺线，织布，做出了五颜六色的衣裳。正月初一是拉祜的节日，男人做芦笙，女人做响篾，在鹌鹑的带领下尽情歌舞，唱跳了七天七夜。

《牡帕密帕》的歌尾与歌头形成相互呼应的关系，描绘拉祜族过完年后继续耕种与打猎的生活："跳吧！唱吧！让我们忘却一年的辛苦，让我们送走过去的灾难。打响哈灭那——使我们精神振奋，赶走邪魔保平安。我们围住温暖的火塘，高高兴兴好过年，喝足多依酒，吃饱白米饭。大年过完了，各自回家了，扛起犁头背起芟刀，上山、下箐搞生产。"①

《牡帕密帕》成功地塑造了天神厄莎的造物主和始祖神的形象。他造日造月，造物造人。他是智慧的化身，教会人类打猎、造农具、盖房子、种粮食与棉花，解决了跟人类生存息息相关的衣食住行问题。他教会人类过节日与祭祀祖先，让人类学会礼仪。拉祜族尊重并供奉厄莎在于其无私奉献的精神。他取骨造天造地："天做成了，地做成了，可是，天没骨头是软的，地没骨头要下陷。厄莎又辗转思索，不知想了多少时间。他忍痛抽出自己身上的骨头。手骨架在天上成天骨，脚骨架在地上成地骨，天有天骨硬铮铮，地有地骨不下陷。"② 天有了，地有了，可是日月星辰没有，万物不会生长，厄莎用左眼做太阳，右眼做月亮。他赏罚分明，对美丑、好坏有着鲜明的态度。他批评扎罗懒惰疏忽，把天做小了。他斥责芭蕉、泡竹、茅草、金竹、黄栗树等在寻找葫芦中持有的冷漠态度，对它们施以相应的惩罚，对松树、蒿树在寻找葫芦中持有的热情态度感到高兴，并对它们给予了奖赏。

《牡帕密帕》生动地展示了拉祜族先民在长期的生产和生活中形成的朴素的唯物主义思想。《牡帕密帕》认为天地、日月、星辰、人类、植物、动物都是天神厄莎创造的，而他创造的这一切都是以物质为基础的。他用

---

① 昆明师范学院中文系一九五七级部分学生搜集，刘辉豪整理：《牡帕密帕》，云南人民出版社 1979 年版，第 60—61 页。

② 昆明师范学院中文系一九五七级部分学生搜集，刘辉豪整理：《牡帕密帕》，云南人民出版社 1979 年版，第 4 页。

自己手和脚上搓下的汗做了四根柱子，用泥巴团做成了天网和地网，用自己的骨头撑起了天，用种子种出了葫芦，教人类用种子种出了谷子和棉花，用竹子和木头盖出了房子等。在史诗中，厄莎用社会现实中的材料创造了世界，而这个世界是由物质构成的。这种认知蕴含了拉祜族先民对世界的原初认识。劳动可以创造一切是《牡帕密帕》一以贯之的主题，天神厄莎依靠劳动完成了造天造地、造物造人的使命，人类先祖娜笛和扎笛依靠劳动过上了幸福美好的生活。这也体现了拉祜族先民对世界认识的科学性和合理性。

《牡帕密帕》具有浓郁的地域特色。它用“冷季三个月，热季九个月”来描写拉祜族生存的环境。拉祜族先民根据气候与温度合理规划种植的地区与时间。一粒下地收万粒，田谷种在水田里，旱谷种在山坡里。二月到来了，要去撒谷种；三月到来了，田里出秧苗；四月五月到，田里除杂草；六月到来了，秧苗发青了，发青不打苞；七月日子到，谷子成熟了；八月到来了，谷子熟透了，女人用镰刀割谷子，男人编篾篓，用篾篓背谷子。[①]可见，拉祜族先民在自己长期的生产生活实践中逐步适应了季节的变换与时序的更迭，适应了自然环境的更替并掌握了植物的生长活动规律与自然环境、气候等之间的关系。他们将长期积累的经验贯彻在农业种植中，形成了独特的耕种习惯。

《牡帕密帕》主要通过嘎木科和摩八的口耳传唱保存下来。嘎木科指能够完整将《牡帕密帕》演唱出来的歌手，他们经常在日常生活、传统节日和宗教活动期间演唱《牡帕密帕》。摩八是一个特殊的群体，是宗教活动的主持者，类似于巫师与祭司。他们是《牡帕密帕》的重要传承人，是能够与神灵沟通的人，是人与神灵之间的纽带和桥梁。摩八在拉祜族中的

---

① 昆明师范学院中文系一九五七级部分学生搜集，刘辉豪整理：《牡帕密帕》，云南人民出版社 1979 年版，第 54—55 页。

社会地位很高，除了能通篇演唱《牡帕密帕》外，还会唱各类祭祀歌，主持重大祭典，会医术，是拉祜族人的精神依托。

《牡帕密帕》借助大胆的夸张和丰富的想象对自然和客观世界进行了生动的描绘，具有浓厚的神话色彩，反映了人类童年时期的美丽幻想，表现了拉祜族先民与艰苦卓绝的环境斗争的无畏精神。史诗既包含对开天辟地、铸星造月、造物造人的奇特想象，也包括对制造工具、发展生产、分配制度等现实主义的描写。它是拉祜族千百年来口头传唱的文学作品，是拉祜族的精神财富与智慧结晶，它描述的内容对了解拉祜族的政治经济、思想文化、风俗习惯、宗教信仰等具有至关重要的意义。

十一、布洛陀经诗

《布洛陀经诗》是一部古老而宏伟的壮族创世史诗，也是壮族重要的宗教文学作品，全诗万余行，“至今以口头形式流传于我国广西红水河流域、右江流域、龙江流域、左江流域及云贵南北盘江流域的广大壮族、布依族地区。大约从明代起，在口头传唱的同时，《布洛陀》也以古壮字书写的形式保存下来，其中有一部分变成壮族民间麽教的经文。”① 它唱诵了壮族祖神布洛陀创造天地万物的故事，“规范人间伦理道德，启迪人们祈祷还愿消灾祛邪，追求幸福生活。”②

《布洛陀经诗》的序歌是壮族民间宗教“师公”（巫师）在做道场和请神时唱诵的开篇经诗，它描述了《布洛陀经诗》的第一位师公如何习得唱

① 广西壮族自治区少数民族古籍整理出版规划领导小组办公室整理：《布洛陀经诗·出版说明》，中国国际广播出版社 2016 年版。

② 广西壮族自治区少数民族古籍整理出版规划领导小组办公室整理：《布洛陀经诗·出版说明》，中国国际广播出版社 2016 年版。

诵技艺："布洛陀的经诗给我读 / 布洛陀的宝刀归我接 / 我嘴巴会念巫经 / 我心里记住经诗的教导 / 天地成全了我 / 天地的事我全懂得 / 神灵点化让我会修身 / 布洛陀让我会诵经养命 / 上边的人都来请（去做法事）/ 远处的人赶来找我（去念诵经诗）/ 请我去念经作巫。"① 序歌将师公演唱《布洛陀经诗》合法化和神圣化，敬请各位神祇来神坛就位，恳请布洛陀、么渌甲就坐在神坛中央。而后，《布洛陀经诗》分别叙述了造天地、造人、造万物、造土官皇帝、造文字历书、伦理道德、祈祷还愿等内容，这些内容相对独立，可单独成篇，生动地体现了壮族的传统习俗文化、风俗禁忌以及壮族先民的思维方式等。

《布洛陀经诗》展示了许多壮族的传统习俗、祭祀礼仪等，甚至是远古时期的一些习俗。太上老君造完天地之后，剩下一块石头变成黑色的母黄牛和公水牛，它们的各种动作造出了水坑、水洼和道路。在壮族民间社会中，耕牛有病时，民众会请巫师念诵《赎水牛魂、黄牛魂和马魂经》，为牛祛病消灾消灾。时至今日，牛在壮族生产生活中仍然占有很重要的位置，他们会过"牛魂节"，又称"牛王节""开秧节"。《祈祷还愿》记载了古老的鸡卜习俗，《唱童灵》是丧葬时念诵的经文，表达对死者生前恩德的感念。《布洛陀经诗》讲述了壮族先民保护农作物的禁忌。九头婆婆造出猪之后，猪吃了禾苗，破坏了稻秧，受到了惩治。鸡鸭糟蹋了菜园、蒜苗等农作物，也遭到惩罚。再如不能砍树撞水坝，拦水车等，如果触犯了这些禁忌，人们也要招来厄运："王砍树去撞水坝 / 王的妻子就死掉 / 王去砍树拦水车 / 王的结发妻子就死去 / 王失掉妻子孤独地生活。"②

《布洛陀经诗》反映壮族先民的具象思维。人咒骂媳妇应验后，《解

① 广西壮族自治区少数民族古籍整理出版规划领导小组办公室整理：《布洛陀经诗》，中国国际广播出版社 2016 年版，第 4 页。

② 广西壮族自治区少数民族古籍整理出版规划领导小组办公室整理：《布洛陀经诗》，中国国际广播出版社 2016 年版，第 157 页。

婆媳冤经》描述媳妇无人照料、孤苦伶仃的场景：“她没有血染脚跟的福分 / 她没有背带缠腰的喜悦 / 堂屋无人拜 / 上梯无人扶 / 下田没人陪 / 下地没人跟 / 走亲戚无人送 / 杀鸡无人吃鸡腿 / 糍粑无人尝 / 背痒无人抓 / 虱咬无人捡 / 火灭无人添 / 鳏寡无人接 / 媳妇成了孤身婆。”① 这将媳妇孤苦无依的场景具体到了每一件日常小事中。《布洛陀经诗》也反映壮族先民二元对立的思维方式。经诗在唱诵过程中习惯设置二元对立的矛盾双方，人与牛、人与猪、兄弟之间、婆媳之间、父子之间、母子之间等都是在二元对立的关系之间产生矛盾。经诗的教化功能也通过二元对立的方式传达，通过善—恶、美—丑的相互对立与转化来肯定真、善、美，肯定布洛陀的训导、恩德和智慧，从而满足听众的道德情感体验；通过“诅咒—应验”、“违背禁忌—受到惩戒”的方式，引导人们遵从、恪守传统的礼法，从而宣扬神灵的威严，传统礼法的不可动摇。这一思维方式在《解父子冤经》《解母子冤经》《解婆媳冤经》《唱罕王》等中都有体现。此外还有二元对立的叙事模式：出现困境—寻求布洛陀解决；衍生新的问题—寻求布洛陀解决。以《造万物》为例：

篇目	困境	寻求布洛陀解决	衍生新的困境	寻求布洛陀解决
《寻水经》	无水	寻找水源	人因水而产生矛盾	祭祀消灾
《造火经》	无火	木头磨擦生火	火管不好，触犯神灵生出妖怪	请巫师祈祷消灾

《布洛陀经诗》处处体现出敬畏神灵与自然万物的思想。布洛陀、太上老君等神灵创造了天地万物与人类，人类遇到困难便会祈求神灵帮助。人类也尊重自然万物，很多禁忌都要求人类不能破坏农作物和其他各种植物。

① 广西壮族自治区少数民族古籍整理出版规划领导小组办公室整理：《布洛陀经诗》，中国国际广播出版社 2016 年版，第 240—241 页。

《布洛陀经诗》具有鲜明的艺术特色，语言生动形象，韵律和谐，用富于想象的笔触对世界进行描绘，展现出一幅幅充满神奇色彩的画面。它运用比喻、夸张、拟人等修辞手法，使经诗的思维语言更加生动形象，更加具有吸引力，如“寿如那四方印 / 长治天下得太平 / 寿如高山和崖壁 / 寿如山泉水 / 宽似那燕的田垌 / 韧如芦苇草 / 会断不会弯 / 会老不会死 / 让儿子长寿百岁。”① 它的想象力丰富，妙趣横生。它将动物拟人化，动物不仅会讲话，还如同人一样具有情感。在《造文字历书》中，蝗虫和螟虫破坏了植物庄稼，王要惩罚它们，它们为了保命告诉了王如何造字。这些吃禾苗的蝗虫和螟虫在纸上爬来爬去，爬成了文字、历书，它们成为皇书和官书，从此土官皇帝照书治理。在《唱罕王》中，罕王的弟弟祖王欺负罕王，罕王与祖王结仇，告上了天庭，惩罚祖王。祖王向罕王求和，一个天上一个地下，为他们兄弟之间传递话语的是老鹰和乌鸦：“乌鸦去向罕王连跪带说 / 罕王又问道 / 乌鸦你为何向我下跪 / 老鹰你又回来做什么 / 弟王派我们来求情 / 求兄长施恩 / 求兄王施义 / 让我们来求兄长 / 求天地重放光明。”②“天下还是那样荒芜杂乱 / 老鹰又转身退出去 / 请乌鸦来苦诉 / 乌鸦又虔诚地下跪 / 又在罕王面前痛楚地叙说。”③ 在老鹰和乌鸦的频频传话下，罕王与祖王才得以和解。这些情节将乌鸦和老鹰人格化，充满浪漫色彩，神奇而有趣。

经诗的故事起承转合，讲述节点都有固定的句式。《布洛陀经诗》是一种口头文学，师公唱诵时，听众听到经诗特定的句式，便对师公接下来的内容心中有数了。经诗的开头多是“三样是三王安置 / 四样是四王创

① 广西壮族自治区少数民族古籍整理出版规划领导小组办公室整理：《布洛陀经诗》，中国国际广播出版社 2016 年版，第 277 页。

② 广西壮族自治区少数民族古籍整理出版规划领导小组办公室整理：《布洛陀经诗》，中国国际广播出版社 2016 年版，第 213 页。

③ 广西壮族自治区少数民族古籍整理出版规划领导小组办公室整理：《布洛陀经诗》，中国国际广播出版社 2016 年版，第 215 页。

造”；人类遇到难题时，经诗常以“去问布洛陀 / 去问么渌甲 / 布洛陀就讲 / 么渌甲就说”呈现；问题解决后，经诗开始转向现在的唱诵语境“拿前世的伦理来对照 / 让我们这一代来遵从 / 让我现在来诉说 / 不说那么远 / 不讲别家姓 / 就说这主家 / 单讲这姓氏”；[①] 然后，师公为现在的主家解决难题。这样使得经诗的故事开启转承与回合皆有法度，脉络清晰。

经诗多用隐喻和象征。在《解婆媳冤经》里，“老人的话就是宝 / 老人的话就是药 / 死后变鬼来磨难 / 过了三年后 / 过了五年整 / 她没有血染脚跟的福分 / 她没有背带缠腰的喜悦”[②]，其中“血染脚跟的福分”指女性怀孕产子时的情形，“背带缠腰的喜悦”指孩子出生后母亲背着孩子的样子。隐喻和象征的使用多出现在各篇章中的咒语和应验部分，经诗使用委婉的语言来表达具体所诅咒的内容，使施咒前后形成鲜明的对比。

《布洛陀经诗》以诗歌的形式生动地叙述了天地自然万物的形成、人类的起源、各种牲畜和农作物的来历，以及远古人类的社会生活等，热情地赞颂了布洛陀这个壮族始祖神、创世神和宗教神的伟大功绩。《布洛陀经诗》作为口头传播的经诗，有着特定的社会功能。它成为壮族民众的生活指南与道德约束，当他们遇到困难与灾祸时布洛陀经诗的喃诵是壮族民众解决问题的重要途径与心灵慰藉。《布洛陀经诗》作为古老的创世史诗与其他史诗一样包含着古老的史诗母题，例如洪水神话母题、兄妹婚母题、后母害子母题、兄弟之争母题等。透过这部史诗，我们可以窥探到史前壮族社会的基本面貌、古老的风俗习惯以及壮族的社会价值观和道德观等。

---

① 广西壮族自治区少数民族古籍整理出版规划领导小组办公室整理：《布洛陀经诗》，中国国际广播出版社 2016 年版，第 112 页。

② 广西壮族自治区少数民族古籍整理出版规划领导小组办公室整理：《布洛陀经诗》，中国国际广播出版社 2016 年版，第 240 页。

十二、密洛陀

《密洛陀》是布努瑶族的一部古老而宏大的创世史诗，流传于广西都安、巴马等地的瑶族聚居区，全诗14000余行。它描述了密洛陀创造世界、万物与人类的过程，叙述了密洛陀所创造的人类迁徙、繁衍和斗争的故事，其中穿插着很多关于动物、习俗等的传说。《密洛陀》是布努瑶族民众共同的精神支柱，也是中华民族的宝贵精神财富。

布努瑶族非常分散，居住地多为在交通不便的山地，主要分布在广西红水河流域的都安、河池、南丹、巴马、马山、上林、田东等地区，呈小聚居的分布形态，而且他们彼此间的联系和交流并不密切。但是，《密洛陀》将他们联结成一个精神和文化上的共同体，因为密洛陀是布努瑶族的创世神和始祖神，在布努瑶语中，“密”的意思是“母亲”，“洛陀”的意思是是“古老”，“密洛陀”的意思是“古老的母亲”。每年的农历五月二十九，所有的布努瑶人都会一起欢度“东努节”，祭祀密洛陀，缅怀密洛陀的创世伟绩。

布努瑶族有本民族的语言，而没有本民族的文字。因此在漫长的形成与发展历史过程中，《密洛陀》主要通过巫公群体口耳相传的方式传承。《密洛陀》虽然在布努瑶人中家喻户晓，但是真正能够完整演唱和掌握《密洛陀》的是巫公。巫公在布努瑶语中被称为“布西”，过去又被称为“麽公”和“师公”，是能够驱神赶鬼、操办丧事的人。他是《密洛陀》的实际承载者和真正的史诗传承人。《密洛陀》以家族传承为主，代代口传心授，形成独具特色的家族传承谱系。时至今日，凡是布努瑶人聚居的乡镇，几个村落之内一般都有一个或几个密洛陀传承家族。①

① 覃琮：《布努瑶密洛陀史诗的活态传承与文化自觉》，《广西民族大学学报（哲学社会科学版）》2016年第5期。

《密洛陀》在布努瑶族社会的生产生活中无处不在。庄稼何时播种、何时收割要唱《密洛陀》，从中找到答案。身体不舒服要唱《密洛陀》，家里人出现凶兆要唱《密洛陀》，婚嫁丧葬也要唱《密洛陀》。唱《密洛陀》也是布努瑶族民间仪式的重要组成部分。布努瑶族在举行各种仪式时，都会从史诗中选取相应的一段来演唱，甚至连抓到老鹰要将它杀死时也有相应的演唱片段。因为老鹰在密洛陀创造人类的过程中发挥过重要的作用，是一种神圣的鸟，如果要将它杀死，就要举行仪式，演唱相应的史诗。可以说，《密洛陀》较为全面地呈现了布努瑶族的精神世界，他们将自己信仰和禁忌、历史和传说以及对于生活的美好愿望都深深地融在这部史诗里。

《密洛陀》的第一部分描述了创世始祖密洛陀和她的子女创造天地万物的丰功伟绩。风和气造化和孕育出密洛陀，密洛陀出生时没有天，没有地，世界不分黑夜白昼，也不分东南西北。于是，她用头把自己做出来的盖子往上顶，创造了天。她用脚向自己做出的底子踏，创造了地。天地不稳，她让风与气分别变成天梁和地柱，用它们把天地固定下来了。密洛陀又创造了日月，为大地带来了光明。同时，她创造了云来陪伴太阳，创造了繁星来陪伴月亮。然后她意识到，创造世界是一个繁重的工作，她不可能独自完成，因此她想孕育自己的孩子。风让她受孕，她生下了十二个女儿。女儿出生后，她想到繁衍人类需要有男性，便再次飞上天，在风的吹拂下受孕，生下了十二个男孩。她派遣大儿子阿亨阿独去造山，因此成了山神。二儿子造出江河湖泊，成了水神。三儿子洛班炯公修出了四通八达的道路，架起了一座座桥梁，成为了工匠始祖。四儿子雅友雅耶取到竹秧树种，把树种播撒到大地各方。五儿子阿坡阿难让天降大雨，使万物得到滋养，成为雨神。密洛陀的儿女们在母亲的指导下又依次造出了百鸟群兽和谷类食物，九儿子为万物安上了姓名，大地上生机盎然。此时，太阳和月亮没有遵守不能相见的规定，在一起繁衍出了十二个太阳和十二个月亮，大地被烤焦。密洛陀派遣两个儿子射杀太阳和月亮。经过一番斗智斗勇，兄弟二人终于射杀了十一个太阳和十一个月亮。之后他们打败了熊妖、猴怪、虎精，创造出一片平静安宁的大地。

密洛陀让儿子和女儿婚配，但是女儿们生出的不是人，而是泥块和石头。在选定一处水草丰美的地方后，密洛陀又开始了造人的计划，决定让女儿们用蜂蜡制造人类。她们用蜂蜡捏出了小人的形状，然后在大姐的肚子里建了一座房子，把小蜡人放了进去。经过十个月的孕育，小蜡人们有了生命，从大姐的肚子里出生了，从此人类出现。人类开始种植粮食，进山打猎，生存繁衍，生生不息。密洛陀让七女儿教会人类驯养动物，让九女儿尝百草，为人类制造出了药物，从此人类摆脱了疾病，过上了安稳的生活。

史诗的第二部分叙述布努瑶族迁徙的历史。密洛陀的子孙们不断繁衍，规模越来越大，密洛陀让他们各自成家立业，他们分别成为了住在平原田垌上的汉人、生活在丘陵盆地的壮族人、居住在盆地坡脚的苗族人等。大哥乡尚再尚生活在深山垌场，繁衍后代，成为布努瑶人。密洛陀去世后，人与人之间的关系逐渐复杂，民族与民族之间经常发生争端与冲突，甚至发生战争。布努瑶族遭到了欺压和屠杀，开始迁徙。他们翻过一百二十座高山，越过一百二十座大岭，途径板岭、吉隆、板买，来到下坳。他们在下坳种穇米和格阿，但是种下去的穇米和格阿都颗粒无收，他们只得再次往北迁徙。他们经过了黑岩、亮岩、板旺，到了隆品坳上。他们在隆品坳脚的巨石下休息，决定杀猪分姓："他们在那里把猪杀，他们在那里把猪宰。杀了大家吃，宰下大伙分。一人得一块，一个得一份。从此就安名，杀猪就安姓。"① 然后，他们各自去往不同的地方生活繁衍：

① 蓝怀昌、蓝书京、蒙通顺搜集翻译整理：《密洛陀》，中国民间文艺出版社 1988 年版，第 428 页。

“姓分好，肉分光。一姓一块，一家一份。各拿各的，各人各走。布芒去布芒的，布罗去布罗的，布班去布班的，布怀去布怀的。芒多怀和罗老宜，去到了板升。其他迁往各山区，兄弟从此散伙。有的往西走，有的又南行……无论散逃何方，不管是远是近，都要躲进石山，都要逃进深岸。好逃避官盗，好安家立业。”① 史诗的第三部分描述了布努谣族分支立姓后各个宗支的家谱谱系，记录了蒙家姓、罗姓、袁家姓、蓝多尚以及班、莽和韦姓等各个支系自分家之后繁衍的历史。

《密洛陀》成功地塑造了密洛陀的光辉形象。她出生不平凡，在风和气互相作用下诞生：“暖风又吹动来造化洛陀，热气又漂流来孕育洛西。不知多少个百年呵，不觉多少个千载呵，洛陀才从风里诞生，洛西才在气中出世。”② 一诞生，她便体大无穷，力大无边，具有了神的特征，有着普通人所不具有的特征。她是天地万物的创造者，开天辟地，创造世间的一切事物，创造了人类。她是一位神圣而伟大的母亲，生了十二位女神和二十位男神。这些女神和男神们都具有超越人类的本领和能力，各个神通广大。如阿亨阿独一次能挑十二座高峰，他的扁担的颤声传千里，他的汗水洒地流成溪，他的足迹踏处变凹窿。再如波防密龙脚踩地，地面陷下数万丈，他右脚的拇指能把平川划开，他的双脚一蹬地打抖，他的双手一掰岭打惊。密洛陀让这些女儿和儿子们利用各自的自然能力去创造世界，帮助他们克服和战胜在改造自然中遇到的困难。可以说，密洛陀是布努瑶族民族精神的象征，表达了布努瑶人征服自然和改造自然的美好愿望，体现了布努瑶人战胜困难、勇敢坚韧的战斗精神。

---

① 蓝怀昌、蓝书京、蒙通顺搜集翻译整理：《密洛陀》，中国民间文艺出版社 1988 年版，第 430—431 页。

② 蓝怀昌、蓝书京、蒙通顺搜集翻译整理：《密洛陀》，中国民间文艺出版社 1988 年版，第 10 页。

《密洛陀》对宇宙起源的认识充满了朴素的唯物主义思想。“是风造化了密洛陀，是气孕育出密洛西。又是什么造化的风，又是什么孕育的气？神仙师傅吹气变成大风，神仙师傅呼吸变成大气。什么变成神仙师傅？师傅不是自己形成的。大龙变成了神仙师傅，师傅是海龙来变成。大龙又是从哪来，海龙又是从哪生？铁石龙变成了大龙，海龙是铁石龙化成。又是什么变成的铁石龙，铁石龙怎样出生？透明的水滴造化铁石龙，它靠晶莹水珠来生存。”① 布努瑶族先民认为宇宙万物都是由风和气两种物质演化而来，这反映了布努瑶族先民朴素的宇宙观，是研究布努瑶族先民关于宇宙生成论的重要资料。

想象与现实结合是《密洛陀》的重要艺术特色。密洛陀与她的儿女们创造天地万物充满着浪漫主义色彩，体现了布努瑶人丰富的想象力。这些人物在具有半人半神的特征的同时，又具有凡人的情感，具有浓厚的现实生活气息，在描述他们创世的过程中巧妙地将想象与现实结合起来，产生了奇妙的艺术效果。也正是因为密洛陀的创世充满着浓郁的神话传奇色彩，《密洛陀》又被称为神话史诗。而史诗对布努瑶人迁徙和繁衍的描述则是布努瑶人的编年史，记录了布努瑶人反抗压迫、被迫逃亡迁徙、繁衍生息的历史，是我们了解布努瑶族源流的重要史料。

《密洛陀》以奇特的想象和夸张浪漫的手法描述了宇宙天地和万物的生成以及布努瑶族迁徙繁衍的历程，内容丰富，风格崇高，气势磅礴，全面地展现了布努瑶族的历史文化、哲学宗教、伦理道德、风俗习惯等诸多精神文化形态，是中华民族优秀传统文化中的璀璨明珠。

---

① 蓝怀昌、蓝书京、蒙通顺搜集翻译整理：《密洛陀》，中国民间文艺出版社 1988 年版，第 10—11 页。

十三、勒包斋娃

《勒包斋娃》是景颇族的长篇创世史诗，格式韵律相对固定，计有万余诗行。① 它源于远古时期，伴随着景颇族人的物质生产活动而产生，是景颇族人集体智慧的结晶，通过口头吟唱的方式传承，经常在景颇族盛大的传统节日——目瑙纵歌节上被吟唱。现如今，目瑙纵歌节已经成为了景颇族人重要的宗教祭典活动。在目瑙纵歌节上，《勒包斋娃》由景颇族人最尊敬的经师吟诵，景颇族人通过聆听《勒包斋娃》来了解景颇族创世时期的生活图景和民风民俗，使景颇族的民族精神得以弘扬与传承。

《勒包斋娃》是景颇族先民历史文化记录的活化石，记录了原始社会初期的社会生活，篇幅宏大，想象奇特，体现了景颇族人瑰丽的想象力。《勒包斋娃》由自然神话、英雄神话、洪水神话、社会生产生活的神话、宗教神话五个部分组成，歌颂了景颇族人勇于抗争、顽强拼搏的民族精神，表现了景颇族人追求幸福生活的强烈愿望。

《勒包斋娃》叙述了景颇族先民在原始社会初期对天地日月、山川河流形成的认识，呈现了景颇族先民对自然现象的解释。《勒包斋娃》把自然拟人化，创造出了各具特色的自然神形象。在远古时期，世间混沌一片，没有天地日月。云团神宁旺和雾露神宁斑为最早的创世男神和女神。宁旺与宁斑开始不断地繁衍后代，孕育了创造神潘宁桑和智慧神捷宁章。他们是智慧的化身，为万事万物命名，并且解释其意义和用途。宁旺与宁斑继续繁衍，孕育了白昼神瓦囊宁推与黑夜神宁星依锐。他们分别掌管白天与黑夜，界限清晰互不僭越。白昼神和黑夜神接连孕育出了纺织女神、旱地女神、医药神、繁衍女神，最后诞下了创世祖彭干吉嫩和造物母木占

① 《勒包斋娃——景颇族创世史诗》，萧家成译著，民族出版社 1992 年版。

威纯。创世祖彭干吉嫩和造物母木占威纯是创世造物的英雄，先后四次返老还童孕育诸天神、诸地神、知识技艺和财富诸神以及天地万物。创造神和智慧神开天辟地，把野天变成了蓝天，把野地变成了肥沃的土地，世间一派繁荣兴旺的景象。自云团神和雾露神的生命停止后，世间开始有了季节的变换，出现了雨季和旱季。自白昼神和黑夜神的生命终结后，世间开始有了昼夜的轮回。

除了创造神潘宁桑和智慧神捷宁章、创世祖彭干吉嫩和造物母木占威纯外，英雄神话还描述景颇族创世英雄宁贯杜治理天地的历史功绩。宁贯杜是创世祖和造物母的幼子，带着自己的勇士去治天理地。宁贯杜集智慧与勇敢于一身，为了世人的生存和发展不断地征服自然。他每到一处，就把这个地方的山与水相连，创设更适宜的生存环境。宁贯杜治理完天地后，冶天大锤变成了山岗，量天长杆变成了大江。最终他因治天理地立下了功劳，得到了百姓的拥护以及爱戴，被推举为公众的首领。在创世祖和造物母去世后，宁贯杜谨遵父母的遗嘱，循着野象的足迹，来到了野象安息的地方。终于，在野象止息处，宁贯杜挖出了数不尽的财宝，获得了无穷尽的宝物。宁贯杜娶了龙女丁滚囊勒布，生了人世之祖谆木注。谆木注娶了天女款东，生下人间财主苏娃木督。苏娃木督与妻子甘占孔吾生下了人类祖先德如精利・木干精梯，德如精利・木干精梯与妻子恩星施依生下了景颇族的祖先木托贡阳，木托贡阳与妻子丁萨勒冈生下了九个儿子，他们各自分化，繁衍子孙。

宁贯杜声名显赫，名震八方，得到了人民的爱戴与支持，百姓自愿向他进贡。“九兄弟”见到此情景后，心生嫉妒，蓄意谋害宁贯杜。宁贯杜迫不得已施放了洪水，人间一片汪洋，世间万物都被淹没。宁贯杜将自己的两个孩子置于短鼓中随波漂浮。他在短鼓中装满了粮食、肉食，兄妹俩才幸免于难。洪水退散后，兄妹俩破鼓而出，世间万物都消散不见，一派荒凉破败的景象。兄妹俩婚配，繁衍人类。景颇族先民决定请回公众首领宁贯杜来继续治理人间，处理政务。景颇族先民先后派出了鸡、猪、羊、狗、牛去天宫请他，最终千里马如愿请回了宁贯杜，宁贯杜杀死“九兄弟”，回到中央长房，坐镇王宫。景颇族先民又请回德如贡禅，请他帮忙治理地方。此后，景颇族先民生活安稳，平安幸福。

之后，景颇族先民开始展开盖房、取火、取水、种稻子等各种各样的生产生活活动，不断追求幸福生活。从前，景颇族先民居无定所，没有固定的房屋。他们从麻雀筑窝的经验中来获取盖房的知识，铁目梯夫妇最早建造了人间结实牢固的房屋。他们从大自然中习得了挖地基、刨横木、立柱子、盖茅草的知识和经验。景颇族先民看到竹笋叶首尾相接，从而获得启发来架设竹槽，见竹鼠用爪兜着水从而学会用手掌取水，见蒿子果的外形学会制作土锅。景颇族先民逐步习得取火、取水的知识，逐步积累了耕作、打制长刀、制作竹水筒、制作土锅、弹花絮棉、纺线织布等丰富的生产生活经验，过上了富庶的生活。最后，景颇族先民举行目瑙祭典，庆祝丰收，祈求来年五谷丰登、风调雨顺，人们过上幸福美好的生活。

《勒包斋娃》反映出景颇族先民对自然的敬畏之心。在原始社会初期，生产力低下，景颇族先民对自然心存敬畏。景颇族先民把稻谷视为神灵，数次尝试后，如愿以偿地请回了稻谷。从前，稻秆上的稻米被路过的行人随意摘取、损害。稻米因此厌倦了在人间的生活，逃到了太阳宫和月宫。在失去了稻谷后，百姓的生活不得安宁，饥荒战乱时有发生。他们决心重新请回稻谷，接连派出了芋老大宁克、老二宁糯依、老三宁洞沃翻山越岭、飞跃蓝天去太阳宫和月宫请稻谷，都失败了。芋老五和芋老六不负众望，在菜匠的协助下成功请回了稻谷。他们准备好了旱地，置办好了谷场，把地里的树枝树干点燃，把草烧成灰，整理地角地边。等到播种的季节到来时，他们取出谷种，一起撒播。白谷苗和红谷苗在肥料的滋养下茁壮成长。他们除去杂草，搭起守雀架，用心保护颗粒饱满的稻穗。此后，家家户户五谷丰登，富庶兴亡。人间的水因遭到了人类的糟蹋欺凌而逃到了天宫，人类为了找到洁净甘甜的水向蚂蚱和蟋蟀学习，请雄鹰到苍天取水，请竹鼠到林间取水，请鲤鱼、细鳞鱼到巨石下取水。人类在鸣蝉和螃蟹的帮助下寻得了甘甜洁净的水，他们对水心怀敬畏，没有立即取水，而是先用干肉和鱼团敬献水鬼，再喝下甘甜的水，他们的嗓音由此变得悦耳动听。

《勒包斋娃》体现出景颇族先民对自然的学习和利用。他们看到木盖果的样子，学会了制作螺旋，习得了制作轧花机的知识。从花椒叶穿过枯树枝中获得灵感，他们学会了如何制作纺锤。看见蜘蛛吐丝的情形，他们学会了用棉花纺线，学会织布。他们见到卦叶的形状，获得启发，学会了制作刀鞘。人类的生存离不开火。寻找火种是景颇族先民生存发展的必经之路，人类之子若贝兄弟俩划过巨浪，越过万山，从石房官那里习得了取火的知识和造火的技巧，把温暖带到了人间。

《勒包斋娃》表现出景颇族人顽强拼搏、刚强不屈的民族精神。创世英雄宁贯杜既是景颇族人的创世英雄，又是景颇族人的保护神。他带着手下的勇士治天理地，把山与水相连，使土地更加肥沃、水源更加充足。史诗还体现了景颇族人对于是非曲直、善恶美丑的认识，规范了景颇族人的信仰和道德。在史诗中，丁纳干和丁纳糯兄弟俩因互相觊觎对方的粮食和牛马而心生嫉妒，产生了歹意，兄弟二人最终受到惩罚。看到树老结果实，景颇族人学会尊敬老人。见到百鸟朝拜鸟王，景颇族人学会了尊奉首领。史诗描绘了景颇族人创世时期农业生产民俗、社会生活民俗、文化娱乐民俗等一系列内容，反映出景颇族先民积极面对生活、追求美好生活的良好精神风貌。景颇族先民尊重自然规律，严格按照节气时令进行农业生产。在每年一、二月的时候，景颇族人通过点燃田地间的树枝杂草来对田地施肥。等到布谷鸟啼叫的时候，景颇族人开始播种。从前，景颇族人不会织布纺线，后来他们从大自然中获得了知识与经验学会了织布，进而开始穿衣打扮。他们学会了吹打乐器，吹奏唢呐和敲锣成为了景颇族人生活中重要的文化娱乐活动。

《勒包斋娃》涉及自然的形成、创世英雄的功绩、洪水的泛滥以及社会生产生活等诸多内容，描绘了景颇族人的物质生活、精神生活，叙述了景颇族在形成发展过程中所创造的历史文化知识，表达了景颇族人创造幸福美好生活的希冀，规范约束了景颇族人的信仰与道德。景颇族人通过聆听《勒包斋娃》来了解景颇族的历史发展过程、社会生产过程以及文化传播过程，它所体现的勇于抗争、顽强拼搏的民族精神鼓舞了一代又一代景颇族人民。创造神和智慧神美化苍天和大地，彭干吉嫩和木占威纯在死后将自己的身体无私地奉献给了大地，为人类带来财富，创世英雄宁贯杜治天理地。这些无私奉献的故事激励了景颇族人民不断地创造幸福生活。《勒包斋娃》所蕴含的民族精神成为了团结景颇族人民的纽带，赋予了景颇族人民不断前进的精神力量。

十四、遮帕麻和遮米麻

《遮帕麻和遮米麻》描述了阿昌族先民的创世历程及其原始社会初期的农业生产、社会生活和精神生活，是伴随着阿昌族人远古时期的物质生产活动而产生的创世史诗。[①] 它由创世、人类诞生、补天治水、降妖除魔组成，体现了阿昌族人勇于抗争、顽强拼搏的民族精神，表现了阿昌族人追求幸福生活的强烈愿望。

在远古时期，整个世界混沌一片，没有风雨雷电、天地日月。遮帕麻带领着神将神兵运来了造天使用的金沙和银沙。遮帕麻用银沙创造出了月

① 赵安贤唱，兰克、杨智辉整理：《遮帕麻和遮米麻》，杨叶生译，云南人民出版社 1983 年版。

亮，用金沙创造出了太阳。遮帕麻无私奉献、甘于牺牲，用自己的血肉创造出了太阴山与太阳山。月亮和太阳被分别放置在太阴和太阳上。遮帕麻种了一棵梭罗树，太阴和太阳都要围着它旋转。太阴出来的时候就是夜晚，太阳出来的时候就是白天。从此，天地间有了昼夜的变换。遮帕麻确定了天的四极以及东南西北四个方向。在遮帕麻造天的时候，遮米麻就开始织地。遮米麻织出了东南西北四个方向的大地以及海洋。遮帕麻造天和遮米麻织地的功绩被世世代代流传下去，被阿昌族人所铭记。

遮帕麻在创造出天以后，被大地上的壮美的山川湖海所吸引。遮帕麻走遍了千山万水来寻找地母遮米麻。遮米麻在织出地以后，被天上的日月星辰所吸引。遮米麻上高山、下深菁去寻找遮帕麻。遮帕麻和遮米麻在大地的中央相遇了。遮帕麻和遮米麻通过占卜的方式来确定是否能结合在一起。西山的磨底和东山的磨盖如果能在山底交汇合拢就可以结合。南山的烟和北山的烟如果能在高空相交就可以结合。最终，遮帕麻和地母遮米麻成为了一家人。遮米麻结婚九年才怀胎、怀胎九年才临产，最终生下一颗葫芦籽。葫芦成熟后，里面有九个孩子。这九个孩子分别是汉族、傣族、白族、纳西族、哈尼族、彝族、景颇族、崩龙族、阿昌族的祖先。他们不断地繁衍后代，开始了幸福美好的生活。

灾难突然降临，暴雨下了四十九天还不停，洪水泛滥，大地瞬间变成了一片汪洋。遮米麻用三根地筋分别缝合了东、西、北的天地，只有南方的暴雨下个不停。遮帕麻克服路途中的重重阻碍去往南方补天，他把腰间的赶山鞭化作桥，跨到了河的对岸。遮帕麻没有地线缝补南天，只好筑造南天门来挡住风雨。

在鲜花开得最香的时候，在稻谷熟得最黄的时候，在牛羊长得最壮的时候，大地中央出现了乱世魔王腊訇。腊訇制造了一个不会升也不会降的太阳钉在天幕上。在不会降落的太阳的照耀下，水塘干涸，土地开裂，庄稼枯萎，世间万物仿佛被放置于一个大火炉中。腊訇颠倒了阴阳，霸占了天地，世间陷入一片混乱。水族生物被赶上山，山族生物被赶下海，阿昌族人正在经历着一场前所未有的灾难。水獭猫不畏艰险，跋山涉水到南方给遮帕麻报信。遮帕麻预知了天意，带着神兵神将回到了北方。遮帕麻与腊訇比智斗法来决定天地由谁来掌管。遮帕麻施咒让枯树长新芽，在斗法中取胜。遮帕麻与腊訇又通过斗梦来预测天意，遮帕麻做了带有吉兆的好梦，再一次赢了腊訇。最后，遮帕麻和遮米麻设下了除掉恶魔腊訇的计谋，让腊訇在误食了毒菌后离开了人世。遮帕麻拉弓射下了假太阳，重整天地，世间昼夜开始更替，万物有了生机，百姓生活安宁。

《遮帕麻和遮米麻》生动地展示了阿昌族对世界朴素的唯物主义认识观。遮帕麻和遮米麻造出天地、日月、繁星、河流等都是以物质为基础的。遮帕麻将银色的沙捏成团，造出了月亮。他将金色的沙捏成团，造出了太阳。他用右手扯下左乳房，将它变成太阴山。他用左手扯下右乳房，将它变成太阳山。他吐出的气变成了大风和白雾，他流出的汗化成了暴雨和山洪。遮米麻摘下喉头当梭子，拔下脸毛织大地，她的腮边流出的鲜血变成了汪洋大海。《遮帕麻和遮米麻》还形象地解释了大地为何凹凸、日月为何旋转、男子为何无乳房、女子为何无胡须和喉结、牛为何犁地、马为何驮货、老鼠为何打洞等。这也体现了阿昌族先民对世界的原初认识。

《遮帕麻和遮米麻》与阿昌族先民的原始宗教信仰关系十分密切，承载了阿昌族先民原始的、朴素的宗教观念。在原始社会初期，生产力低下，阿昌族祖先把世间万物拟人化，认为万物皆有灵气。太阴山上的月亮由阿昌族信仰的月亮神勾娄早芒掌管，太阳山上的太阳由阿昌族信仰的太阳神毛鹤早芒掌管。月亮神、太阳神、祖先神是阿昌族对万物皆有灵思想的体现。阿昌族祖先通过占卜的方式来预知人的命运的好坏或者事物的吉凶祸福。遮帕麻和遮米麻通过自然现象来预知天意。如果东山的磨盘和西山的磨盖能够结合、南山的烟和北山的烟能够交汇，遮帕麻和遮米麻便结合在一起。遮帕麻根据山老鼠的行踪来预测天意。如果山老鼠从新洞出去进入旧洞，遮帕麻就回北方除掉恶魔。如果山老鼠从旧洞出去进入新洞，遮帕麻便继续留在南方。

遮帕麻是开天辟地的创世神，也是创造人类的始祖神。他是集智慧与超强法术于一身的英雄，补天治水，杀妖抗旱和保护众生。遮帕麻用赶山鞭甩出火花，造出繁星。在补天治水的过程中，他用赶山鞭驱赶群山，将赶山鞭变成桥梁。遮帕麻能通过施念咒语来产生超自然的力量。在斗法过程中，腊訇念了一串咒语，掐动手指头，山坳里枝繁叶茂的花桃树顿时叶蔫花枯。遮帕麻念动咒语，将一口清水喷到花桃树上，花桃树重吐新芽，枝头再开白花。在重整天地的过程中，他用赶山鞭把倒插的树木扶正，把倒流的河水理顺，把颠倒的世界重新整理。为了纪念遮帕麻和遮米麻的创世功绩，阿昌族人举行全民参与的大型宗教祭祀仪式阿露窝罗节。他们在阿露窝罗节上纵情舞蹈，庆祝丰收，祈求来年风调雨顺、五谷丰登、六畜兴旺、生活平安。

《遮帕麻和遮米麻》是阿昌族原始宗教信仰的载体，体现了阿昌族先民的原始信仰，蕴含着神秘的原始宗教观念。它是阿昌族的巫师“活袍”通过口头吟唱的方式一代代传承下来的。“活袍”是阿昌族原始宗教信仰的传承者和传播者，备受族人尊敬。《遮帕麻和遮米麻》是他们的念词，经常由他们在祭祀祖先和举行葬礼时向族人念诵。他们常在阿昌族盛大的传统节日——阿露窝罗节上吟唱《遮帕麻和遮米麻》。阿露窝罗节是为了纪念创世神遮帕麻和遮米麻的创世功绩而举办的，如今已成为了阿昌族人最重要的宗教祭祀活动，是阿昌族大型的全民性的宗教祭祀仪式。人们在阿露窝罗节上纵情舞蹈，以此来庆祝丰收，祈求来年五谷丰登、风调雨顺。

《遮帕麻和遮米麻》是阿昌族道德与信仰的载体，具有道德教化的功能。它体现了阿昌族人对于是非曲直、善恶美丑的认识，规范阿昌族人的言行。《遮帕麻和遮米麻》既有对人性恶的描述，也有对人性善良的描述，为后世阿昌族人的行为提供借鉴。阿昌族人通过《遮帕麻和遮米麻》来分辨善恶美丑、学会明辨是非，以规范自身的行为。腊訇是恶的代表，是阿昌族原始信仰中最大的恶神。遮帕麻与遮米麻是阿昌族原始信仰中的最大善神。作恶多端的腊訇最终没有获得好的下场，遮帕麻和遮米麻无私奉献、甘于牺牲的精神被后人所传颂。当狩猎时，狩猎者便祭祀遮帕麻与遮米麻，祈求他们赐予猎物。当外出时，外出者便祈求遮帕麻与遮米麻保佑他们一路平安。当未能生育时，未能生育者便祈求遮帕麻与遮米麻赐予他们子女。当遇到事故或疾病时，阿昌族人会认为这是触犯了腊訇，便要杀羊宰猪，请“活袍”念经以禳解。

《遮帕麻和遮米麻》是阿昌族民族精神的载体，表现出阿昌族人顽强拼搏、刚强不屈的民族精神。遮帕麻和遮米麻是这一民族精神的集中体现，他们不惜用自己的血肉之躯来创造天地，其中遮帕麻还克服重重阻碍南迁补天、智斗魔王腊訇，让百姓过上了安宁的生活。他们的精神鼓舞了一代又一代阿昌族人民，成为了团结阿昌族人民的纽带，赋予了阿昌族人不断前进的精神力量。

《遮帕麻和遮米麻》描绘了阿昌族人在创世时期的生活图景，涉及天地的形成、洪水的泛滥、创世英雄的功绩以及社会生产等诸多内容，表达了阿昌族人创造幸福美好生活的希冀，规范约束了阿昌族人的道德与信仰，使阿昌族人的原始宗教观念得以保存与延续，使阿昌族在发展过程中所创造的历史文化知识得以传承。

十五、羌戈大战

《羌戈大战》是一部反映民族迁徙和部落战争的羌族史诗，流传于四川的茂县、汶川、理县、北川等羌族聚居区。它较为详细地讲述了羌族先民长途跋涉从西北地区迁徙至四川岷江上游地区扎根定居的过程，不仅描述了羌人与魔兵的抗争和因抢夺生存资源和生产物资与戈基人的冲突和战争，还反映了羌族的信仰和祭祀活动，讴歌了羌族祖先的睿智勇敢，赞颂了他们对神的虔诚和尊崇。

这部史诗主要保存于羌族释比经典里，在羌族的重大仪式场合，由羌族巫师端公进行演唱，以追忆祖先的艰辛历程和丰功伟绩，表达对祖先的崇敬和景仰。端公是羌族内部最权威的文化人和知识集成者，担负着记忆、传承祖先的事迹和民族的历史的重任，将《羌戈大战》一代又一代地口口相传。在《序歌》中，端公唱道："这支古歌歌声长，就像岷江江水淌；日夜奔流永不歇，诉说着祖先的英勇与坚强。这支古歌歌声长，兄弟们牢牢记心上；一代一代传下去，姐妹们切记不要忘。虽然句句是古话，前人的勇敢记歌上；古歌代代传下去，羌寨儿女好榜样。虽然句句是古话，前人的智慧记歌上；古歌代代传下去，千秋万世闪光芒。"[①] 羌族先民生活的艰难与苦楚，为繁衍生息而进行的迁徙行动在这部民族史诗中一一呈现。端公在重大场合将《羌戈大战》唱诵，向部落内所有羌人述说羌族先民惊心动魄的故事，让部落族人感受祖先为了部落的生存和发展遭受的种种苦难、经历的种种艰辛，了解祖先为了羌寨的安定与繁荣迸发出的闪光的智慧和惊人的力量，激发羌人对天神虔诚的信仰与崇拜，唤醒羌人对祖先真挚的感恩和崇敬，增强羌族民众的凝聚力和民族自豪感。

羌族女始祖木姐珠是天神木比塔的第三个女儿，她与凡人斗安珠相爱，斗安珠接受木比塔设置的难题，通过考验之后与木姐珠成亲。他们共同孕育了九个儿子，分别是阿巴白构、恶、烧当、至、格南、黑牛、白

① 罗世泽、时逢春搜集整理：《木姐珠与斗安珠　羌戈大战》，中国国际广播出版社 2016 年版，第 87 页。

羊、吉、上当，后来他们繁衍成为九个支系氏族。定居于西北戈壁草原上的羌人遭遇魔兵的攻击，他们集众西行，找寻幸福的新草原。在魔兵的烧杀抢掠中，九支兄弟被冲散了，各自逃生。其中大儿子阿巴白构率领部众往西奔向补尕山，途中遭到魔兵的袭击。这是一场神的后裔与魔兵的战争，给远古时代羌族先民的部落战争披上了神话色彩。在这场战争中，木姐珠出手帮助阿巴白构摆脱了魔兵的追击："白衣女神立云间，三块白石抛下山；三方魔兵面前倒，白石变成大雪山。三座大雪山，矗立云中间；挡着魔兵前进路，羌人脱险得安全。"①

接着，阿巴白构率领部落，赶着羊群，由西北高原南下，翻越重重高山，长途跋涉到达热兹大草原。热兹大草原有山、有水、有平原，是羌族先民理想的家园："热兹有九沟，林密草嫩泉水甜；热兹有九坝，土地肥沃牧草鲜；热兹有九岭，青红碧绿花果山。"② 于是，他们决定在这里定居下来。戈基人也居住在热兹大草原，他们个头不大，性情却很凶猛，经常侵扰羌人，进而发动对羌人的战争："日补坝上有妖魔，'戈基人'生性很凶悍；多次抢劫我牛羊，现在又来把寨占。戈人吃人又吃畜，戈人性野又凶残；戈人皮厚刀难戳，猛勇凶狠善作战。"③ 这是羌人和戈基人为了生存互相争夺牧场和资源的战争。由于戈基人身体强壮像野牛，能征惯战，羌人一时难以取胜，双方相持数年，没有分出胜负。

恰巧这时发生了另外一件事情，使天神阿巴木比塔插手羌人和戈基人的战争。有一天，木比塔的儿子几波尔勒把牛群赶到尼啰甲格山的草场上去放牧，黄昏日落时将牛群赶回牛圈的时候，发现两头神牛不见了。几波

---

① 罗世泽、时逢春搜集整理：《木姐珠与斗安珠　羌戈大战》，中国国际广播出版社 2016 年版，第 102 页。

② 罗世泽、时逢春搜集整理：《木姐珠与斗安珠　羌戈大战》，中国国际广播出版社 2016 年版，第 104 页。

③ 罗世泽、时逢春搜集整理：《木姐珠与斗安珠　羌戈大战》，中国国际广播出版社 2016 年版，第 109—110 页。

尔勒将此事禀告阿巴木比塔，阿巴木比塔指责几波尔勒太懒散，责令他将神牛找回来。经过一番找寻，几波尔勒得出凡人偷杀神牛的结论。阿巴木比塔让几波尔勒去仔细查证是羌人还是戈基人偷杀了神牛。几波尔勒分别询问了羌人和戈基人，他们都声称没有看见神牛。随后，几波尔勒查巡了羌人和戈基人的住处，在戈基人门前发现了牛骨头。他又把羌人、戈基人召集起来，一个一个地查看他们的口腔。他在羌人牙缝里掏出的是干菜，在戈基人牙缝里掏出了牛肉筋，由此认定了戈基人偷杀了神牛。几波尔勒问羌人是否敬上天、是否爱羌人、是否喜欢戈基人，羌人爽朗回答说："羌人自来敬上天，羌人自来爱羌人，只不爱那专横的戈基人!"几波尔勒问戈基人是否敬上天、是否爱戈基人、是否喜欢羌人，戈基人木然地回答说："戈人不知敬上天，戈人只知爱戈人，不爱那放牧羊群的羌人。"①几波尔勒听了这话，心里很不高兴，决心站在羌人一方，要帮助羌人战胜戈基人。

几波尔勒精心策划了三次战争，帮助羌人打败戈基人。第一次战争，几波尔勒发给羌人白云石，发给戈基人白雪团。戈基人的首领格波用白雪团打阿巴白构，打得雪花到处乱溅，阿巴白构用白云石击中格波，将格波打得头破血流。羌戈大战的第一战，羌人得胜，消灭了无数的戈基人。第二次战争，几波尔勒将藤条发给羌人作武器，将麻秆发给戈基人作武器。戈基人用麻秆打羌人，麻秆打得折断了，碎开花。羌人用藤条打戈基人，打得戈基人血流满面，又被打死了许多。羌戈大战的第二战，羌人凯旋，杀死了不少戈基人。第三次战争，几波尔勒定下了规则，谁先到达牙衣山的岩脚下，天下的牛羊便归他管。羌人事先藏在岩脚下，几波尔勒然后故意问岩下的羌人："岩下生活欢不欢?"他们回答说："岩下生活好，岩

① 罗世泽、时逢春搜集整理:《木姐珠与斗安珠　羌戈大战》，中国国际广播出版社 2016 年版，第 118 页。

下花好看；岩下甜果多，岩下快活似神仙。”[①] 戈基人懵懵懂懂往下跳，结果大部分戈基人被摔死在岩下边。经此一役，戈基人无力再战，四处流散，逐渐衰落，而羌人过上了幸福安宁的生活：“从此牛羊不丢失，万千羌人心喜欢；从此四山不报警，羌人老少享平安。”[②]

在打败戈基人后，阿巴白构又率领羌族民众来到戈基人生活的格溜重建家园。格溜是个柴多水足、作物多的地方：“格溜地方好，绿水绕青山；四山水草茂，气候更温暖。”[③] 他们在格溜建村筑寨扎营盘，在寨内修起了碉房和高的白碉楼，将白石神供在房顶上。阿巴白构有九个儿子，分别为合巴基、洗查基、楚门基、楚主基、木勒基、格日基、固依基、娃则基、尔国基，他们各自进驻格溜、热兹、夸渣、波洗、兹巴、喀苏、尾尼、罗和、巨达。阿巴白构管辖下的羌地，六畜兴旺，人民安居乐业。大树自有根，大河自有源。羌族民众杀猪宰羊祭祀天神，感谢他们帮助羌族人民过上安定的幸福生活，而后农历十月初一羌人祭神的习俗延续至今。

《羌戈大战》中阿巴白构的人物形象比较鲜明突出。阿巴白构是一位半人半神的英雄，他的箭术了得，与敌人交战时他站山顶，振臂开弓射神箭，挡住魔兵前进的道路。他智慧非凡，掌握着记录神事、人事等种种天机的经书。但是经书不慎被白山羊吃掉，阿巴白构无法与祖师锡拉沟通，对神事、兵事和人事也记不清楚了，因而他时常告诫他自己要谨慎，遇事要冷静留神。他神勇非凡，率领羌兵与魔兵厮杀三天三夜，最后杀出一条血路，甩掉魔兵。接下来，他带领羌人与戈基人展开血战，最终在天神几波尔勒的帮助下击败戈基人。作为羌族部落的首领，阿巴白构率着部众长

---

① 罗世泽、时逢春搜集整理：《木姐珠与斗安珠 羌戈大战》，中国国际广播出版社 2016 年版，第 126 页。

② 罗世泽、时逢春搜集整理：《木姐珠与斗安珠 羌戈大战》，中国国际广播出版社 2016 年版，第 128 页。

③ 罗世泽、时逢春搜集整理：《木姐珠与斗安珠 羌戈大战》，中国国际广播出版社 2016 年版，第 131 页。

途迁徙，过了一山又一岭，来到岷江上游，修羌寨，盖碉楼，建羌城，使羌人生活蒸蒸日上，牲畜满家园。显然，阿巴白构是一位有权威、有担当、有智慧、为人谨慎的部落领导者，也是一名英勇的军事将领和民族英雄。

《羌戈大战》反映了羌族人民的历史、生活、习俗和思想感情，表现了羌族人民的审美观和艺术情趣，具有鲜明的羌族民族风格和艺术特色。它追忆了羌族的形成和发展历程，赞颂了天神的英明智慧，歌颂了祖先捍卫民族生存发展的英雄事迹和守护民族繁衍生息的丰功伟绩，记录了羌族发展的重大事件和祭祀礼仪，是羌族珍贵的历史文化资料，也是中国少数民族民间文学中不可多得的文学瑰宝。

十六、司岗里

《司岗里》是一部在佤族地区广泛流传的创世史诗，涉及的内容非常广泛，不仅生动地描述了开天辟地、日月形成、人类起源以及万事万物的起源，而且记载了佤族先民的发展历史、宗教信仰、节令风俗、伦理道德等，是佤族先民生产生活的“百科全书”，也是佤族人民的“根”。

不同地区的佤族人对“司岗里”的解释各不相同。西盟佤族对“司岗里”的解释是“司岗”为“石洞”，“里”为“出来”，“司岗里”意为“人从石洞里出来”。这种解释已得到许多佤族研究专家认可，是所有解释中最为权威的。沧源佤族认为“司岗”是“葫芦”，“司岗里”意为“人从葫芦里出来”。一些佤族人认为“司岗”意为“团结”，“司岗里”即佤族先人为后代留下的“警世通言”。还有一些佤族人认为“司岗里”是佤族男女先祖岗和里的名字。

远古时期，天地混沌一片，连姆娅和司么迫将天地分开，人类进入了

“水时代”。俚将天磨光，磨出了灿烂的宇宙星辰，伦堆地，列舔出平原，勒捏出高山，人类进入到“水土时代”。世间有了阳光、雨露和水土，喷和能分别创造了动物和植物，努和吹管理雨、雾、风、水。万物具备，人类先祖妈侬和安木拐从勒尔（勒尔的字面意思为“我的泥巴”，指现在勐梭龙潭所在地）诞生，人间一片生机勃勃。妈侬在自己建造的房子里生下了安木拐，安木拐生下岗和里，岗和里结婚生下佤和万，人类由此一代一代地传下去。

成年后的安木拐在帕和匹的帮助下成为拐儒，拜达能为师学做人，向白鹇学习甩发舞。在她的带领下，佤族走出司岗里，结束了住石洞的日子，开始建寨定居搞生产。达佤在勒尔为各民族分水，并给八个子女分工，让他们各显神通。达蕊是各民族中最会撒种的人，在他的教授下，佤族先民的生活蒸蒸日上。叶勇是一个纺织高手，她向佤族先民传授纺织术。她与达络结婚生下三个儿子，其中老三木络成功地盖出楼房。老三木络与叶日用生活在一起，把盖房子的技艺传给了佤族人。牙东派火亮虫和毛毛虫去天上取火，但都失败了，最后牙东和达蔫学会干竹和干树取火。他们学会制作木鼓，用木鼓传递信息，号令人们出猎和集会。

人类经历了两次洪水灾难。众神对吹放跑了金马鹿持有意见，达能生气地踢了吹，大水立刻从吹的肚子里喷出。妈侬孤独无助地漂在洪水中，达能将葫芦赠予妈侬，妈侬得以生存。随后，洪水再发。克兰克来和磨外扑烈在人间作怪，山洞和山崖四处倒塌，暴雨持续不停地下，洪水开始上涨。人类被洪水吹向了四面八方，老三木漂到了老挝地方，赛汉木漂到了泰国地方，奥胆木漂回到司岗里，叶梭和连木蕊漂到了秾梭。当得知人间被洪水淹没时，安木拐返回地面，率领众人逃难到公莫伟努暂时避难。历经了洪水的浩劫，安木拐率领众人开展劫后的生产和生活。

人类最初在石洞定居，但石洞又黑又不方便，而且磨外扑烈又在作乱，他们只能走出司岗里。佤族带头走出司岗里，彝族、傣族、汉族紧跟其后。随着人口一天一天的增加，佤族先民开始寻求发展。牙里和牙万去了上方，达佤和牙东去了下方。达佤领着大家跨过萨尔温江直达伊洛瓦底江，在伊洛瓦底江岸建了永佤。第二次洪水后，安木拐率领人们从公莫伟努一直南下，经过喷头山、茅草之乡、骆驼山、德果、图埂堵、永芮、石岗桑等地，最后回到了勒尔。

另外，《司岗里》还描写了严禁兄妹结婚、永龙陷落出龙潭、供木鼓、灭旧火仪式、捏围集会祭妈依、学农时又定节日、安木拐再次成仙升天以及各种信仰等。

在人类的早期，先民们对变幻莫测的大自然充满了疑问，他们不知天地如何产生，不知日月为何要昼夜交换，不知万物从何而来，更不知人死后会到哪里去，他们在探索天地万物的起源时都有本民族的根源意识或寻根思维。佤族先民用《司岗里》探索和解释天地万物、人类乃至各种现象从无到有的起源或发生，把某种和某几种可以直接感知到的具体事物作为发生认识的起点，进而推论出世界万物的根源。他们一方面感知到了人类对自然界的依赖性，这使他们不断思索如何使用自然力。另一方面，他们感知到风、雨、雷、电、洪水、猛兽等自然力对人类的威胁巨大，这迫使他们不得不思索如何应对自然力的威胁。他们开展各种祭祀活动，祭祀神灵，通过供奉木鼓来向众神传达他们的愿望，祈求神灵保佑他们，使他们摆脱自然力的威胁。供木鼓、灭旧火仪式、祭奠妈依、莫伟和日耶信仰以及司岗里信仰等都是佤族先民生产生活的重要组成部分。

《司岗里》大量运用了象征、比喻等修辞方法，如妈依用“落毛的斑鸠”“开透的山花”“断掉的绳子”来比喻自己即将“完结的人生”。它还吸收了佤族的神话、传说、民间故事、民间歌谣等，其中的山歌、跳舞歌、爱情歌、送客歌、教育歌、儿歌等丰富多彩，曲调可长可短，自由灵活，依情而止。《教育歌》以歌的形式告诫佤族人民要团结勇敢，时刻谨记他们是从司岗里走出的人，提醒佤族人不要忘记祖先走过的路，要祭祀祖先，不能忘记民族的“根”。

总之，《司岗里》是佤族先民集体智慧的结晶，与佤族人的生产生活密切关联，规范着佤族人民的生活，体现了佤族人的民族心理和民族精神，对认识和理解佤族的发展历程、迁徙、社会组织、生产生活方式、宗教信仰、风俗习惯以及民族性格等具有重要的学术价值和现实意义。

余　论

追本溯源，国际史诗研究已有两千多年的历史，从古希腊罗马时期的古典史诗学，中间经过了漫长的中世纪和文艺复兴的蛰伏期，到18—19世纪之交浪漫民族主义口头史诗的重新发现，再至20世纪口头诗学理论，国际史诗研究呈现一种“多元化”的图景。需要指出的是，20世纪后期，国际史诗研究开始由书面研究范式走向口头研究范式，劳里·杭柯（Lauri Honko）、弗里（John Mile Foley）、格雷戈里·纳吉（Gregory Nagy）、卡尔·赖希尔（Karl Reichl）、朝戈金等学人继帕里和洛德之后扛起了口头传统视域下史诗研究的大旗，引领着国际史诗学术研究的走向。①

面对中国史诗学的百年沧桑，俯瞰一个世纪以来中国史诗研究的迭宕

① 对米尔曼·帕里、阿尔伯特·洛德、劳里·航柯、弗里、格雷戈里·纳吉等学者的史诗研究及其学术成就的详细介绍和评述可参见朝戈金的《口传史诗诗学：冉皮勒〈江格尔〉程式句法研究》（广西人民出版社2000年版）、《从荷马到冉皮勒：反思国际史诗学术的范式转换》（收入《多元文化格局中的民族文学研究》，中国社会科学出版社2010年版）、《国际史诗学术史谫论》（《世界文学》2008年第5期）、《从“荷马问题”到“荷马诸问题”》（《中华读书报》2009年3月11日）、《约翰·弗里与晚近国际口头传统研究的走势》（《西北民族研究》2013年第3期）等以及《故事的歌手》（阿尔伯特·洛德著，尹虎彬译，中华书局2004年版）、《口头诗学：帕里—洛德理论》（约翰·弗里著，朝戈金译，社会科学文献出版社2000年版）、《荷马诸问题》（格雷戈里·纳吉著，巴莫曲布嫫译，广西师范大学出版社2008年版）等。

流转，从 19 世纪后期在华传教士把西方史诗引入中国，到 20 世纪 20—30 年代对域外史诗的介绍，再到 20 世纪中国史诗的发现和学科的建立，后至 21 世纪初期史诗研究的发展以及观念和范式的转换，中国史诗研究者的文化自觉将越来越强，立足本传统的史诗研究逐渐兴起。

鸦片战争把中国的大门轰开了，中国闭关自守、与世界文明隔绝的状态被打破了，中国文化开始从传统向现代转型。在“西学东渐”的背景下，艾约瑟、林乐知、丁韪良、高葆真、谢卫楼、蔡尔康和李思伦等在华传教士将荷马史诗引介入中国。梁启超曾在《亡友夏穗卿先生》一文中说：“简单说，我们当时认为，中国自汉以后的学问全要不得的，外来的学问都是好的。既然汉以后要不得，所以专读各经的正文和周秦诸子。既然外国学问都好，却是不懂外国语，不能读外国书，只好拿几部教会的译书当宝贝，再加上些我们主观的理想——似宗教非宗教似哲学非哲学似科学非科学似文学非文学的奇怪而幼稚的理想。我们所标榜的‘新学’，就是这三种原素混合构成。”① 可见，19 世纪后期的中国学者对荷马史诗的最初认识主要得自在华传教士，这是一个无可争议的事实。

国内较早介绍荷马史诗的学人是郭嵩焘，他曾在《郭嵩焘日记》介绍了荷马史诗。如果说 19 世纪后期中国学者接受西方史诗是“只好拿教会的几部译书当宝贝”的情况，那么 20 世纪初鲁迅的《摩罗诗力说》、周作人的《红星佚史》和《欧洲文学史》的问世则标志着介绍西方史诗的主体由在华传教士转换成中国学者，传播的内容和方式由原来在华传教士按照他们的设想输入转换成由中国学者按照自己的需要有选择性的介绍和论述。特别是到了 20 世纪 20—30 年代，中国爆发了一场崇尚科学、反对封建迷信、猛烈抨击几千年封建思想的新文化运动。它不仅在语言上以白话代替了文言，以小说、戏剧、诗歌和散文等并存的局面打破了传统文学中

① 梁启超：《梁启超全集》，北京出版社 1999 年版，第 5207—5208 页。

以诗文为正宗的一贯格局，而且主张向西方学习以建设新文学，实现了文学观念上的一次彻底解放。郑振铎担起了介绍荷马史诗和印度两大史诗的责任，开始在1922年《小说月报》上连续发表这方面的文章，由此域外方史诗的介绍引来了一个高潮。这一时期中国学者对荷马史诗的介绍主要有三种形式：一是以史和评的形式介绍荷马及其史诗，如郑振铎、茅盾等对荷马史诗的评介和王希和的百科小丛书《荷马》等；二是根据英文材料译述荷马史诗的故事，如高歌的《伊利亚特》和谢六逸的《伊利亚特的故事》等；三是译介希腊文的荷马史诗，如徐迟的《依利阿德选译》。在滕若渠、许地山、郑振铎、梁之盘和王焕章等人的努力下，印度两大史诗也得到了不同程度的介绍，与荷马史诗相比，只是当时的中国学界还没有梵文本的节译本。

在介绍的基础上，中国学者开始研究荷马史诗，基本上都在以下四个范围内展开：一是确立荷马和荷马史诗在世界文学中地位；二是介绍荷马史诗的内容和情节；三是讲述荷马的生平；四是评述“荷马问题”。郑振铎和茅盾是其间的代表性人物，他们对荷马史诗的研究多是以介绍为主，评述较少，而且多以简要的片语表达自己支持的观点，而其理由也并非完全是自己的创见。当然，任何一种文学作品刚刚出现在学术界的视野时，人们首先要做的是介绍，关注的是作家和作品的内容，中国学者对荷马史诗的研究也不例外。他们不可能去深究西方史诗学术中的那些术语的内涵以及学术理路，而是在大多时候使用长期以来接受的中国学术传统来介绍和评价荷马史诗。

中国汉语学术界对史诗的研究的确始于20世纪20—30年代，虽说这些研究有开拓之功，但基本上停留在对西方史诗发表的一些观点和见解。原因在于，一是这一时期的中国学界没有荷马史诗和印度两大史诗的汉语全译本。也就是说，中国学者的研究没有可依凭的精确的文本，这就决定了这一时期中国学者对史诗的认识可能不时地以只言片语表达出一些深刻的见解，但对西方史诗研究很难深入下去，更难有全面而系统的研究。二是这一时期的中国学者介绍了西方史诗和印度两大史诗，没有太留意从宗旨、问题到方法上关注西方史诗学术。但是，中国文学的“史诗问题”相对显得热烈多了。或许因为这一时期的中国学者大多数具有深厚的国学功底，讨论这个问题能够得心应手，都能说出一个子丑寅卯来，都能给出一个较为合理的说法，所以大家都愿意谈论这个问题。① 进而言之，他们从各自的文化立场出发介绍和阐述史诗，或用西方史诗作为一种参照系重新估价中国传统文化，或是借史诗讨论中国文学和西方文学演进过程的异同，或者从启蒙工具论角度阐述史诗，或从纯粹的文学理论体系认识史诗。对于引入中国的史诗观念，中国学者显示出不同的反应和不同的思考层面，而归根到底是“如何接受西方史诗”“如何对待中国传统文学”和“如何建构中国文学史”的问题。换句话说，中国学者已经开始重视域外史诗，开始把域外史诗放在整个中国文化的背景下考量中国当时的学术问题，又把中国传统文学放在域外史诗的框架下估价其价值。

20 世纪 50 年代，围绕知识分子思想改造展开了一系列政治活动，从而不可避免地把学术问题与政治问题混淆，助长了用政治批判对待学术问题的风气。其结果是学术活动被纳入了“文艺为政治服务”的总框架内，“唯物”或“唯心”，“进步”或“反动”成为衡量一切学术活动的标准，有的只是把“学术”作为“政治的工具”而已。而且整个中国学术界都在学习马克思主义的辩证唯物主义和历史唯物主义，把苏联的文艺理论尊为圭臬。以往中国学者对西方史诗和印度史诗的介绍和讨论也就此裹足不

① 20 世纪 20—30 年代还有一段学术公案是关于印度史诗《罗摩衍那》中的哈奴曼与《西游记》中孙悟空的关系问题的讨论。鲁迅主张本土说，认为孙悟空的形象来自无支祁，而胡适主张“外借说”，认为孙悟空的形象源自《罗摩衍那》中的哈奴曼。这一论争一直持续到 20 世纪 80—90 年代。

前，很少中国学者沿着20世纪50年代以前的那种学术理路和研究方法谈论西方史诗和印度史诗了。

虽然如此，但是中国史诗学术在这一段时期迎来了另一个发展契机。20世纪50年代，党和国家非常重视民间文学的搜集和研究，并于1950年3月29日在北京成立了中国民间文艺研究会。20世纪50—60年代，正是在中国民间文艺研究会的领导和推动下，民间文学的搜集和整理工作也在各个地方有组织地按照科学的原则展开了，中国少数民族史诗也由此被陆续发现了，而且对它的搜集、记录、整理、翻译和出版取得了显著的成就。当然，这些活动当时主要是基于“为无产阶级政治服务”的社会功用，但是客观上解决了中国史诗学术史上的一些重大问题，为中国史诗研究的发展做出了一定的贡献。首先拨正了黑格尔关于中国没有史诗的论断，一定程度上缓解了中国学者对中国文学没有史诗这个问题造成的焦虑，把中国文学的“史诗问题”精确定格为汉文学的“史诗问题”。其次，这些活动不仅给以后的中国史诗理论建设和研究提供了一定的资料，也给往后的史诗田野实践提供了参考和借鉴。再次，中国少数民族史诗的发掘和整理打破了20世纪50年代前谈史诗时，言必称荷马史诗和印度史诗的尴尬局面，20世纪50年代前那种以西方史诗比附中国文学的学术行为也不多见了。但站在整个中国史诗学术史上来看，20世纪50—60年代的史诗研究主要属于资料学建设时期，大多属于中国少数民族史诗搜集整理以及与之相关的工作性问题，而且具有鲜明的政治倾向，学术性的论文还是很少，多是搜集工作者的一些序言或工作感想。

“文化大革命”结束后，党和国家高举“解放思想，实事求是”的旗帜，以“文艺为人民服务，为社会主义服务”取代了20世纪50—60年代的“文艺从属于政治，文艺为政治服务”的提法。在这种思想解放的潮流的推动下，中国少数民族史诗的搜集、记录、整理和出版很快就回到了“文化大革命”以前的规模，而且广度和深度远胜于以前。国外史诗的译介进入一个高潮期。在20世纪80年代以前，中国学者译介史诗的对象基本都是荷马史诗，而且版本不多，只有徐迟、傅东华、高歌等翻译的版本。20世纪80年代以后，单荷马史诗就有罗念生、杨宪益、王焕生和陈中梅等翻译的版本，而且世界其他著名的史诗，如《摩诃婆罗多》《罗摩衍那》《贝奥武甫》《尼伯龙根之歌》《罗兰之歌》《熙德之歌》《卡勒瓦拉》等皆有汉译本，有的史诗汉译本还有好几个不同的版本。

20世纪50—60年代，中国史诗的研究主要是借鉴和学习苏联的理论和方法。20世纪80—90年代中期，在马克思主义文艺观指导下，中国史诗的搜集、整理和出版以及世界史诗的译介给史诗的理论建设和研究带来了蓬勃的生机和难得的机遇，中国学者开始对中国史诗进行较为系统的研究。对中国史诗，乃至域外史诗的主题思想、人物塑造、情节结构和语言艺术的研究蔚然成风。在方法上，历史研究、比较研究、文学研究等是史诗研究的重要方法，多种方法综合使用和多学科参与的研究格局也开始初露端倪。另外，中国学者也开始研究史诗的结构和形式，自觉吸收“史诗母题类型研究”和“原型批评”等国际史诗研究理论和方法探析中国史诗的主题、类型、母题的结构特征及其文化历史意蕴。还应该提到的是中国学者从学理上拓宽了西方史诗的概念，提出了“创世史诗”和“迁徙史诗”两种史诗类型，丰富了世界史诗的宝库。在学术成就上，一大批具有很高学术价值的专著出现了，它们集中体现了20世纪80—90年代史诗研究的整体水平。①“中国史诗研究丛书”主要论述中国少数民族三大史诗和南方史诗，由内蒙古大学出版社出版，包括仁钦道尔吉的《〈江格尔〉论》（1999年版）和《蒙古英雄史诗源流》（2001年版）、郎樱的《〈玛纳斯〉论》

① 仁钦道尔吉、郎樱：《蒙古英雄史诗源流·〈中国史诗研究〉前言》，内蒙古大学出版社2001年版，第4—5页。

（1999 年版）、刘亚虎的《南方史诗论》（1999 年版）等，它们对中国史诗的总体面貌、重点史诗文本、重要演唱艺人以及其他问题做出较为全面和系统的论述，为中国史诗学理论体系的创建奠定基础，同时为国际史诗的理论研究提供大量活形态的史诗资料。

自 20 世纪 90 年代中期起，中国史诗研究开始走上一条由书面范式转向口头范式的学术道路。直到今天，这条学术道路还不能说已经完成，对口头诗学的吸纳、转化和本土化等都还在摸索着前进。但是，回顾十来年口头诗学在国内的发展进程，不得不承认今日中国学者的史诗观念和研究范式与 20 世纪 90 年代中期相比较，确实有着很大的不同。

任何一门学术都不是静态的，而是呈现出一种动态的发展态势，中国史诗研究亦是如此。但是，20 世纪 90 年代中期以后呈现的口头范式是中国史诗研究范式在一种本质意义上的变化，从学术旨趣、问题意识到研究方法，中国史诗研究都面目一新。这种新的学术范式归根结底在于史诗观念发生了根本性的变化。20 世纪 50 年代后，中国史诗随着民间文学的搜集、记录、整理、翻译和出版等工作全面大规模的展开而被陆续发现，它理所当然地被界定为民间文学的一种体裁样式。20 世纪 80 年代后，中国学界把民间文学纳入民俗学范畴，中国学者开始使用民俗学的学术视野对中国少数民族史诗展开研究。但是，不管是民间文学，还是民俗学，20 世纪 90 年代中期以前的中国少数民族史诗研究都是被作为一种书面文学作品进行研究，这与这一时期的民俗学和民间文学的学术研究范式有着密切关联。

自胡愈之在《论民间文学》一文中提出民间文学是“口述的文学”开始，或许还更早，民间文学是口头文学已经成为不刊之论，口头性成为了民间文学区别于书面文学的质的规定性。可是，20 世纪 90 年代中期以前，民间文学几乎没有被作为一种口头文学来研究。其间，虽有运用田野研究的范式努力拓宽民间文学研究视野，效果却不是很好，仍然没有摆脱书面研究的范式，学者们只不过是借用田野的手段搜集相关的民间文学资料，最终的目的还是将这些活生生的口头资料整理成书面文学，使用书面文学理论对它们进行解读。当然，这一时期的一些学者有意识地根据歌手的即兴创作概括出民间文学的口承性，马学良是这一方面较早的醒觉者。他对《苗族史诗》的歌手如何即兴演述史诗和史诗的口头传承规律做出了较为质朴的概括。① 遗憾的是，当时民俗学和民间文学的主流研究范式是书面范式，马学良和其他一些学者对民间文学口承性的片断式理论概括没有得到应有的重视。

20 世纪 90 年代中期以前民俗学和民间文学的研究范式决定了同一时期的中国史诗研究必然是走书面范式的学术道路。许多中国史诗研究者的研究方法大都是首先以各种手段，包括田野调查在内搜集尽可能多的史诗书面文本，或把田野调查得来的声音资料誊写翻译成纸质文本。然后，或从历史的角度探讨史诗的产生年代、形成和发展规律，或从文艺学的角度探讨史诗的主题思想、情节结构、艺术特点、语言特色，或从社会制度文化角度分析史诗所体现的社会组织结构、婚姻家庭、民族关系、经济思想、战争与军事思想、民俗文化等，或从结构层面对史诗进行母题、类型和叙事特点的研究。当然，这些研究直接奠定了中国少数民族史诗的研究格局，助推了中国史诗学学科的确立和发展。但是，这些研究都是以书面文学理论为参照框架展开的，很大程度上没有阐释出中国少数民族史诗具有的独特的美学价值，把那些无法用书面文学理论衡量而又恰恰是史诗之所以成为史诗的特性给剔除出去了，口头创作、演述、流布等一系列与口承性相关的要素被忽视了。正是这种书面范式使得中国少数民族史诗，乃至民间文学长期被置于作家文学之下，被视为一种口头创作的、即兴的、

---

① 钟敬文：《口传史诗诗学：冉皮勒〈江格尔〉程式句法研究·序》，广西人民出版社 2000 年版，第 15 页。

随意的语言艺术。甚至史诗歌手在即兴创编中使用的“程式”也被贴上陈词滥调的标签，一些学者甚至把它视为陈腐、重复的代名词，在整理、翻译和出版过程中尽可能地剔除它。事实上，这些书面文学视为笨拙的重复正是口头文学独有的特征，使用作家文学的理论体系和审美标准剖析和评价这一特征必然会抹杀了程式在口传史诗的创编、演述、流布中的功能和它的美学特征。

20 世纪 90 年代中期以后，中国学者开始对民俗学和民间文学以往的学术范式和具体结论展开理论反思，田野和文本的关系一度成为民俗学和民间文学两个领域讨论的热门话题。这些讨论和反思使得书面范式和田野范式这两种学术取向的优势和不足愈发彰显，由此引发“民俗学向何处去”“民间文学向何处去”的追问日益得到了关注学科建设的民俗学学者和民间文学学者的重视。困境往往酝酿着变革的历史契机。一些在民俗学和民间文学方面有着深厚学术积累的学者开始有意识地把民间文学当作口头文学进行研究，希冀在原有书面范式和田野范式的常态研究上寻求突破，建立口头范式以消解民俗学和民间文学的学科危机，试图在新的学科格局下探索新的自我定位。要强调口头范式在民俗学和民间文学两个领域的真正确立与发挥示范作用，20 世纪 90 年代中期以来的中国少数民族史诗研究范式和史诗观念的转换是其中最值得书写的一环，因为由书面范式转向口头范式很大程度上导源于中国史诗学界新学术范式转型的成功。

学术范式的转换是一个非常复杂的话题，要对它前因后果进行详细的描绘是一件很不容易的事情，原因在于它呈现出一种多面相的图景。不过，自“西学东渐”以来，中国许多学术范式的转换都与“输入外来之学说”密切相关，口头范式也是如此。陈寅恪曾说过：“其真能于思想上自成系统，有所创获者，必须一方面吸收输入外来之学说，一方面不忘本来民族之地位。此二种相反而适相成之态度，乃道教之真精神，新儒家之旧途径，而二千年吾民族与他民族思想接触史之所昭示者也。”①“口头程式理论”“民族志诗学”“演述理论”等一些与口头诗学相关的国外理论的引入对书面范式转向口头范式的价值和意义自不待言，更重要的是新范式下的诸多先行者能够立足“不忘本来民族之地位”，能够对口头诗学理论进行吸纳、转化和本土化，创造性地解决本民族的问题，乃至“中国问题”。

朝戈金、尹虎彬、巴莫曲布嫫、陈岗龙、塔亚等一大批中国少数民族史诗研究者是较早介绍和运用口头诗学的中国学者，其中朝戈金、尹虎彬、巴莫曲布嫫都曾亲往口头诗学重镇哈佛大学求学，他们都试图为中国少数民族史诗，乃至民间文学和民俗学研究开创一条新路，不约而同地提出了史诗研究关注的中心要由书面转向口头。20 世纪 90 年代中期至 21 世纪初期中国史诗观念和研究范式由书面向口头的成功转换，虽然主要是长期学术演进的必然，但也是朝戈金、尹虎彬、巴莫曲布嫫及其他学者于书面范式中努力创新的结果。毋庸置疑，他们的理论视角、个案研究的技术路线以及田野工作模型已经赢得了国际国内同行的普遍赞誉，推进了中国史诗学、民间文学、民俗学等学科反思和研究的深入，给与之相关学科的研究与田野工作提供了一定的学理性参考和借鉴。它的研究模型给中国口传史诗研究提供了一个无可辩驳的学术研究范例，一定程度上引发了国内学者对史诗田野研究和史诗文本化的进一步讨论。

随着朝戈金、尹虎彬、巴莫曲布嫫对口头诗学相关理论的介绍、翻译和应用，以口头诗学为参照框架，以民俗学个案研究为技术路线，立足本土传统的中国史诗学术的内在理路逐渐清晰，而且形成了一个巨大的学术关注中心，吸引了许多中国学者的研究兴趣。当然，这个学术关注点并非朝、尹、巴莫三人便能营造出来的，它还与其他诸多学者对这种学术关注

① 陈寅恪:《金明馆丛稿二编 · 冯友兰中国哲学史下册审查报告》，生活 · 读书 · 新知三联书店 2001 年版，第 284—285 页。

中心高度契合有关，其中较为突出的学者是陈岗龙关于蟒古思故事和说书艺术的系列研究。之后，许多中国学者相继响应，开始运用或借鉴口头诗学理论研究中国史诗，如斯钦巴图的《蒙古史诗：从程式到隐喻》、阿地里·居玛吐尔地的《〈玛纳斯〉史诗歌手研究》等。

显然，史诗研究范式的转换取决于社会思潮、学术思潮、个人和群体、学术演进的内在理路、相邻学科的学术思想等许多因素的作用，关键在于如何协调和维持常态研究范式与新呈现的研究范式之间的必要张力。20 世纪 90 年代中期以后到 21 世纪初期的这种学术转型主要是通过学术关注中心的转换体现出来的。最突出的一个特点是逐渐突破那种把史诗当作书面文学作品进行文学研究的模式，纠正了传统学术对史诗产生的根深蒂固的偏见，开始以史诗的“口头性”和“文本性”之间的鉴别和联系为切入点观察和分析口头史诗。另一个特点是不再纠缠于探寻史诗的产生年代、形成和发展规律以及历史原型，摆脱那种认为专注于记录在纸张上的一首口头史诗就完全可以理解整个史诗传统的观点，开始接受口头史诗是一个复数名词的观点。“一首口头史诗”逐渐演进成一个变动着的和相对的术语，专指一个特定的演述和史诗演述传统中一首具体的诗。又一个特点是逐渐突破了那种把史诗作为书面文本研究其母题、类型和结构功能的模式，开始把口头史诗放在创编、演述、流布的过程中分析其程式句法、典型场景和故事范型等内部叙事法则，从而揭示一部史诗的内部运作机制，阐述一部史诗的创作、演述、流布是同一过程的不同侧面的客观实际。再一个特点是逐渐改变了以往在田野作业中过分关注搜集史诗文本而忽视史诗演述的语境、场域和仪式等诸多演述因素的学术做法，开始对田野与文本的关系进行学理上的反思，逐步建立以“演述中的创作”“演述与文本”“演述与语境”为导向的田野研究观念。史诗歌手一直是中国，乃至国际史诗学界关注的课题。20 世纪 90 年代中期以前，郎樱、杨恩洪等许多中国学者都曾长期跟踪史诗歌手，并在歌手研究方面取得了一定的成绩，而且对歌手的认识由集体性向个人才艺的转换已初露端倪，受众也得到一定程度上的关注。但是，真正把史诗歌手与语境、史诗传统、受众综合起来放在口头传统的学术视野下考察则是20世纪90年代中期以后的事情。

综上所述，20世纪90年代中期以后中国史诗研究呈现的这些学术新方向直接标示着昔日曾长期占据史诗学术界的书面范式已经不再像原来那样独领风骚，而是逐渐由一种主流话语转换成一家之言的研究范式，学术范式的天平逐渐倾向于口头范式。而口头范式在天平慢慢的倾斜中于21世纪初期确立，逐渐取代书面范式的主流地位，成为21世纪初期，乃至将来很长一段时期内的学术研究范式。应该注意的是，这并非意味着书面范式已经退出了史诗研究的学术舞台，建立在书面文本基础上的文学、历史、母题、结构和功能等诸多研究范式仍然能够在一定领域里发挥着口头范式不能替代的作用，它们与口头范式各有其特有的学术价值，前者是外部描绘，后者是内部分析，走着不同的学术路径和内在理路，共同编织了20世纪90年代中期以来的中国史诗学术那种纷纭复杂的图景，只不过口头范式的范围和幅度在这幅图景里胜过于书面范式，但是它们都给21世纪中国史诗学术的发展提供了各种可能。可以相信，未来的中国史诗研究在向系统化、科学化和国际化迈进的同时，中国史诗研究者的主要任务是以科学的方法为指导，从基本概念入手，在前人学术成果的基础上建立有中国特色的史诗理论，把中国从一个史诗资源大国变成一个史诗研究的强国。

参考文献

外文著作

Albert B. Lord, *Epic Singer and Oral Tradition*, Cornell University Press, 1991.

Alex Preminger and T. V. F. Brogan ed., *The New Princeton Encyclopedia of Poetry and Poetics*, Princeton University Press, 1993.

Brenda E. F. Beck, *Three Twins: The Telling of a south Indian Folk Epic*, Bloomington: Indiana University Press, 1982.

Foley John Mile, *How to Read an Oral Poem,* University of Illinois Press, 2002.

Lauri Honko, *Textualising the Siri Epic,* Helsinki: Academia Scientiarum Fennica, 1998.

Walther Heissig, "The Present State of the Mongolian Epic and Some Topics for Future Research", *Oral Tradition*, 1996（11）.

译著

［美］阿尔伯特·贝茨·洛德：《故事的歌手》，尹虎彬译，中华书局 2004 年版。

《贝奥武甫》，陈才宇译，译林出版社 1999 年版。

［古希腊］柏拉图：《理想国》，郭斌和、张竹明译，商务印书馆 1986

年版。

[古希腊] 荷马:《奥德赛》，王焕生译，人民文学出版社 2000 年版。

[古希腊] 荷马:《伊利亚特》，陈中梅译，译林出版社 2004 年版。

[古希腊] 荷马:《伊利亚特》，罗念生、王焕生译，人民文学出版社 2004 年版。

[古希腊] 赫西俄德:《工作与时日》，张竹明、蒋平译，商务印书馆 1991 年版。

[德] 黑格尔:《美学》(下册)，商务印书馆 1997 年版。

《吉尔加美什——巴比伦史诗与神话》，赵乐甡译，译林出版社 1999 年版。

《卡勒瓦拉》，孙用译，人民文学出版社 1981 年版。

[德] 莱辛:《拉奥孔》，朱光潜译，人民文学出版社 2009 年版。

《列王纪——勇士鲁斯塔姆》，张泓年、宋丕方译，译林出版社 2000 年版。

[美] 理查德 · 鲍曼:《作为表演的口头艺术》，杨利慧、安德明译，广西师范大学出版社 2008 年版。

《罗摩衍那》，季羡林译，人民文学出版社 1980—1984 年版。

《罗兰之歌》，杨宪益译，上海译文出版社 1981 年版。

《摩诃婆罗多》，黄宝生等译，中国社会科学出版社 2005 年版。

《尼伯龙人之歌》，安书祉译，译林出版社 2000 年版。

《松迪亚塔》，李永彩译，译林出版社 2003 年版。

《熙德之歌》，赵金平译，上海译文出版社 1982 年版。

[美]约翰 · 迈尔斯 · 弗里:《口头诗学: 帕里—洛德理论》，朝戈金译，社会科学文献出版社 2000 年版。

中文著作

阿地里·居玛吐尔地:《〈玛纳斯〉史诗歌手研究》,民族出版社 2006 年版。

阿地力·朱玛吐尔地、托汗·依莎克:《〈玛纳斯〉演唱大师居素普·玛玛依评传》,内蒙古大学出版社 2002 年版。

朝戈金:《口传史诗诗学:冉皮勒〈江格尔〉程式句法研究》,广西人民出版社 2000 年版。

朝戈金主编:《中国西部的文化多样性与族群认同——沿丝绸之路的少数民族口头传统现状报告》,社会科学文献出版社 2008 年版。

朝戈金:《千年绝唱英雄歌——卫拉特蒙古英雄史诗传统田野散记》,广西人民出版社 2004 年版。

黄宝生:《〈摩诃婆罗多〉导读》,中国社会科学出版社 2005 年版。

季羡林:《罗摩衍那初探》,外国文学出版社 1979 年版。

刘安武:《印度两大史诗研究》,北京大学出版社 2001 年版。

仁钦道尔吉:《蒙古英雄史诗源流》,内蒙古大学出版社 2001 年版。

仁钦道尔吉:《〈江格尔〉论》,内蒙古大学出版社 1999 年版。

汪子嵩等:《希腊哲学史》第一卷,人民出版社 1988 年版。

杨恩洪:《民间诗神——格萨尔艺人研究》,中国藏学出版社 1995 年版。

张朝柯:《论东方古代六大史诗》,人民出版社 2015 年版。

文章

朝戈金、尹虎彬、巴莫曲布嫫:《中国史诗传统:文化的多样性与民族精神的"博物馆"(代序)》,《国际博物馆》2010 年第 1 期。

朝戈金:《〈亚鲁王〉:"复合型史诗"的鲜活案例》,《中国社会科学报》2012 年 3 月 23 日。

朝戈金：《从荷马到冉皮勒：反思国际史诗学术的范式转换》，《中国社会科学院文学研究所学刊》，中国社会科学出版社 2008 年。

朝戈金、冯文开：《史诗认同功能论析》，《民俗研究》2012 年第 5 期。

中国各民族史诗文本

《阿细的先基》，云南省民族民间文学红河调查队搜集整理翻译，云南人民出版社 1978 年版。

《布洛陀经诗》，广西壮族自治区少数民族古籍整理出版规划领导小组办公室整理，中国国际广播出版社 2016 年版。

《巴塔麻嘎捧尚罗》，岩温扁译，云南人民出版社 1989 年版。

《创世纪》，云南省民族民间文学丽江调查队搜集整理翻译，云南人民出版社 1978 年版。

《查姆》，郭思九、陶学良整理，中国国际广播出版社 2016 年版。

《达斡尔族英雄叙事》，吴刚、孟志东、那音太搜集整理译注，民族出版社 2013 年版。

《格萨尔王传・贵德分章本》，王沂暖、华甲译，甘肃人民出版社 1981 年版。

《江格尔》，色道尔吉译，人民文学出版社 1983 年版。

《勒俄特依》，冯元蔚译，四川民族出版社 1986 年版。

《厘俸》，刀永明、薛贤、周凤祥翻译整理，云南民族出版社 1987 年版。

《兰嘎西贺》，刀兴平、岩温扁等翻译整理，云南人民出版社 1984 年版。

《勒包斋娃——景颇族创世史诗》，萧家成译著，民族出版社 1992 年版。

《梅葛》，云南省民族民间文学楚雄调查队搜集整理翻译，云南人民出版社 1978 年版。

《苗族史诗》，马学良、今旦译注，中国民间文艺出版社 1983 年版。

《苗族英雄史诗亚鲁王（史诗部分）》，中国民间文艺家协会主编，中华书局 2011 年版。

《密洛陀》，桑布郎等唱，蓝怀昌、蓝书京等搜集翻译整理，中国民间文艺出版社 1988 年版。

《木姐珠与斗安珠　羌戈大战》，罗世泽、时逢春搜集整理，中国国际广播出版社 2016 年版。

《牡帕密帕》，昆明师范学院中文系一九五七级部分学生搜集，刘辉豪整理，云南人民出版社 1979 年版。

《柯尔克孜族英雄史诗〈玛纳斯〉》，居素普·玛玛依演唱，刘发俊等翻译整理，新疆人民出版社 1991 年版。

《十二奴局》，张牛朗等演唱，赵官禄等搜集整理，云南人民出版社 1989 年版。

《司岗里——佤族创世史诗》，毕登程、隋嘎编著，云南人民出版社 2009 年版。

《遮帕麻和遮米麻》，赵安贤唱，杨叶生译，兰克、杨智辉整理，云南人民出版社 1983 年版。

责任编辑：柴晨清

图书在版编目（CIP）数据

史诗阅读与欣赏 / 冯文开 著 . — 北京：人民出版社，2020.7
ISBN 978 – 7 – 01 – 022095 – 6

I. ①史… II. ①冯… III. ①史诗 – 诗歌欣赏 – 世界 IV. ① I106.2

中国版本图书馆 CIP 数据核字（2020）第 077893 号

史诗阅读与欣赏

SHISHI YUEDU YU XINSHANG

冯文开 著

人民出版社 出版发行
（100706 北京市东城区隆福寺街 99 号）

天津文林印务有限公司印刷 新华书店经销

2020 年 7 月第 1 版 2020 年 7 月北京第 1 次印刷
开本：710 毫米 ×1000 毫米 1/16 印张：15
字数：211 千字

ISBN 978 – 7 – 01 – 022095 – 6 定价：49.00 元

邮购地址 100706 北京市东城区隆福寺街 99 号
人民东方图书销售中心 电话（010）65250042 65289539